HAYMON verlag

Markus Ramseier

In einer
unmöblierten Nacht

Roman

Gedruckt mit freundlicher Unterstützung durch den Fachausschuss Literatur
Basel-Stadt/Basel-Landschaft.

Die Arbeit an diesem Text wurde gefördert von der Kulturstiftung Pro Helvetia
und dem Fachausschuss Literatur Basel-Stadt/Basel-Landschaft.

 schweizer kulturstiftung
prohelvetia

Auflage:
4   3   2   1
2021   2020   2019   2018

© 2018
HAYMON verlag
Innsbruck-Wien
www.haymonverlag.at

ISBN 978-3-7099-3420-3

Umschlag- und Buchgestaltung nach Entwürfen von
hœretzeder grafische gestaltung, Scheffau/Tirol
Umschlagabbildung: illmedia/photocase.de
Satz: Da-TeX Gerd Blumenstein, Leipzig

Gedruckt auf umweltfreundlichem,
chlor- und säurefrei gebleichtem Papier.

Ne bylo by schastja,
da neschastje pomoglo.

Es gäbe kein Glück,
hätte das Unglück nicht geholfen.

russisches Sprichwort

1

Yana mochte die Bronzefigur nicht, aber sie liebte ihren Besitzer. Victor saß auf seinem alten Schaukelpferd. Wie Pfeiler ragten seine Knie in die Höhe. Die Ameisenkönigin hatte er so auf die Kommode gestellt, dass die kühlen, vergoldeten Augen im schräg einfallenden Licht der Februarsonne in seinem Kinderzimmer Blitze warfen. Erhaben thronte die schmale Figur über allem, sparsam bemalt, umrahmt von Blattwerk. Ihr kantiger Kopf wurde getragen von einem bleistiftdünnen Hals. Die Königin war halb Mensch, halb Ameise, eine Riesin mit einem tiefen Dekolleté und einem Umhang, der von einem Gürtel notdürftig geschlossen wurde. Auf ihren erhobenen Händen balancierte sie zwei Ameisenmännlein. Das Männlein in ihrer Rechten trug auf seinem Haupt eine weltliche, die Figur in der Linken eine päpstliche Krone. Das alles spielte in einem auf dem Eichensockel angedeuteten Wald, wo sich zu Füßen der Königin eine Heerschar von Arbeiterinnen auf dem Laubboden abmühte.

Man müsste diese Szene malen, dachte Yana: der CEO mit der gebügelten Hose und den gespreizten Beinen auf dem Schaukelpferd vor der Skulptur mit den goldenen Augen – ein Stillleben. Auch wenn das Werk sie irritierte – sie genoss die Stille und Weite der Villa. Vics einstiges Kinderzimmer im Turm des Gebäudes war größer als ihre Wohnung in Moskau, ganz zu schweigen vom winzigen, dunklen Raum in Schabo, den sie mit ihrer Zwillingsschwester Ewa geteilt hatte. Mehr als ein Kajütenbett, ein Tischchen für die Hausaufgaben, ein schmaler, wackeliger Schrank und der kleine, blaue Zauberteppich am Boden hatten darin nicht Platz gefunden. Der Teppich war ihr Raumschiff gewesen, das sie aus der Enge in die Umlaufbahnen der Phantasie katapultiert hatte. Einmal waren sie zu einem roten Stern aufgebrochen. Dort hatten sie ihre Traumprinzen geheiratet. Die Landung auf der Erde nach solchen Expeditionen war hart.

Und jetzt? Ihr kamen bereits wieder Zweifel, wenn sie an ihren Prinzen dachte. Pack deinen Koffer, hatte Vic ihr vor dem Galaabend im Puschkin-Museum gesagt. Verabschiede dich von überflüssigen Dingen. Du gehörst zu mir. Sie hatte noch kaum etwas über ihn gewusst, außer dass er sich für alles interessierte, was von Belang war, und Belangloses mit einem einzigen Satz erledigen konnte. Und sie war seinem Charme im Nu erlegen. Nur für ihn hatte sie ihr Haar zu einem Kranz geflochten und die silbrigen Traubenanhänger ins Ohr gesteckt, ihren einzigen Schmuck. Wenn sie kerzengerade dastand, war ihre Haltung jener der Königin nicht unähnlich. Doch sie gehörte nicht zur Gilde, die in den Festsaal geströmt war. Sie trug keine Markenuhr. Die gesamte nationale A-Elite hatte sich an diesem Freitag versammelt. Die Oligarchengattin Balbukina hatte Victor so heftig geküsst, als sei er ein alter Bekannter. Ihr giftgrünes Bleistiftkleid war der Blickfang des Abends gewesen. Auch Yana hatte Grün getragen, dezentes, klassisches Lindgrün. Viel mehr hatte sie nicht in ihrem Kleiderschrank. Zum ersten Mal in ihrem Leben hatte sie ihr Tageshoroskop gelesen. Sie denken über sich selber nach. Und das bringt Ihnen neue Erkenntnisse, nämlich, dass Sie nicht nur das schönste und schlauste Wesen auf Gottes Erden sind, sondern im ganzen Universum. Wenn es nur einen Bruchteil so einfach wäre! Wie viele hier würden die Nase rümpfen? Ukrainerin erschleicht Schweizer Pass. In welchem Puff hast du sie aufgabelt, Vic? Brauchst du täglich dreimal Sex und frisches Holz vor der Hütte? Wie willst du mit der reden: Kuh macht muh, nicht kikeriki, Swiss Kuh? Sie kannte diese Sprüche von angetrunkenen Touristen. Zu allem Elend war Victor ein Prominenter. „Liebesglück im Osten" würden sie in den Zeitungen titeln. „Dolmetscherin mit berückend blauen Augen bezaubert Schweizer Unternehmer." Sie gab sich einen Ruck. Konnte Victor und ihr das Geschwätz nicht egal sein? Legal war ohnehin alles. Vics Junggesellenwohnung verfügte über mehr als die vorgeschriebenen zwei separaten Räume, Nasszelle und Küche.

Feiner Kuchengeruch stieg vom Erdgeschoß nach oben. Seit der Ankunft am Flughafen hatte sie nichts mehr gegessen. Der erste Gedanke in der neuen Heimat war: Ich sterbe vor Hunger. Im Duty-free-Shop war sie an allen Parfums vorbei zum nächsten Stand mit Süßigkeiten gerast und hatte eine Toblerone erstanden, um sich für das Treffen mit Victors Mutter zu stärken. Mehr als einmal hatte sie sich den Empfang in den schlimmsten Farben ausgemalt. In dieses überwältigend schöne Tal, dieses überwältigend große, noble Haus, in diese überwältigend wohlhabende, im Leben eingerichtete Familie brachte ihr einziger Sohn eine überwältigend einfache, mit den Sitten des Landes und der Gesellschaft nicht vertraute, mittellose Übersetzerin, die keinen Dunst von Kunst hatte. Zum Schreien war das. Würde die Mama sich nicht in wenigen Minuten breitbeinig vor Vic stellen und ihn gründlich durchschütteln? Würde er, der gesellschaftliche Vorzeigesohn, sich dann wehren und für seine Liebe einstehen?

Victor blieb reglos in seine Plastik versunken. Eine halbe Million hatte er in die Beweise investiert. Der Wert der Königin stieg mit jeder Expertise, die das Werk als echt auswies. Nicht eine um 1950 in Berlin versteigerte Kopie war in seinem Besitz, wie Neider vermutet hatten, sondern eine von Meister Rutzki neu geschaffene Figur. In Moskau, wo Kunst aus ganz Europa in den Sälen stand und an den Wänden hing, hatte man ihm die Absolution erteilt. Yana hatte den Segen vom Russischen ins Deutsche übersetzt.

„Ist es nicht hundertmal netter, mit Meisterwerken im eigenen Haus zu leben als mit Aktienzertifikaten?", rief er in die Stille. „Ich danke Gott, dass ich zu diesem Werk gekommen bin. Es überstrahlt alles, was ich bis jetzt erreicht habe."

Und das ist nicht wenig, ergänzte Yana in Gedanken. Seit die Königin ihm gehörte, galoppierte sein ohnehin bewegtes Leben mit ihm davon. Anfang des Jahres hatte er einen Kurs in Körpersprache besucht, hatte er ihr auf dem Flug erzählt: *So behalten Sie die Oberhand*. Es ging um klare Zeichen. Gelang der Auftritt, war der Rest ein Kinderspiel. Stärke gepaart mit Leidenschaft. Keine Magengeschwüre, keine feuchten Hände. Manche zitterten, wenn er einen Raum betrat. Einige hielten ihn wohl für verrückt. Vic konnte das Leben feiern.

Abrupt erhob er sich vom Schaukelpferd und trat ans offene Fenster. „Mit dir an meiner Seite wird alles noch einfacher!"

Er war groß und kräftig gebaut, fast einen Kopf größer als sie. Ein Windstoß brachte ihn nicht aus der Fassung. Seine buschigen Augenbrauen standen für Ehrgeiz und Willen. Am lebendigsten aber waren seine strahlend schwarzblauen Augen und seine dunkle Stimme. Vic verbrachte doppelt so viel Zeit mit der Morgentoilette als sie. Das Leben um ihn herum verlangte Tag für Tag perfekte Auftritte. Allein die Rasur kostete ihn eine Viertelstunde. Jede seiner Bewegungen wirkte überlegt und überlegen. Vielleicht, weil er sich an allem so unverstellt freuen konnte, selbst an ihr, der kleinen Dolmetscherin, die sich mit allem schwer tat, sich vor jedem neuen Wort fürchtete, das auf sie zukam, als gelte es, die Silben beim

Übersetzen auf einer Höhe zu überspringen, die sie noch nie geschafft hatte. Das gefüllte Champagnerglas hieß im Schweizerdeutschen Cüpli, eine schwer übersetzbare Verkleinerungsform – sogar für eine Dolmetscherin, die Russisch, Ukrainisch und Deutsch als Muttersprache hatte. Auch Namen konnte man nicht übersetzen. In Moskau hatte ihr Victor einige beigebracht: Rivella, Toblerone, Ovomaltine, Ricola, Kägi-Fret, Zweifel Chips, Kultprodukte aus der Schweiz, Aromat, die unschlagbare Gewürzmischung von Knorr, ohne die der Prinz nie ins Ausland reiste. Auch Victor war eine unschlagbare Mischung. Den meisten Menschen fiel es schwer, von ihm nicht begeistert zu sein. Er hatte kein vollkommenes Gesicht, aber eines, in dem sich keine Katastrophen und keinerlei Zweifel eingenistet hatten.

„Ja, viel einfacher", wiederholte er.

„Wie weiß ich denn, dass du der Richtige bist?", fragte sie ihn neckisch.

„Ich bin der Richtige, Punkt."

„Und wann ist einer der Richtige?"

„Wenn er sie hundertprozentig ergänzt."

„Und wenn sie fast nichts hat und fast alles zu ergänzen ist?"

„Ach, tu nicht so bescheiden. Du bist wunderbar, Yana. Und ich gebe dir alles, was ich habe."

„Ich bin anstrengend."

„Du bist entzückend!"

„Du verwechselst mich mit einer andern."

„Es gibt keine andere, da kannst du lang suchen!"

Seine Begegnungen mit dem anderen Geschlecht seien bis vor ein paar Wochen unspektakulär verlaufen, hatte er ihr gestanden. Er habe niemandem falsche Hoffnungen machen wollen. Wenn sich eine an ihn hängte, hatte er sie abgeschüttelt, nicht grob, aber entschieden.

Sie gab sich geschlagen. Um Luft zu bekommen, öffnete sie den obersten Knopf ihres Jeanshemds. „Fass es nur nicht als Freipass auf", sagte sie ihm im Spaß.

Längst hatte sie begriffen, dass es kein Zurück gab. Er hatte einen Zeitzünder betätigt, der ihre bis anhin tief im Innern schlummernde Leidenschaft mit Schweizer Präzision ins Freie gesprengt hatte. Sie genoss seine Anflüge von Extravaganz. Vic war ein reicher Mann. Daran war nichts Böses. Das Edle, Große, Ganze war ihm wichtig. Sie versuchte, sich alles zu merken, was er sagte, wie er es sagte, sie entwickelte ein Extragedächtnis für seine Gesten, seine Mimik, seine Haltung, die Kraft, mit der er die Dinge anpackte. Alles kam ihr wichtig vor, richtig, wenn sie es mit ihrem eigenen Gebaren verglich, ihrer mickrigen Lebenserfahrung. Immerhin konnte sie sich in jeder Situation konzentrieren. Die Arbeit gab ihr Schutz. Sie musste übersetzen – und die andern mussten ihr zuhören. Von den Satzzeichen mochte sie das laute Ausrufezeichen am wenigsten. Victor liebte es, was sie bisweilen irritierte. In der Dolmetscherschule hatten sie sogar das Schweigen geübt. Sie hatte eine alte Lehrerin gehabt, vor der sie große Ehrfurcht hatte. Man trug eine Verantwortung für jedes Wort und für jede Pause.

Mit den Fingerkuppen fuhr sie über sein Handgelenk. Ja, sie ergänzten einander. Victor war schneller und lauter als sie, aber er nahm sie ernst, er überfiel sie nicht mit Küssen und war nicht öffentlich zärtlich. Dass er ihr mehrmals gelbe Rosen gekauft hatte, konnte sie ihm verzeihen. Gelb galt in ihrer Heimat als Zeichen des Abschieds und der Trauer. Mit der ausgestreckten Rechten wies er zum Fenster hinaus ins Tal, hinauf zur Fluh. „In einem Jahr weihe ich den neuen Firmensitz ein, in vier, fünf Jahren verkaufe ich die Firma an die Holländer oder an die Franzosen. Dann gibt es nur noch die Kunst für mich – und dich. Aber jetzt gibt es eine kleine Hausführung. Mutter wartet. Ich muss dich warnen. Das kann ganz schön dauern."

Victors Mutter trug eine kragenlose beige Hemdbluse und eine braune Hose. Feine Hautfältchen legten sich wie ein zweiter Kragen über den Rand der Bluse. „Du hast eine sportliche Frisur, meine Liebe!" Mit mütterlicher Selbstverständlichkeit duzte sie Yana und strich ihr übers blonde Haar, das ihr Gesicht als wuscheliger Bob einrahmte. „Und die kleinen Volants passen perfekt zu deinem Jeanshemd, auch die Sneakers." Ihre Augen bewegten sich ununterbrochen. „Yana hat eine Elfensilhouette und einen richtig schönen Schmollmund", wandte sie sich an Vic. Und bereits wieder an sie gerichtet: „Du bist so schmal und zart, dass man fast fürchtet, dir beim Händeschütteln wehzutun." Um ihre Nasenflügel war ständig ein kleines Beben. Sie verwuchs mit der Ansammlung von Schränken, Stühlen, Sofas, Truhen zu einem stil- und glanzvollen Ganzen. Yana kam nicht aus dem Staunen heraus. So hatten Großbürger Ende des 19. Jahrhunderts also in der Schweiz gelebt. So lebten reiche Leute noch heute. Ein Glasfenster mit einer Jagdszene war über der Eingangstür eingelassen, ein Plattenboden führte von der Empfangshalle zu den angrenzenden Räumen, Küche und Speisekammer. So viele Blickfänge – Kamine, voluminöse Schränke, bemalte Wände, Vorhänge in Leinenvelours mit Spitzenordüren, Landschaftsbilder im Treppenaufgang, überall Bilder. Eine kleine silberne Ente stand auf einem Beistelltisch, gefüllt mit Erdnüssen. Die Brauntöne von Wänden, Türen, Böden und Treppen vereinigten sich im Erdgeschoß zu einem üppigen Ganzen, während im Obergeschoß in Bibliothek, Bad und Schlafzimmern Gelbtöne dominierten. Mutter Muff redete auf dem Rundgang ununterbrochen. Ihr ging die Arbeit nie aus. Vor Kurzem hatte sie gemusterte neue Vorhangstoffe mit Dessins aus der Zeit um 1900 bestellt. Die Holzböden waren frisch geschliffen und gebohnert.

„Bist du katholisch?", fragte sie unvermittelt.

Yana erschrak. „Nein – gar nichts. Bei uns war Religion lange verboten."

„Victor ist katholisch."

„Ich weiß." Am liebsten hätte sie losgeheult.

Die Wendeltreppe hinunter ging es auf die Terrasse. Hier, wo das Städtische fließend ins Dörfliche überging und das Dörfliche nach dem letzten Verkehrsschild „Sackgasse" neben dem still vor sich hinplätschernden Bach im Idyll endete, erhob sich am Hang die „Augenweide". „Der Bauherr hat es bis in höchste Ämter geschafft", sagte Victor. „Vater hat das Haus in einem üblen Zustand gekauft und gründlich renoviert." Das Schieferwalmdach war mit Dachaufsätzen und Zinkblechzinnen verziert und der Kranz von Kaminaufbauten versprach auch an Frosttagen Wärme. Große Fenster. Holzläden. Nachts mussten diese Fenster leuchten wie ein überdimensionierter Adventskalender. Mutter Muff seufzte kaum hörbar. Talseitig hatte sich der mit Natursteinquadern verkleidete Bau in den vergangenen Jahrzehnten leicht abgesenkt. Die Vorderfassade der Villa hatte Risse.

Yana atmete das Tal in sich hinein. Sie war daheim im Geraschel der Blätter und im Gurgeln des nahen Baches. Und Victor ließ die Wärme seiner Hand in ihre strömen. In diesem kleinen Reich war er groß und lebenstüchtig geworden. „Wie oft habe ich mit dir das Gras zwischen den Ritzen der Granitplatten entfernt?" Er schubste Mutter in die Seite. „Jeden Freitagabend hast du den Stubenteppich auf der Stange neben dem Schuppen geklopft, obwohl du dir ein ganzes Heer von Putzfrauen hättest leisten können. Wenn Besuch kam, zogst du die Fransen mit dem Kamm gerade. Und ich habe mit den Fransen gespielt, während die Gäste auf dem Sofa saßen und du deinen Spezial-Gugelhopf präsentiert hast. Nie sind Kinder gekommen. Nie ist nach Vaters Tod noch etwas passiert, bis auch der Wellensittich eines Tages gestorben ist." Vics Stimme tönte keineswegs vorwurfsvoll. Mutter hatte das Haus bewahrt. Das hatte sich bewährt. Der Wohlstand hatte sie nicht träge gemacht. Die Buchhaltungen von über vierzig Jahren standen Rücken an Rücken in den Gestellen. Ordnung. Ruhe. Harmonie. Das war die Augenweide.

„Nichts hat sich seit Vaters Tod verändert", fuhr Victor in ruhigem Tonfall weiter, „bis auf diese Sichtbetonhäuser." Der südliche Teil des prächtigen Landschaftsgartens war sieben Einfamilienhäusern gewichen, die sich im Halbkreis, der Beugung des Talbachs folgend, um die Villa reihten. „Alle Häuser haben die gleichen braungrauen Rattanliegen von Möbel Pfister auf den Sitzplätzen." Kommt uns nicht zu nahe, schienen die aneinandergereihten Würfel zu mahnen.

Der Gugelhopf auf dem Salontisch war so kolossal, dass er über den Rand der Kuchenplatte ragte. Zartblaue, zur Farbe des Tischtuchs passende Blumenmotive rankten sich um Porzellanteller und –tassen. „Früher lebten die Menschen hier im Tal von ihren Schafen, von der Wolle und der Milch." Mit der Serviettenspitze tupfte Mutter einen Kaffeetropfen von Yanas Untertasse. „Die Schafe zogen dem Bach entlang, und im Winter, wenn der Schnee kniehoch lag, wohnte der Hirte zuhinterst im Kessel unter der Fluh mit den Tieren im selben Haus. Für die Schafe gab es einen großen Raum, für den Hirten einen kleinen. Alle waren zusammengepfercht. Draußen im Schnee wären sie erfroren." Sie schnitt die eine Häfte des Kuchens auf.

„Greift zu! Erinnerst du dich, Vic? Als Kind hast du immer die Rosinen herausgepickt. Selbst als junger Mann hast du das noch getan." Kerzengerade saß sie auf ihrem Stuhl. Das hohle Kreuz ließ sie größer erscheinen als sie war. Yana mochte die herbe Wärme im Redeschwall der Frau, auch wenn diese alle paar Sätze mit dem Schlimmsten rechnete. Zwischen zwei Bissen zeigte sie Yana ein Foto ihres verstorbenen Gatten. Darauf war Vics Vater ein imposanter, hoffnungsfroher Mann mit Bart. Still und sanft sein Blick. Und doch hatte er eine Fabrik aufgebaut und schon zu Vics Primarschulzeit mit eiserner Hartnäckigkeit um den Jungen als Nachfolger geworben. Damals war die Augenweide das einzige Haus weit und breit, ein verträumtes Gebäude am Ende des Talwegs, einen Kilometer von der Kirche entfernt. Mutter Muff hatte den Weg meist zu Fuß gemacht, auch nachdem sich ihr Alexander einen Chauffeur leistete und in der nachträglich eingebauten Tiefgarage drei Wagen standen, einer für die Calgex, einer für privat und einer für die Sonntagsfahrten.

„Was du erzählst, ist schön und gut", sagte Victor, „aber nun hat man sieben Häuser vor die Augenweide gestellt. Du selbst hast das Land weggegeben ..."

„... damit du dir deinen Traum erfüllen kannst. Paps hat alles hart erarbeitet. Er blieb immer auf dem Boden." Mutter und Sohn redeten sich in ein Feuer. Der Mama war der Kunstmarkt unheimlich. Ein Warhol hatte in der Vorwoche für fünfunddreißig Millionen Franken den Besitzer gewechselt. So weit ging Victor nicht. Doch früher blieb das Geld im Unternehmen. Sie hatte die Buchhaltung noch allein erledigt, als die Calgex bereits hundert Mitarbeitende zählte, jede Spesenabrechnung akribisch kontrolliert. Jahr für Jahr war alles bis auf den letzten Rappen aufgegangen.

„Die besten Köpfe kümmern sich nicht um Entkalkung", warf Vic scherzend ein.

Sie nahm ihn schärfer ins Visier. „Du hast ja gar keinen Platz mehr für all deine Skulpturen und Bilder, die Räume und Wände sind voll, der Tresor quillt über."

„Im Zollfreilager in Genf gibt es Raum in Hülle und Fülle."

„Und wenn es brennt?"

„Kommt die Stickstofflöschanlage zum Zug. Vor allem muss das Ganze weder verzollt noch versteuert werden."

Energisch schob Vics Mutter den Unterkiefer vor. „Wann heiratet ihr eigentlich?", fragte sie, „ich habe mir immer Enkelkinder gewünscht, damit wir Muffs nicht aussterben." Yana erstarrte. In Moskau hatte sie vergessen, Geburtstage zu feiern und sich im Spiegel zu betrachten. Noch konnte sie kaum fassen, dass es Glück gab. Umso mehr fürchtete sie sich vor Stürzen ins Bodenlose. Unter dem Tisch drückte Vic sein Knie an ihres. Sofort wurde ihr wohler. Ihre Zwillingsschwester hätte ihre Begegnung eine schicksalhafte Liebe genannt. Die Wahrscheinlichkeit einer solchen Liebe war klein, aber sie bestand. Yana war jetzt siebenundzwanzig und bis vor Kurzem fast noch ein Kind, ein Kind, das Selbstgespräche mit sich führte und sich Nacht für Nacht verlassen vorkam. Sie wischte sich eine Träne aus dem Augenwinkel. Tränen kannte sie doch nur noch vom Zwiebelschälen. „Geht's dir gut?", fragte Mutter Muff. „Du bist ja kreideweiß!"

„Doch, mir geht's gut", lächelte sie und erhöhte den Druck auf Vics Knie, „richtig gut!" Vor lauter Begeisterung verschluckte sie sich.

Mutter lachte so herzlich, dass die Teller auf dem Tisch zitterten. „Erzählt endlich vom Fest, ich bin ja überhaupt nicht im Bild."

Vic schien nur auf das Stichwort gewartet zu haben. „Punkt 19 Uhr ertönte im Saal ein Gong", legte er los. „Wir saßen in der ersten Reihe, neben dem Direktor und dem Bürgermeister. Und alle die Professoren im Publikum. Just in diesem Moment klingelte mein Handy. Das warst du, Mama, du mit deinen tausend Fragen. Ich sitze mit lauter Russen in einem Saal und kenne weder die russische noch die ukrainische Sprache und du fragst mich, ob Yana studiert hat. Klar hat sie studiert, an der Linguistischen Fakultät in Kiew, mit Auszeichnung!" Yana nickte leicht. „Erfahrung hat sie auch, auf Baustellen und Anlagen, mit Heirats- und Scheidungsurkunden, Gerichtsurteilen, Packungsbeilagen."

„Die Russen sprechen kein Deutsch und kaum Englisch außer cheese, chocolate, Rolex", sagte Yana, um auch einmal etwas zu sagen. Obschon sie Wörter aus vier Sprachen in sich hatte, redete sie unter Leuten kaum. Und obwohl sie von Vic täglich neue Schweizer Wörter lernte, Schiri, Beiz, Älplermagronen, Trumpf-Buur, Cervelatpromi, wagte sie nicht, vor Mutter mit der Mundart zu punkten. Sie hatte ständig Angst, zu versagen, auszugleiten, im falschen Moment zu husten. Die Angst war seit dem Tag ihre ständige Begleiterin, als Großmutter aufschrie, weil sie als Fünfjährige einen vermeintlichen Stock im Garten mit dem Fuß wegschieben wollte. Sie wusste nicht, dass der Stock eine Schlange war und dass man sich vor Schlangen fürchten musste. Nach dem Schock hatte Großmutter ihr erzählt, ihre Mutter habe in der Nacht vor der Geburt der Zwillinge geträumt, sie würde zwei riesige Schlangen zur Welt bringen.

„Ich trug deine gelbe Krawatte, Mutter", fuhr Vic weiter, „meine Glückskrawatte. Ich war Victor Alexandrowitsch. Ob Fürst oder einfacher Bürger, alle redeten sich mit dem Vornamen und dem Vornamen des Vaters an. Und allen im Saal war klar: Der Muff ist im Besitz eines Millionenfangs, an dessen Echtheit niemand mehr zweifelt. Keine geniale Fälschung, sondern ein Original des Meisters." ‚Ni pucha, ni pera' – Hals- und Beinbruch, hatte Yana ihm zugeraunt, bevor er ans Rednerpult trat, und auch wenn es der falsche Augenblick ist: Ich lechze nicht nach gesellschaftlicher Anerkennung, ich will mich nicht nach oben schlafen. – Eines verspreche ich dir, Yana, hatte er zurückgewispert, ich werde immer ehrlich zu dir sein. Hatten nicht alle das Recht auf eine zweite Chance? Ihr erster Mann hatte so frei und so genüsslich gelogen wie der russische Präsident. Nun wünschte sie sich ein Parfum mit einem Duft, der sie immer schützte.

Vics gerötetes Gesicht strahlte feuchte Wärme ab. „Wiedererkennbarkeit ist das oberste Gebot, Mama. Gestalte dein Werk stets so, dass deine Kunst von der größtmöglichen Zahl Menschen spontan wiedererkannt wird und dein Marktwert stetig wächst. Ich habe die Figur in einem kleinen Antiquariat gekauft. Der Kauf war ein Bauchentscheid, die bemalte Plastik nicht signiert, doch habe ich sogleich gewusst, dass das kein Dachbodenfund war." Schon am Tag seiner Ankunft Moskau hatte er den Spezialisten seine Skulptur präsentiert. Verwirrt hatte die Chefkuratorin des Puschkin-Museums ihren Pony geschüttelt und sich am folgenden Morgen an die Expertise gemacht.

„Zeigst du mir die Figur endlich?", fragte Mutter. „Und vergesst nicht zu essen", mahnte sie.

Die aus dem leicht vorgestreckten Kopf hervorquellenden Augen der Königin kamen Yana noch frostiger vor als im Turmzimmer, wie vergoldete Hagelkörner. „Es ist richtig, dass du die Figur gekauft hast", sagte Mutter, „auch wenn ich von diesem Rutzki noch nie gehört habe. Die Königin hat eine stolze, schöne Haltung, doch das Gesicht ist verbissen." Insgeheim stimmte Yana ihr zu.

„Inzwischen ist jeder Zentimeter hundertfach durchleuchtet", sagte Vic, „die Gussmischung, die Art des Patinierens, Ziselierens und Bemalens vor- und rückwärts erforscht, das Alter des Sockels aus Eichenholz bestimmt, frühstmögliches Fälldatum 1940. Man rechne! Rutzki lebte von 1897 bis 1962. Er hat Fälschern die Arbeit insofern erleichtert, als er das gleiche Werk bisweilen gleichzeitig bei verschiedenen Gießern ausführen ließ. Außerdem fehlt ein verbindliches Werkverzeichnis." Er legte eine kleine Kunstpause ein und spülte einen Bissen Gugelhopf mit einem Schluck Kaffee hinunter. „Doch nach zwei bangen Wochen hat meine wunderbare Dolmetscherin mich mit dem Resultat erlöst: ein Rutzki, ohne Wenn und Aber." Mutter nickte Yana anerkennend zu. „Ich werde eine schweizerisch-russische Stiftung gründen, die junge Künstler unterstützt", wurde Vic euphorisch. „Wir werden die Meister unter ihnen finden und dafür sorgen, dass sie auf der ganzen Welt bekannt werden." Dieselben Worte hatte er in seiner Festrede gebraucht. „Calgex wird in den Osten expandieren. Und gleichzeitig mache ich östliche Kunst im Westen salonfähig. Der Charity-Anlass mit den Russen ist gut investiertes Geld, und du bist Gold wert, Yana!"

Der Wintergarten war überhitzt. Yana schwitzte noch mehr als beim Small Talk am von ihr organisierten Gala-Apéro im Puschkin-Museum. Das Bündnerfleisch, der Greyerzer und der Emmentaler Käse waren rechtzeitig eingetroffen. Und für jede Person im Saal hatte ein Schweizer Militärmesser bereitgelegen. Der Schweizer Botschafter höchspersönlich hatte Victor Yanas Visum überreicht. Die Visasektion hatte den Antrag in Rekordzeit erledigt. Gratulierung, Herr Muff, hatte die Oligarchengattin Balbukina sich auf Deutsch versucht. Man erzählt mir, Sie sind ein großer Haberlieb. Bitte nehmen Sie auf Interesse mit mir, wenn ich bin St. Moritz. Handverlesene russische Journalisten hatten auf Interviews gewartet. Zu guter Letzt wurden die Gläser mit Wodka aufgefüllt. Vic verbrüderte sich mit dem Bürgermeister, dem Museumsdirektor, dem Kulturminister.

„Kannst du schon ein bisschen Russisch?", fragte Mutter Vic.

„Und ob! Ich habe mich in Zungenbrechern geübt und um Mitternacht aus voller Brust die Hymne der Russischen Föderation mitgesungen. Slawsja, strana! My gordimsja toboi!"

Draußen begann der Himmel sich dunkel einzufärben. Schwer hing er auf einmal über dem Tal. Kopfschüttelnd schenkte Mutter Kaffee nach. „Ich wurde heute aus einem Traum gerissen, der mir noch immer nachgeht", sagte sie. Ein wolfartiges Wesen habe ihr genau in dem Moment den Hals durchbissen, als ihr eigener Schrei sie geweckt habe. Zu ihrem Erstaunen sei sie nicht tot gewesen, sondern habe eine ungeheure, wohlige Kraft gespürt. Seit etlichen Jahren lebe sie hier allein. Doch für einmal sei es ihr vorgekommen, als teile sie das Bett. Verdattert sei sie auf der Bettkante gesessen und habe auf das Glasregal mit den Porzellanfiguren gestarrt.

„Du hast zu viel Zeit zum Nachdenken", sagte Victor, „geh ins Seniorenturnen. Mach eine Reise mit deinen Kolleginnen vom Bibelkreis." Nicht seufzen, Frau Muff, die Augen nicht schließen, dachte Yana. Sie selbst hatte auch jede Menge schräge Träume.

„Du musst dich gut um deine Liebste kümmern", mahnte Mutter. Sie legte Yana ein weiteres Stück Gugelhopf auf den Teller. Die Rosinen tropften vor Süße. Ich darf das Wunder nicht versäumen, rumorte es in Yana. Ich kann in diesem Land eine Familie haben. Es liegt an mir. Aufgehen wie ein Gugelhopf, mit einem süßen Rosinchen mitten im Bauch. Sie war umgeben von lieben Menschen, von Düften, von Natur und von Kunst. Mehr konnte ein Mensch nicht wollen.

„Darf ich das Rezept haben?", fragte sie.

„Natürlich, aber aufgepasst, jeder Backofen heizt anders." Mutters Augen schweiften zu den frisch geputzten Fenstern. „Im Herbst setze ich die Vorfenster ein und entferne sie im Frühling wieder. Ein altes Haus ist ständig in Bewegung."

„Und am Sonntag isst du vor dem Kirchgang jahraus, jahrein zwei Stücke von deinem weltmeisterlichen Gugelhopf", sagte Vic. „Dass die Firma weiter gedeiht und der Sohn sich in der Kunstszene einen Namen verschafft hat, erfüllt dich mit Angst statt mit Freude."

Sie überhörte den Vorwurf. „Als wir hierher zogen, war die Luft wie Weihrauch, der Klang klar", schwärmte sie, „wie mit einer Laubsäge abgeschnitten, der Garten betupft mit Schmetterlingen. Es gab kaum Traktoren, kaum Nacktschnecken, keine Drogentoten und die Schülerhefte der Kinder waren fein säuberlich eingebunden."

„Diese Erinnerungen kann dir keiner nehmen", meinte Victor.

„Heute ist mir mein Garten das Allerwichtigste. Auch ein Grüpplein Margeriten macht eine Gemeinschaft. Ich komme mir bisweilen vor wie der letzte Mensch, aber ich bin umringt von Sternen, Glocken und Trompeten."

„Du hast ein gutes Herz, Mama." Victor stand auf. „Wir müssen, das Geschäft ruft."

„Du hast keine Ahnung, wie ich Paps vermisse", sagte sie.

Sachte löste sich Victor aus ihrer Umklammerung. Yana trug das Geschirr in die Küche. Vics Mutter benützte die Spülmaschine aus Prinzip nicht. Also half Yana ihr noch beim Abwasch, während sich Victor mit der Figur im Keller zu schaffen machte. Solange hier noch niemand von ihr wisse, sei die Königin im väterlichen Stahlschrank genau so sicher wie auf der Bank oder im Zollfreilager. Die Plastik ist die Brücke in eine neue Dimension, sinnierte Yana. Das ist Vics tiefstes Gefühl. Sie enthält eine Prophezeiung. Gern hätte sie mit ihm über das Werk gesprochen. Was wollte der Künstler damit sagen? Manchmal wirkte die Skulptur auf sie kühn, kühl und arrogant, dann wieder einsam, filigran und zerbrechlich, der Blick verloren. Zweifellos sah Vic ein Vielfaches von dem, was sie in ihrer Begrenztheit sah. Der Geruch des Waschmittels ließ sie am Spülbecken nach Luft schnappen. Vics Mutter zeigte ihr, wie man es schaffte, dass die Teller sich beim Abtropfen nicht berührten.

„Ihr müsst unbedingt an Ostern vorbeikommen“, sagte sie. „Dann gibt es einen Osterhasen. – Schau nicht so wie ein verängstigtes Küken, du bist eine starke Frau, ich seh es dir an.“ Yana biss sich in den Daumen und hatte das dumme und gleichzeitig schöne Gefühl, dass ihr etwas passierte, dem sie ausgeliefert war. Eindringlich fixierte Mutter sie. „Die kriegst du schon jetzt“, sie löste die Goldkette mit dem filigranen Kreuz von ihrem Hals, „ein altes Erbstück der Muffs. Trag du sie und sag von jetzt an Mutter zu mir, bitte.“ Yanas Hände waren glitschig. Das Hemd klebte an der Haut. Als Kind hatte sie nie elterliche Nähe erfahren.

2

War es der längste Tag in ihrem Leben? Auf der Fahrt von der Augenweide zur Calgex versuchte Yana im Rückspiegel ihr Haar zu ordnen. Mit einer müden Geste ließ sie ihre Hände auf die Knie fallen. Vic streichelte sie im Fahren. „Die Königin ist das Herzstück meiner Kunst", schwärmte er. Um sie herum baue er eine Sammlung von Skulpturen und Bildern auf, die ein Publikum aus aller Welt anziehe. Unter ihrer Kopfhaut pulsierte es warm. Warum nicht einfach heim in seine Wohnung, fragte sie sich, unter eine kuschelige Decke? Sie legte den Kopf in den Nacken und schwelgte in Erinnerungen. Hand in Hand waren sie schon am zweiten Tag die Varvarka-Straße hinunter gestürzt und hatten sich im Zaryadye-Park rücklings und mit Schwung in einen frischen Schneehaufen plumpsen lassen, den ein Schneeräumgerät gerade aufgetürmt hatte, ein brusthohes, weißes Bett. Für eine kurze Seligkeit war die ganze Last ihres bisherigen Lebens von ihr abgefallen. Im Fallen hatte er einen seiner Schuhe verloren, aus weichem, hellem Leder, aufwändig vernäht, glänzend fein und makellos glatt. Sie hatte sich gebückt, sein Fußgelenk mit beiden Händen umfasst und nach der Wade gegriffen. Heiß hatte sie sich angefühlt. Sorgfältig hatte sie den Schuh geschnürt. Im Aufstehen zauberte er aus der Brusttasche eines seiner Geschenkmesser hervor: Victorinox, sagte er und schlug es mit der Hand klatschend auf den Oberschenkel, ein Messer dieser Qualität kannst du lange suchen, mein Name, dein Messer. Erstmals in ihrem Leben hatte sie es ausgehalten, dass jemand sie so lange anschaute. Ein Schauer von Glück hatte sich von ihrem Nacken ausgebreitet, hinunter in den Bauch und in die Arme. Mit jedem neuen Tag fühlte sie sich seitdem weiblicher und mehr als ganzer Mensch.

Daran änderte auch der kleine Rückschlag beim Besuch von Vics Mutter nicht.

Arm in Arm schlenderten sie am Empfang der Calgex vorbei zum Aufzug. Das Chefbüro im obersten Stockwerk war riesig, rundum kunstbehangen und fein säuberlich aufgeräumt. Vic war ein Detailbesessener, ein Perfektionist, der forderte und förderte. Im Sitzungszimmer lagen für jeden Teilnehmer Schreibblock und Kugelschreiber bereit. „Vater hat immer davon geträumt, mit Calgex die Welt zu erobern", sagte er. „Alles hat vor vierzig Jahren in einer Garage begonnen. Mutter hat mir mal gebeichtet, ich sei auch dort entstanden." Er schnalzte mit der Zunge. „Vater wollte die Entkalkung revolutionieren." Er und Mutter seien ein Dreamteam gewesen. Kaum verheiratet, hätten sie den Grundstein für das Unternehmen gelegt. Und weitere fünf Jahre später hatten sie die Augenweide gekauft. Mutter habe dort die Buchhaltung geführt, während Vater Maschinen und Werkzeuge in immer größere Gebäude verlegte. Hier, am neuen Standort, sei der Einstieg in die industrielle Entkalkung erfolgt – mit Vertretungen in halb Europa. Der Umsatz habe sich verzehnfacht. „Mein Vater ist der von allen geliebte Patron geblieben. Oft hat er sich gegen den Rat seiner engsten Vertrauten durchgesetzt. Heute ist die Konkurrenz erdrückend. Aber mit einer Türöffnerin wie dir, Yana, kann nichts schief gehen. Die Lösung liegt im Osten, nicht in China, wo zurzeit alle buckeln." Seine Augen blitzten. „Wir zwei sind die Lösung!"

Der Rundgang durch die verschiedenen Abteilungen dauerte. Yanas Magen rumorte. Zu viel Gugelhopf. Wie ein Ziegelstein fühlte sich das an unter der prallen Haut. Der Wasserwirbel sei eine unermessliche Kraft, orakelte der Chefingenieur vor einer Maschine. In einem Tropfen Quellwasser seien mehr Kräfte vorhanden als ein mittleres Kraftwerk erzeuge. Mit jedem Schritt verstärkte sich das Gerumpel in Yanas Magen. Heute werde das Wasser schon am Ursprung abgefangen und kaputt gemacht, fuhr der Mann unbeirrt weiter. Nicht bei Calgex! Die Natur kapieren und kopieren, lautete die Devise. Calgex baue auf Implosion statt auf Explosion. Jeder Organismus nehme Kräfte nach innen auf, in einer Pflanze explodiere auch nichts. Die Technik setze nach wie vor auf Überdruck. Doch das Wasser werde in den runden Rohren schal und leblos. „Das Resultat: Herz-Rhythmus-Störungen, Gicht, Krebs, Arterienverkalkung. Bei uns hingegen bringt man das Wasser zum Wirbeln."

Schlaf, verlangte Yanas Kopf, einfach nur Ruhe. Im Fahrstuhl war der Atem des Ingenieurs das einzige Geräusch. Unten im Lagerkeller stützte sie sich an einen Pfosten. Nicht alles an der Schweiz war Spitze. Der riesige Raum aus nacktem Beton, in dem die Luft stand, kam ihr vor wie das Vorzimmer zur Hölle. Der Chef der Logistik holte einen Filter aus Regal L7. Allerdings bevorzugte er die Filter in Regal L8. Filtrieren war die Kerndisziplin der Entkalkung.

Vic blieb strahlend. Die ganze Welt um ihn herum schien zu strahlen. Warum auch den Kopf hängen lassen? Er kannte keine Stimmungsschwankungen und keine Dämonen, die ihn plagten.

Zurück im Büro breitete er den Plan seines Neubaus aus. „Ich habe die Brache vor drei Jahren zwischen Fluss und Autobahn entdeckt. Damals war das ein Wüstenland, Yana, unvorstellbar, ein Trümmerfeld aus Schutt, Kies und Sand, voller Geflimmer, wie die Landschaft um dein Heimatdorf, stelle ich mir vor." An diesem verlorenen Ort, wohin keine Mutter sich mit ihrem Nachwuchs verirrte, in diesem Gefilde, durch das sich alte Schienen und Leitungen wanden, hin zum Güterhafen am Fluss, in diesem

Niemandsland, wo ein paar Versprengte, Bemitleidens-
werte in alten Bruchbuden hausten, Brieftauben züchte-
ten und in verkommenen Gärten Hühner hielten, sei es
ihm wie Schuppen von den Augen gefallen, beim Anblick
eines Kunstledersofas in der Kiesgrube, in die er auf der
Heimfahrt von einem Calgex-Kunden aus lauter Not gefahren war, um kurz auszutreten: Diese Hölle verwandle
ich in ein Paradies. Sieben Kuben schwebten ihm vor. In
Kubus 1 wäre außer dem Geschäftssitz im Erdgeschoß die
Sammlung Muff untergebracht, ein Juwel für die Stadt
und für Kunstfreunde aus aller Welt. „Als Patin für dieses einzigartige Projekt habe ich die Königin ausgewählt.
Der Architekt hat die Pläne bereits angepasst. In einem
Jahr wird gefeiert, alles aus einem Guss, ein Tempel der
Kunst – genau über dem jetzigen Tümpel. Wir bauen in
die Tiefe statt in die Höhe und nutzen die Erdwärme."
Vor Yanas Augen entstanden über- und unterirdische Ar-
beits- und Wohnoasen, Master Suiten, Bars und Gourmet-
Restaurants, Konferenz- und Fitnessräume, Spa, und zu
guter Letzt fand sie sich zuunterst in Kubus 1 in einem
700 Quadratmeter großen begehbaren Tresor wieder. Ein
Bau wie gemalt, der über der Erde Züge eines gläsernen
Ameisenhaufens annahm, voller glitzernder Tannenna-
deln. „Du übersetzt alles ins Russische, Yana. Die VIPs aus
China und Indien sind ebenso willkommen."

„Ich möchte, dass deine Kuben süß und krautig wachsen", sagte sie. „Gehen wir jetzt zu dir, bitte? Ich brauche
dringend frische Luft."

3

Während sie im Stau standen, verdrückte Vic das mitgebrachte Sandwich. Yana beließ es bei einem Schluck Wasser. Im Schritttempo ging es endlich weiter. Als sie ankamen, war es stockfinster. Vom Lavendelsträußchen, das die Raumpflegerin auf den Nachttisch gestellt hatte, war ein schwacher Willkommensduft übrig geblieben. Die erste Nacht im neuen Land. Sie waren beide bis auf die Knochen müde. Kein Sex, aber viel Körperkontakt, viele kleine Zärtlichkeiten, in der Löffelstellung Bauch an Rücken auf dem breiten Riesenbett unter der weiten Decke einschlafen, himmlisch, eine Decke für sie beide, nur ein kleiner Spalt zwischen den beiden Matratzen, mehr wünschte sie sich für den Moment nicht. Sie rutschte auf seine Seite, drehte sich am Schluss, als er sich im Halbschlaf unweigerlich trennte, auf ihre noch nicht angewärmte. Ihre erotischen Bedürfnisse und ihre Sexualität würden sich Schritt für Schritt entfalten. So sauber und ordentlich wie in Küche und Wohnzimmer musste weiß Gott nicht immer alles ausschauen. Sie träumte von Liebe auf dem Küchentisch, von ganz verrückten Sachen und fand keinen Schlaf.

Der Wind rüttelte an den Läden, rastlos schepperte eine Flasche auf dem Balkonboden. Ist alles zu rasch gegangen, fragte sie sich, werde ich es schaffen hier? Als sie Victor vor einem Monat bei klirrender Januarkälte in Moskau kennengelernt hatte, wäre sie nicht im Traum auf den Gedanken gekommen, ihm in die Schweiz zu folgen. Victor hatte ein gebügeltes weißes Hemd mit goldenen Streifen getragen. Das mittellange braune Haar hatte er mit Gel so sorgfältig nach hinten gekämmt, dass es fast so aussah, als sei es mit der Kopfhaut verwachsen. Sie also sind meine Dolmetscherin?, hatte er gestrahlt.

Dann kommt es gut! Umgehend hatte er ihr das Du angeboten und ein Bündel Papiere aus seiner Ledermappe hervorgeholt, auf der sie ein eingraviertes Monogramm mit Familienwappen entdeckte. Die Mappe musste mehr gekostet haben als ihre gesamten Möbel. Während der Besprechung aßen sie pikante Cracker und tranken Wodka. Im Nu vergingen zwei Stunden. Alkohol war sie nicht gewohnt. Sie war froh, dass sie Victor unterhaken durfte. Unvermitelt stand sie in ihren Billigkleidern auf einem dicken, sündhaft teuren Perserteppich, umrahmt von Spiegeln. Im Hotelzimmer bestellte er Champagner und Kaviar. Sie nahm einen Schluck, ergriff ihren Mantel und lief von Panik ergriffen aus dem Zimmer. Auf dem Weg zur nächsten Bushaltestelle hörte sie den Wind in den Leitungen rauschen. Eigentlich ist das ganz normal, redete sie sich gut zu. Wir verstehen uns. Wir reden vertraut miteinander. Er hat mich geküsst und heftig umarmt. Wir werden gut zusammenarbeiten, mehr nicht. Am andern Morgen stand er pünktlich vor dem Museum. Er wollte ihr unbedingt einen kleinen Kühlschrank kaufen, weil ihr uraltes Gerät ausgestiegen war. Dankend lehnte sie ab. Dann halt nicht, bald ziehst du ja ohnehin zu mir, witzelte er und zog sie in ein Restaurant. Beim Anblick der Speisekarte überfiel sie ein unglaublicher Hunger. Widerstand zwecklos, dachte sie, aufgeben, einfach annehmen, dass es da einer gut meint mit mir. Es war ein seltsames Gefühl, Häppchen zu essen, die sie einen Monatslohn gekostet hätten. Ob er bemerkt hatte, dass sie dieselben Turnschuhe trug wie am Vortag? Sie wagte kaum, die Stoffserviette zu berühren. Er aß, als ob er auf dem Teller etwas einsammle, um es im Mund in etwas Großes zu verwandeln. Hervorragend, sagte er und rollte das R auf der Zunge. Der Rotwein zum Hauptgang entlockte ihr spontane Lacher, denen im ganzen Körper kleine warme

Wellen folgten. Zusammenreißen! Wie hätte er wissen sollen, dass das alles für sie Schwerstarbeit bedeutete? Ja nichts falsch machen, Mund schön schließen beim Kauen, Gabel und Messer im rechten Abstand halten, jeden Bissen zelebrieren. Sie aß mit gesenktem Kopf und nickte mit der Zeit nur noch mechanisch, um die Konzentration nicht zu verlieren. Auf dem Gang ins Museum war ihr abwechselnd nach Lachen und Weinen zumute. Leise fragte er sie: Liebst du mich? Mhhh, gab sie ebenso leise zurück. Nur nicht torkeln, sich ja nicht blamieren. Die Kuratorin überreichte ihnen den versprochenen Zwischenbericht. Vieles spreche für Rutzki. Es gebe kaum mehr Zweifel. Noch zwei, drei Tage Geduld, Herr Muff! Als das Taxi spätnachts vor ihrem Wohnblock stoppte, drückte sie ihm einen Kuss auf die Wange – und husch war sie aus dem Wagen. Im Bett berührte sie ihre Brüste unter dem Nachthemd. Sofort wurden die Spitzen hart. Über den glatten Bauch wanderten die Hände zur Scham. Unvorstellbar, dass Victor sie dort je berühren würde. Noch hatte sie keine Ahnung von seinem Innenleben. Ihre Erfahrung mit dem männlichen Körper beschränkte sich auf Juri, auf das mechanische, fast manische Befriedigen des Elementaren. Während der Zeit am Gymnasium war ihr alles an ihr grässlich vorgekommen, Stirn, Kinn, die zu weichen Lippen. Sie hatte sich selbst gehasst, bis Juri gekommen war und ihre Sicherungen durchbrannten. Juri war keinen Schritt mehr von ihrer Seite gewichen. Ihr war elend und bang – und sie heirateten. Erstmals hatte sie den Alleingang gewagt. Ihre Zwillingsschwester war klüger gewesen. War das die Moral von der Geschichte? Allein schaffst du es nicht? Nein! Seit der Scheidung war sie Juri für immer los. Ihr Ex-Mann war ein Versager gewesen, ein Alkoholiker. Als sie vor einem Jahr in Odessa vors Gerichtsgebäude getreten war, hatte sie ihr Haar zu einem Zopf geflochten, um stark zu sein. Er hatte seine Wirkung vor dem Richter nicht verfehlt. Danke Großmutter! Jeden Morgen hatte ihre Babuschka sie als kleines Kind vor dem Frühstück gekämmt und ihr den Zopf so gestrafft, dass ihre Nasenflügel sich weiteten, während die Augen sich zu Schlitzen verengten. Jahrelang waren ihr Zöpfe deswegen verhasst. Am Tag der Scheidung hatten sie ihr das Gefühl gegeben, einmal ein Zuhause gehabt zu haben und ganz lebendig zu sein.

Irgendwann musste sich doch eingedöst sein. Am nassen Fenster klebten ein paar verwehte welke Blätter, als sie frühmorgens aufwachte. Victor schlief tief auf seiner Seite des Bettes. Die Decke hatte er unters Kinn gezogen. Sie streichelte sein Haar, an dem das Gel vom Vortag noch klebte, und zog seine Hand sachte auf ihren Bauch. Er tat keinen Wank. Sie interpretierte es als Abwehr. Sofort verkrampfte sie sich. Sie selbst hatte keinen körperlichen Bezug zu sich. Als kleines Kind hatte ihr alles gefehlt, was über die notwendige materielle Versorgung hinausging. Kurz vor ihrem vierten Geburtstag waren die Eltern nach Odessa gezogen, um sich dort mit Gelegenheitsarbeiten über Wasser zu halten, und hatten sie und ihre Schwester Großmutter überlassen, die aus ihnen Akademikerinnen machen sollte. Ein, zwei Jahre beschränkte sich der Kontakt zu Mutter und Vater auf Feiertagsbesuche und Notfälle. Für Zärtlichkeiten war kein Platz. Irgendwann verloren Ewa und sie den Bezug zu ihnen völlig.

Vics Handy klingelte. Sofort war der Mann an ihrer Seite hellwach. „Ich habe dich soeben in der Zeitung gesehen", hörte sie seine Mutter sagen, „neben deiner Statue, darüber die Schweizer Fahne und die russische." Was auch immer passierte und wohin es sie mit Victor verschlug, an dieses tägliche Ritual würde sie sich gewöhnen müssen. Eine ganze Weile redete Mutter auf Victor ein, ohne dass er ein Wort sagte. Nein, meinte er schließlich energisch, die Kirchenpflege liege nicht auch noch drin. Yana schmiegte sich an ihn. Wer die Wärme liebte, musste den Rauch dulden.

„Ich werde als Lehrerin arbeiten, um dir nicht zur Last zu fallen", flüsterte sie ihm ins Ohr.

Er zündete die Nachttischlampe an. „Vergiss es, Yana, wir zwei kümmern uns um die Kunst – und um Calgex. Wir schenken dem Osten gesundes, entkalktes Wasser und dem Westen die kraftvollen Werke des Ostens!" Sein Gesicht leuchtete. Sie liebte ihn für dieses Strahlen. Aber sie verstand nichts von Kunst und noch weniger von Kalk und am allerwenigsten von den Menschen. Ihren Schülern würde es gleich ergehen. Genau darum würden sie zusammenpassen. Großmutter hatte gesagt, sie sei außen still und innen ein Orkan. Daran musste Vic sich gewöhnen. Sie spürte ihre Brust auf seiner, warm, weich, Haut an Haut. Er lag unter ihr, biss auf seinen Lippen herum, kicherte, als sie mit ihrer Zunge unter seine Achsel fuhr. „Wir müssen aufstehen, Schatz, wir sind zum Brunch angemeldet!" Er rappelte sich auf und verzog den Mund zu einem munteren Lächeln. „Es gibt einen Welcome-Brunch in der Kantine." Ein Schweißtropfen löste sich aus ihrem Haaransatz und kullerte mit einem winzigen Geräusch auf ihre Augenbraue. Am liebsten wäre sie vom Erdboden verschwunden. Warum hatte er sie im Museum als Geschenk bezeichnet und gesagt, er glaube an Wunder? Sie war definitiv die falsche Frau.

Im Badezimmer schaute er ihr im Spiegel aus dem Augenwinkel zu, wie das Wasser über ihre Brustwarzen tropfte. Schützend kreuzte sie die Arme über den Brüsten. Tief durchatmen. Sie mussten sich behutsam aneinander gewöhnen. Nur nichts überstürzen, ja nichts kaputt machen. Er drückte sie lange an sich. „Das war schön", sagte sie. Ein feierliches Gefühl überkam sie. Die Wolken hatten sich verzogen.

Der Lichtfächer der Sonne erhellte das Wohnzimmer. Es gab kaum Stellen an den Wänden ohne Kunst. Viele Bilder wirkten selbst im Morgenlicht dunkel. Der Teppich war es auch. Aber er war weich, wie Moos. Ein paar umgestürzte, bearbeitete Wurzelstrünke ragten aus dem Teppichmoos empor. Sogar die Stühle waren hier Kunst. Der Salontisch bestand aus einer schwarzen, mit silbernen Nägeln ausgelegten Badewanne, auf die der Künstler eine massive Glasplatte montiert hatte. Großmutter kam Yana in den Sinn. Bei einem ihrer letzten Besuche hatte ihre Babuschka aus Angst vor den Schießereien in der Umgebung unter einer Matratze in der Badewanne geschlafen. Erst als es wieder hell war, zog sie den alten Mantel mit dem Schafsfell und die Mütze an und stapfte durch den Schnee zu den Hühnern. Im Haus war es so kalt, dass sie nur stoßweise atmete. Sie hatte neuen Tee aufgesetzt und auf die Postkarten aus Moskau gestarrt, die Yana ihr geschickt hatte. Es ist unerträglich geworden, hatte Großmutter gesagt. Beim Gedanken an morgen zieht sich mein Herz zusammen. Die Ukraine lebte ein Leben im Wartesaal. Viele Ukrainer wussten überhaupt nicht, worauf sie warteten. Sie wollten nicht nachdenken, nicht reden. Großmutter war keine Ausnahme. Trotz der westlichen Sanktionen gegen Russland, der martialischen Worte des Kremls und der Nato war der Konflikt, der das Land zerriss, ein vergessener Konflikt, verdrängt vom Krieg in Syrien, vom IS, von Millionen Geflüchteter in Europa, von Terrorangst und Fremdenfeindlichkeit.

Yana wartete auf dem noch nassen Gehsteig, während Victor das Auto aus der Tiefgarage holte. Hier in der Schweiz brauchte niemand unter der Badewanne zu schlafen. Kleine Schnecken waren unterwegs. Sie glitten auf einem leichten Wasserfilm. Langsam zogen sie an ihr vorbei, wie Schiffe. Ihre Fühler kräuselten sich. Schulkinder gestikulierten. Ein grüner Bus hielt unmittelbar vor dem Haus. Yana las den Fahrplan und verstand ihn auf Anhieb. In der Ferne zeichneten sich die Konturen sanfter, bewaldeter Hügel ab. Es gab viel Grün. Kein hektisches Gehupe wie in Odessa. Keine rauchenden Schornsteine. Keine Völkerwanderung. Genau so hatte sie sich eine Schweizer Stadt vorgestellt – überschaubar und friedlich. Aus einem offenen Fenster ertönte ein Gong und rief wohl zum Frühstück. Sofort verspürte sie einen unbändigen Hunger.

4

Ohne Vic kam Yana die Wohnung mit all der Kunst nach zwei Monaten noch immer eine Nummer zu groß vor, zu elegant. Das heiße Bad war stets verbunden mit einem Anflug von schlechtem Gewissen: Wie habe ich das verdient? Aber die Aussicht auf den Tanzkurs hob ihre Stimmung rapid.

Mit dem beigen Calgex-Geschäftswagen fuhr sie durch den Stoßverkehr. Der Regen zog Fäden über die Frontscheibe. Bereits zum dritten Mal besuchten sie den Kurs. Tapfer hatte Vic in den sauren Apfel gebissen. Sie und ihre Schwester hatten sich das Tanzen auf dem Sternenteppich beigebracht. Victor hatte den Einsteigerkurs kurz vor Schulabschluss verweigert. Sich ständig nur im Kreis drehen und in grinsende Gesichter starren war nicht seine Sache. Er kam sich idiotisch vor, auch wenn er das Versäumnis schon oft bereut hatte, war er doch auch auf dem Parkett ein gefragter Mann.

Sie bremste abrupt. Ein paar Kinder blockierten den Fußgängerstreifen. Der Kleinste winkte mit beiden Händen. Yana winkte zurück und fuhr langsam weiter. Süferli war das Wort, das Victor dafür brauchte. Für ihn, den Ruhelosen, war süferli ein Unwort. Für sie gehörte es zu den schönsten Ü-Wörtern neben Grüezi, Tüpfli, Füürli, hügerle, schmüserle, pfüserle. In den Radio-Nachrichten meldete der Sprecher, die Regierungen in Kiew und Moskau hätten in der Vergangenheit viele Ehen geschlossen, die hernach immer wieder gescheitert seien. Nun wohnten die beiden Ehepartner so weit voneinander entfernt, wie ihre Beziehung es zuließ, und plagten sich weiterhin. Yana mochte das Schweizer Hochdeutsch, die Langsamkeit des Nachrichtensprechers. Auch der umtriebige Victor redete nicht schneller. Ihr war, als nähme das gemächliche Sprechtempo den Nachrichten einen Teil ihrer Dramatik. Trotzdem blieb ihr Land in Schieflage. Ewa hatte ihr von einem altem Mann berichtet, den sie im Freiluft-Fitnesspark „Katschalka" in Kiew gesehen hatte, wo er sich an einer Reckstange hochgeschwungen hatte und die längste Zeit kopfgestanden war. Das half nicht, die Ukraine ins Lot zu bringen. Doch vielleicht trug es dazu bei, die kleine Welt des Mannes geradezurücken. Das Problem war nur, dass niemand ewig kopfüber verharren konnte. Irgendwann musste der Alte die Welt wieder anschauen, wie sie wirklich war. Trotzdem: ein schönes Bild, eines, das sie sich in Vics neue Galerie wünschte. Die Realität, wie man sie in ihrem Geburtsland drehte und wendete, war zum Himmel schreiend. Hier lebte sie im Paradies. Die Gegend um Schabo war flach wie ein Bügelbrett, fünfzehn Meter über dem Meer, dünne Grasnarben, darunter Sand. Wälder und Berge fehlten gänzlich. Umso erhabener kamen sie ihr nun vor. Und die Größe der Stadt war perfekt, 150.000 Einwohner, nicht zu groß, nicht zu klein. Schnell war sie überall – und noch schneller wieder daheim. Die Attika-Wohnung lag zentral und Victor war das Tor zu ihrem Himmel. Wohin sie mit ihm kam, war sie willkommen. Ihr Gaumen entdeckte täglich Neues, Rösti mit goldbrauner Schale und samtweichem Kern, Rehrücken an Kaffeesauce und Kaffeekirschen, Kartoffelbaumkuchen und Steinpilztatar auf Broccolicreme, Rindshohrücken im Heu gebraten, mit Ingwer-Hollandaise und Kartoffeln nach savoyischer Art, alles unschätzbar gut und fast unübersetzbar. Ihr Lieblingsort in der Stadt war das Café bei der Fähre am Fluss. Von dort führte ein gepflästerter Weg an den schönsten kleinen Läden vorbei hinauf zum Münsterhügel.

Vieles an der Schweiz war ihr nach zwei Monaten so vertraut, dass sie sich nicht mehr wunderte. Hier hatte praktisch jedes Dorf entlang der Autobahn einen direkten Anschluss, häufig sogar mehrere. Blätzwil Nord, Ost, Süd, West. Von allen Seiten konnte man einfahren. Für Tage, an denen Victor ihre Dolmetschdienste nicht benötigte, hatte er ihr ein Generalabonnement der Schweizerischen Bundesbahnen geschenkt. Anfangs hatte sie sich überwinden müssen, allein unter die Leute zu gehen. Sie hatte sich Luzern angesehen, war mit dem Dampfschiff über den Vierwaldstättersee gefahren und auf die Rigi gewandert. Unterwegs war sie vor einem Stall einem Bauern mit einem mächtigen, grau gesprenkelten Bart begegnet. Er hatte eine selbstgedrehte Zigarette geraucht, sie zu sich gewunken und gebeten, eine Initiative zu unterzeichnen, die den Kühen das Recht auf Hörner zustand. Sie wusste nicht, dass die meisten Kühe in der Schweiz keine Hörner mehr hatten, und er wusste nicht, dass sie als Ausländerin die Initiative nicht unterschreiben durfte.

„Ahä, jäso, was bin i für e Hornoggs", hatte der drahtige Kuhhornrebelle mit den rissigen Händen und den fast schwarzen Augen geseufzt, „säb hett i müesse merke." Ihm gehe es nicht um den Kampf, sondern um die Frage: Was ist uns die Würde der Kuh wert? Obwohl auf fast jeder Postkarte oder Milchpackung eine Kuh mit Hörnen prange, hätten heute neun von zehn Kühen keine Hörner mehr. Im Alter von wenigen Wochen brenne man den Kälbern die Hornansätze weg, trotz lokaler Betäubung eine schmerzhafte Sache. Die Kälber könnten sich nicht wehren. Also gebe er den Tieren eine Stimme. „Numen ine!" Er führte sie in den Stall. „Lang mal aa!" Geduldig ließ sich die Leitkuh von Yana die imposanten Hörner streicheln.

„Sie sind warm", sagte sie.

Er nickte bedächtig. Anders als ihre Fingernägel seien sie durchblutet und mit Nerven versorgt. Durch das Stutzen nehme man den Kühen ein wichtiges Verständigungsmittel. Ohne Hörner brauchten sie in den modernen Laufställen weniger Platz. Das steigere den Ertrag pro Quadratmeter Stall. Rangkämpfe gebe es trotzdem. Die Tiere hätten zwar keine klaffenden Wunden, aber innere Verletzungen. „Es dünkt mi es bitzeli wie bi de Mensche." Er gab ihr die Hand. Er hoffe auf die Frauen. Frauen würden gebären, sie wüssten, was Leben bedeute.

Mit Menschen war sie ansonsten in der Schweiz bisher kaum in Kontakt gekommen. Auf der Fahrt nach Biel war sie im Zug einmal eingeschlafen und erst an der Endstation in Lausanne von einem hageren Kondukteur freundlich geweckt und aufs Perron begleitet worden. In einer Confiserie hatte sie sich dunkle, zartbittere Schokolade gekauft und sie am See gegessen. Sie hatte tröstlich nach Wald geschmeckt. Seit Anfang April arbeitete sie stundenweise als Dolmetscherin auf dem Migrationsamt. Gleich beim ersten Einsatz war sie mit der käuflichen Liebe in Kontakt gekommen. Es war um ein Cabaret gegangen, in dem junge Ukrainerinnen an der Stange tanzten. Der Besitzer, ein ehemaliger Lehrer und Buchhalter, verlangte in seinem unscheinbaren Schuppen den Tänzerinnen mehr ab, als ihnen lieb war. Eine Irina hatte sich auf dem Amt beschwert. Sie kam aus Sumy, einer Stadt an der Straße nach Moskau, in der es kaum noch Männer gab. Nun zogen auch die Mädchen weg. Irina war erstmals in der Schweiz, mit einer dreimonatigen Kurzaufenthaltsbewilligung. In der Ukraine hatte ihr Lohn als Musiklehrerin nicht zum Leben und nicht zum Sterben gereicht. Hier verdiente sie genug, um ihrer Mutter monatlich eine kleinere Summe zu überweisen, doch der Champagner machte sie krank. Ihren Arbeitsvertrag verstand sie nur bruchstückhaft, obwohl sie ein Wörterbuch gekauft und versucht hatte, den Text zu übersetzen. Auch Yana hatte Mühe. Es wimmelte von Abkürzungen. Von Alkoholzwang stand jedoch eindeutig nichts im Papier. Am Schluss des halbstündigen Gesprächs hatte Yana sich schlecht gefühlt. Irina galt in der Schweiz als nicht qualifiziert. Im Gegensatz zu ihr hatte Yana eine Dauerbewilligung und begleitete Vic auf seinen Geschäftsfahrten im Mercedes. Nach getaner Arbeit ging er regelmäßig in den nächsten Blumenladen und kaufte ihr einen Strauß gelbe Rosen. In den Kleidergeschäften durfte sie sich aussuchen, was ihr gefiel. Sie sehnte sich weder nach Highlife noch nach Amüsement. Aber wenn Victor ihr das geben wollte, bedeutete es doch, dass sie es ihm wert war. Er war der einzige Mensch, der ihr in diesem Land nahe war. Für den Moment reichte das völlig. Irgendwann würde sie den Dialekt, ohne den man in der Deutschschweiz verloren war, so fließend sprechen wie ihr akzentfreies Hochdeutsch und überall akzeptiert sein. Buurezmorge. Schüblig. Metzgete. Ihre Wortschatztruhe füllte sich Woche für Woche mit neuen Mundartwörtern. Die Klippen von Angst und Melancholie umschiffte sie tagsüber mit einem Lächeln und abends beim gelegentlichen Skypen mit Ewa. Auf der Flussfahrt, zu der ein Großkunde sie unlängst eingeladen hatte, waren Victor und sie so dicht nebeneinander gestanden, dass sich ihre Arme und Schenkel bei jeder Erschütterung des Schiffs berührt hatten. Sie hatte sich an jedem Satz gefreut, den Victor gesagt hatte. Er war elf Jahre älter, elf Jahre reifer und wunderte sich, wie kindlich ihr Körper war, die Haut weiß, beinahe durchsichtig. Sie hatte ewig nicht mehr mit der Zunge geküsst. Auch er hatte ganz offensichtlich wenig Übung. Kein Wunder, rackerte er doch zwölf, vierzehn Stunden am Tag. Als ob er ihre Liebe auf die Probe hätte stellen wollen, hatte ein kleiner Mann mit einem kugelrunden, zündroten Gesicht Yana auf dem Vorderdeck zugeprostet: Auf deine Schönheit! So gänzlich anders als in Russland oder in der Ukraine waren die Schweizer Männer nicht. Der Schweiß roch überall gleich, die Anzüglichkeiten waren kaum subtiler. Hüben wie drüben dieselben glasigen Blicke, das gleiche Arsenal leerer Gesten. Am schlimmsten aber waren die Vernissagen, die Victor im Wochentakt mit ihr besuchte. Wie bewegte man sich bei einem solchen Anlass so, dass das Gegenüber bemerkte, dass man jemand war? Ohne dass der andere sich im Bruchteil einer Sekunde nach einem anderen Gesprächspartner umschaute und man als Niemand dastand? Was hatte sie zu sagen, außer dass sie Vics zukünftige Frau war und für ihn dolmetschte? Sie hatte keine Projekte, suchte keine Sponsoren. Ich habe gerade nichts, ich hänge nur ein bisschen rum, es gibt niemanden Langweiligeren als mich, ich war noch gar nie jemand. Ein Jemand weiß genau, mit wem er verkehrt, wer ihn weiterbringt. Ein Jemand lebt in der dauernden Panik, ein Niemand zu sein. Und was tut ein Niemand? Putzen? Schlafen? Wovor graut einem Niemand? Ein Niemand wie sie konnte nicht mit so vielen Menschen in einem Raum sein. Es sprengte ihr den Kopf. Als sie einmal in einer Ecke so ihren Gedanken nachhing, während ihr aus allen Richtungen Sprachfetzen um die Ohren brausten, wurde sie von einer ausgestreckten Pranke beiseite geschoben und beinahe umgestoßen. Sie trug keine High Heels. Ihre 166 Zentimeter gingen in der geschäftigen und von Gelächter erfüllten Masse unter.

Yana parkte auf dem reservierten Platz beim Haupteingang. Victor biss gerade einem weißen Schokoladeosterhasen die Ohren ab, als sie in sein Büro trat. „Ostern ist zwar erst in vier Tagen. Aber meine Sekretärin weiß um meine Vorlieben. – Wir fahren in meinem Wagen. Ready?"

Sie hakte sich ihm unter. „Ich werde dir Eier färben und sie mit Ornamenten verzieren, Liebster, ukrainische Osterkunst. Wenn das erste Ei, das man kriegt, von ganzem Herzen geschenkt wird, soll es nie schlecht werden, sagt man bei uns. Und wenn man es übers Gesicht rollt, sieht man das ganze Jahr jung aus." Also würde sie es für ihn über ihr Gesicht rollen.

„Mutter und ich haben mit Kräutern und Blüten gefärbt", sagte er. „Ich war ein unglaublich braver Bub. Zur Belohnung gabs den größten weißen Hasen vom Dorfbäcker. Jahr für Jahr hat Mutter ihn zwischen Weiher, Komposthaufen, Garage und Magnolie versteckt, sorgsam darauf achtend, ja nichts zu zertrampen. An Ostern wandelt sie noch heute traumsicher zwischen Kitsch und Kirche." Sein Gesicht leuchtete. „Der Tag war gut", fasste er zusammen. Er habe zwei blitzsaubere Verträge abgeschlossen. Und es sehe ganz danach aus, als würde er in Zürich einen Giacometti an Land ziehen, ein heißer Tipp der Oligarchengattin Balbukina, die sich seit dem Charity-Anlass in Moskau regelmäßig bei ihm melde.

„Ein Schnäppchen für den Haberlieb", lachte Yana. Victor steuerte mit der Linken und ließ die Rechte auf ihrem Oberschenkel ruhen. Während sie an einer roten Ampel warteten, begann Vics Handy zu vibrieren. Er warf einen raschen Blick auf das Display. „Warum antwortest du nicht?", fragte sie.

„Klar bin ich der einzige Sohn ... aber ich kann doch nicht ständig ... Vor einer halben Stunde habe ich noch über die Hochleistungsaufzüge für den Neubau verhandelt. Mit sechs Metern pro Sekunde geht es rauf und runter. Bildschirme zeigen während der Fahrt das Wetter und die Börsenkurse an."

„Ich hoffe, dass in deinen Kuben ein positiver Mythos entsteht", sagte sie.

Vor der Migros machte ein Osterhase in einem mannshohen rosafarbenen Kostüm und Bugs-Bunny-Plastikzähnen Kapriolen. Die Rasselbande, die ihn umtanzte und verulkte, zwang Victor zu einem Ausweichmanöver. „Wie kann man so tief sinken und sich seinen Lebensunterhalt als Plüschtier verdienen?", schimpfte er.

Nach längerem Hin und Her fand er eine Parklücke. Sie kamen zehn Minuten zu spät. Stirnrunzelnd streckte der Tanzlehrer Victor ein Paar Schuhe mit nägelbeschlagenen Absätzen aus Holz entgegen. „Allez, hopp", spornte er sie an. Flamenco für Einsteiger war angesagt, ein Gag zur Auflockerung, ein kleines Schockerlebnis. Baile, baile. Der Tanzlehrer klapperte mit seinen Kastagnetten. Nach der kurzen Aufwärmphase verschärfte sich das Tempo. Jeder Körperteil war einbezogen, Oberkörper, Arme, Hände, Finger. Victor hatte Mühe, sich die restlichen Paare vom Leib zu halten. Er solle auf die Blickrichtung achten, mahnte der Lehrer, mehr Ausdruck, mehr Spannung, erdverbunden bleiben, „ganz locker!"

Vic verzog den Mund. An seiner Brust meldete sich das Handy bereits wieder im Vibrier-Modus. „Ich muss kurz austreten", keuchte er.

„Mach rasch", rief Yana ihm nach. Mit dem Rücken lehnte sie sich an die Wand und atmete tief durch. Sie vermisste ihn, kaum war er eine Minute weg. Victor hatte das, was ihrem ersten Mann gefehlt hatte. Juri war ein Nichtsnutz, ein Säufer. Vic gab ihr Halt. Sie brauchte diese Strenge, um nicht durchzugehen.

Ob sie an Depressionen leide, hatte der Hausarzt sie bei ihrem letzten Besuch vor der Scheidung gefragt. An einer Insuffizienz des Herzens, hatte sie geantwortet. Sie suche ihr Glück in der Musik, träume von einem eigenen Cello. Verständnislos hatte der Doktor sie angestarrt. Was er von ihr erwarte, hatte sie zurückgefragt. Dass sie sich von Luft ernähre? Sie war die unbrauchbarste Patientin überhaupt, lebte von ihren Übersetzungen und von ein paar Refrains, die sie auf den Heimatbesuchen am Dnjestr

Liman in Großmutters winzigem Blumenbeet summte. Ob man dazu Klaustrophobie sagte? Sie wollte doch nur die eigene Luft einatmen. Und war so zerbrechlich zwischen den guten Augenblicken, zerbrechlich in der Angst, die sie mit Juri nie teilen konnte, weil er ganz andere Ängste hatte, andere Schmerzen. Und all das Gerede vom positiven Denken. Zu den wichtigsten Sätzen, die sie selbst noch nie gesagt hatte, gehörte: So nicht! Nach der Heimkehr vom Arzt hatte sie sich am selben Abend für die Scheidung entschieden. Ein Jahr verging, bis sie eine freie Frau war. Und nochmals einen Monat später war sie an einem frostigen Januartag Victor begegnet und hatte Stunden später im Club Moskva mit ihm zu heißer Musik getanzt. Der Wodka hatte ihnen beiden Mund und Muskeln gelockert. Mit jedem Glas war Victor mehr in Fahrt gekommen und hatte entschiedener geführt, fast übereifrig.

Und nun sah es so als, als wolle er den armen Cinédine mit der gestreckten Hand, die er zuvor hinter dem Rücken gehalten hatte, wie in einem Theaterstück erstechen. Sein schmales Gesicht hatte eine wächserne Textur. Die Augen in den Schlitzen wirkten plötzlich kalt, fast leblos. Noch blieb ihr sein Innerstes verborgen. „Was ist los, hast du Kummer?", fragte sie.

Er winkte ab. „Mir musst du doch nichts vormachen, Vic!" Die Stimme seiner Mutter sei so nah gewesen, sagte er, als wäre sie auf der nächsten WC-Schüssel gesessen. Von einer tollen Überraschung habe sie geredet, sie müssten sie an Ostern unbedingt besuchen. „Keine Ahnung, was sie meint."

Der Rest der Tanzstunde wurde zur Tortur. Yanas Prinz verzählte, verhaspelte, vertrampelte sich ständig. „Hör auf zu denken", ermutigte sie ihn, „lass dich gehen. Du bist wunderbar!" Wie er zählte, eins-zwei-drei, eins-zwei-drei und sich doch gegen den Takt bewegte.

Mit seinem Blick gab er ihr unmissverständlich zu verstehen, dass die Tanzfläche nicht sein Platz in der Welt war. Er drängte zum Aufbruch. „Wir werden erwartet!"

„Woran denkst du?", fragte sie auf dem Weg zum Wagen.

„Ich sehe mich in der Augenweide den Zeitschalter für die Heizung drücken. Nichts passiert, nichts Äußerliches, aber es klickt in meinem Kopf."

Aus einem offenen Fenster ertönte Kindergeschrei. In das Geschrei mischte sich die entnervte Stimme einer Mutter. „Das wird euch noch leid tun." Die Kinder kreischten. „Sehr leid!"

Im Auto legte sie ihren Kopf auf Vics Schulter. „Du machst mich langsam zur Frau, Vic, süferli. – Öffne es", forderte sie ihn auf und streckte ihm ein Couvert entgegen.

„Aber ..." Er zog die Brauen leicht zusammen.

„Öffne es", wiederholte sie.

Mit dem Zeigefinger schlitzte er den Umschlag auf. „Ein Wellness-Gutschein?"

„Für ein Weekend im Schwarzwald. Von meinem ersten Lohn als städtische Teilzeit-Angestellte, schwer verdient, glaub mir." Man hatte sie zum Übersetzen ins Universitätsspital und ins städtische Durchgangszentrum aufgeboten. Beim letzten Einsatz Ende des Monats war sie nacheinander in der Psychiatrie, im Gerichtssaal und im Gefängnis gewesen und hatte Blut geschwitzt. Dolmetschen hieß, in festen Sprachgleisen von A nach B reisen, jedes Wort beglaubigen, ja nichts dazuerfinden, ja nirgends vom O-Ton abweichen. Sie durfte sich nicht mit den armen Seelen identifizieren, die im Durchgangszentrum ihre Torturen schilderten und schworen, nichts an ihren Geschichten ausgedacht zu haben. Beim Gefängniseingang musste sie ihren Ausweis zeigen, Handy und

Tasche abgeben. Die Räume, in denen die Befragungen stattfanden, waren fensterlose Verschläge, keine Zimmer, graue Böden, graue Wände, ein kleiner, grauer Tisch, drei graue Stühle, grauenhaft eng. Frage-Antwort-Frage-Antwort. Zuletzt hatte ein kurz geschorener junger Mann im Trainingsanzug ihr gegenüber Platz genommen. Bekennen Sie sich schuldig, hatte der Anwalt ihn aufgefordert. Sie werden ohnehin ausgewiesen. Kooperieren Sie, in Ihrem Interesse. Yana hatte sich entgegen der Anweisungen um kleine Aufmunterungen bemüht. Warum haben Sie gestohlen? Schweigen. Die Leute wollen Ihnen nur helfen. Grinsen. Dann ein Redeschwall. Übersetzen Sie, hatte der Anwalt sie aufgefordert. Sie war feuerrot geworden – und hatte dem jungen Mann seine Anzüglichkeiten vergeben. Auch sie litt ja an ihren Kränkungen. Doch warum der ganze Aufwand? Hätte man die Protokolle nicht genauso gut im Voraus schreiben können? „Lange halte ich das Dolmetschen nicht aus, Vic. Im Gefängnis habe ich Panikattacken bekommen."

„He, du hast ja noch kaum begonnen." Wieder vibrierte sein Handy. Diesmal war es die Sekretärin. Es sei dringend, ein Notfall. Er versprach, sich noch im Laufe des Abends beim Kunden zu melden. Kaum eine Minute später vibrierte es erneut.

Die Balbukina. Sie brüllte förmlich ins Handy. „Guten Tag! Du bist auf meinen Anruf überrascht? Ich melde, weil ich fur diese Giacometti ernsthaft Haberlieb suche. Andere Mann sich auch interessiert. Und so habe ich beschlossen, zu fragen nochmals dich." Sie habe ihm ja zwei Fotos der Plastik geschickt. „Ich hoffe die Antwort in der nahen Zukunft, Victor, ich mochte dich wirklich. Ich freue mich zu horen, die Kauf beginnen wurde."

„Eine gute Seele", meinte Victor. „Natürlich schnappe ich mir den Giacometti." Als es keine Minute später zum dritten Mal vibrierte, drückte er Yana mit einer gequälten Grimasse das Handy in die Hand. „Red du mit ihr!"

Sie bete für sie beide und spreche vor dem Einschlafen mit den Engeln, sprudelte Mutter Muff drauflos, als kennten sie sich schon seit Ewigkeiten. Geduld und Nerven brauche sie. Und jetzt wolle Victor noch öfter ins Ausland, immer Vollgas, das habe er vom Vater. „Ich sehe ihn vor mir, wie er Victor an einem Tag der offenen Tür in der Firma eingetrichtert hat: ‚Keine Emotionen, Vic. Sonst wirst du in unserer Branche rasch zum Attentäter.' Er konnte so energieeffizient sein wie die Geräte, die er verkaufte. Daran hat sich die Konkurrenz die Zähne ausgebissen. ‚Leisten Sie Ihren Beitrag an die Umwelt und setzen Sie auf Calgex. So sparen Sie Strom und Wasser.'"

„Green Technology inside", murmelte Victor und zeigte auf sein Herz. „Es pumpt so zuverlässig wie die Geräte von Calgex mit ihrer intelligenten Dosierautomatik."

„Psst", machte Yana.

„Bis Ostern", beendete Mutter das Gespräch versöhnlich. „Ihr habt es mir versprochen."

„Auferstehung und Zucker sind Geschwister", brummte Victor. „Mit Rosinen, Mandeln, Zimt und Eierlikör im Ostergugelhopf hat Mutter immer gepunktet. Und mit Vater im Himmel, den wir beide vermissten, hat sie mich in die Kirche gelockt. Ja, Mutter, wir kommen."

Kerzengefunkel, Kristallleuchter beim Ladies Dinner der Rotarier im vierhundertjährigen Restaurant in der Altstadt. Victor spendierte den Apéro. Yana kam es vor, als musterten sie alle offen oder heimlich, die Frauen ihr neues, dunkelrotes Kleid, die Männer den Körper, der sich darunter abzeichnete. Ein älterer Rotarier bemühte ein halbes Dutzend Blumen und Meere, um sie zu beschreiben. Ein anderer versuchte es mit Botticelli. Obwohl Vic sie in die Runde einbezog, fühlte sie sich ausgeschlossen. Sie lachte nicht, wenn die andern um sie herum lachten, lächelte nur oder verzog das Gesicht zu einer hilflosen Grimasse und verfluchte ihre Unfähigkeit, den Abstand zu den andern zu verkürzen. Ständig wurde sie freundlich beim Namen gerufen, ständig stand sie sich selbst im Weg. Und doch sagte man ihr, sie habe eine wunderbare Stimme, kaum machte sie einmal den Mund auf, und wegen ihres Lächelns galt sie als sympathisch, geheimnisvoll und unfassbar. Keiner sagte, sie stehe einfach blöd da. Zuhören und ernst sein galt offenbar als klug.

Beim Hauptgang versicherte ihr der Gynäkologe, der zu ihrer Linken saß und dem Bordeaux reichlich zugesprochen hatte, sie besitze eine Anmut, aber auch eine Aura der Unnahbarkeit, ihre Seele spiegle sich direkt in ihrem Äußeren. Sie schüttelte den Kopf. Sie erkannte nichts Besonderes an sich, außer dass sie schüchtern und verstockt war, und dass diese Schüchternheit die erotischen Phantasien vieler Männer anregte, die in ihr körperliche Freuden witterten, die sie den einheimischen Frauen nicht zutrauten. Yana stieß das ab. Aber es tat ihr gut, dass Victor sie schön fand. Mehr als auf den nächsten Tanzkurs freute er sich auf die Heirat. Ihnen beiden standen noch ganz große Momente bevor.

„Will dir der Großpapi an die Wäsche?", witzelte ein junger, breitschultriger und offensichtlich sturzbetrunkener Mann, als sie kurz nach elf an der Theke vorbei zum Ausgang gingen. Victor verzog keine Miene. „Ja, die Betuchten sind halt die Gesuchten", reimte der Mann und stützte die Oberarme zwischen seinem Bierhumpen ab. Mit einer entschuldigenden Geste öffnete der Wirt die Tür.

„Es tut mir leid", sagte Victor draußen mit kindlich-mutwilligem Gesichtsausdruck, „das ist kein Schweizer, glaub mir." Sie verstand nicht, warum die Nationalität des Trinkers von Bedeutung sein sollte. Genau genommen hatte sie keine Ahnung von der Bedeutung des ganzen Abends.

5

Pfarrer Roggenbach kratzte sich am Kinn. Seit einer Stunde sprach er in einer altertümlich gestelzten Sprache und mit einem versonnenen Ausdruck in den Augen von der Passion Christi. Von dem, was dastand, und dem, was nicht dastand, den Lücken in einem biblischen Text, in die man sich hineinlesen musste und die einem herausforderten. „So ist es auch in einem Menschenleben." Sein Blick schweifte vom Wintergarten auf den Punkt, wo sich hinten im Tal der Himmel mit der Fluh öffnete. Der Pfarrer ist wie Vics Mutter, dachte Yana, er schweift ständig ab. Von der Fluh kommt er zum Kreuz und vom Kreuz zu den Hinterbliebenen. „Da, wo Jesus im Garten betet, ist es hell", sagte er. „Auch hier in deinem Garten ist es hell, Victor, und Jesus schenkt Kraft." Verstohlen berührte Yana Victors Arm. Er regte sich nicht auf seinem goldbeige gestreiften Polstersessel. „Deine Mutter hat Ostern zeitlebens als Herausforderung empfunden", fuhr der Pfarrer in monotonem Tonfall weiter. „Das Licht am Schluss – unfassbar, das flackernde Kerzlein. Jahr für Jahr seid ihr damit in der Dunkelheit nach Hause gegangen. Unter keinen Umständen durfte es erlöschen. Immer an Weihnachten und an Ostern ging das Leben weiter – auch ohne deinen Vater."

Ein Fenster stand spaltweit offen. Der Vorhang bewegte sich leicht. Yana tat die frische Luft gut. Vics Mutter war an Ostern gestorben. Als sie abends gekommen waren, hatte sie auf dem Sofa gelegen, verdreht und wie zusammengerollt. Sie hatte Victor angeblickt, ohne ihn zu sehen, die Augenlider dünn und fast durchsichtig wie Seidenpapier. Eine Fliege saß auf ihrer Nase. Der Sekretär war offen. Blätter lagen verstreut auf dem Tischchen. Rundum Papiere. Yana hatte noch nie eine Tote berührt,

Victor auch nicht. Sie hatte unter Mutters Schultern durchgegriffen, sie behutsam in eine einigermaßen normale Sitzposition gehievt und ihr aus einem Impuls heraus die Schuhe ausgezogen. Den Kontakt mit der bloßen Haut vermied sie. Zuletzt hatte sie der Toten eine Decke über die Beine gelegt. Was für ein schöner Tod, hatte sie gesagt, so unvorbereitet, so ganz ohne Angst. Vic hatte sie empört angeschaut. So mutterseelenallein, das ist nicht schön, Yana, so gefühllos kenne ich dich gar nicht. Einer Toten gegenüber Gefühle zu zeigen, bringe ja nichts, hatte sie entgegnet. Ihre Gefühle galten ihm.

Das alles war noch keinen Tag her. Sie hatten in der Villa übernachtet. Offenbar war es Mutters unausgesprochener Wille, von diesem Pfarrer beerdigt und in die ewige Heimat geleitet zu werden – zu den bekannten Glockentönen und mit ihren Lieblingsliedern. Victor, ihr einziger Sohn, war zu spät gekommen. Nun saß er da mit einem von Hand beschriebenen Blatt vor sich, das ihm noch immer Schnauf und Sprache raubte. Mutter wünschte sich, dass er hier in der Augenweide eine Familie gründete. Dafür hatte sie ihm vorzeitig ihr ganzes Vermögen vermachen und in die Stadt ziehen wollen, sie, die das Tal so liebte. Yana spürte ein Kribbeln in der Bauchgegend. Innerlich machte sie einen Knicks. Sie kam sich auf einmal wie ein Dienstmädchen vor und nicht wie eine künftige Braut. Das Haus schrie nach Ordnung, nun, da die Frau gegangen war, die rund ums Jahr für Ordnung gesorgt hatte. Herzstillstand, hatte der Hausarzt diagnostiziert, vermutlich vor lauter Aufregung. Aufsteigen zum Herrn und zum vorangegangenen Ehemann. *Mitten aus dem Leben gerissen*, würde Vic in der Todesanzeige schreiben, stellte sich Yana vor. Fehlte nur noch ein Zitat. *Schlicht und einfach war dein Leben?* Nein, Mutter Muff hatte mehr verdient. Der rötliche Schimmer in Vics Gesicht verstärkte sich. Mit der Hand fuhr er über seine Uhr. Der Siegelring funkelte. Yana wunderte sich über seine Selbstbeherrschung angesichts all der Dinge, die an die Verstorbene erinnerten. In der Küche thronte ein prächtiger weißer Hase neben dem noch nicht angeschnittenen Ostergugelhopf.

Der Pfarrer faltete die Hände zum Gebet. Yana fühlte sich unwohl. Großmutter hatte ihr neben dem Vaterunser ein einziges Gebet beigebracht. Es hatte nichts genützt. Die Eltern waren auch so weggegangen. Später hatte sie niemand mehr aufgefordert, zu beten. Als Jugendliche ging sie hinunter zum Dnjestr Liman, wenn sie an sich und am Leben zweifelte. „Bis Freitag also, Gott sei euch gnädig", sagte Roggenbach und erhob sich umständlich. Yana führte ihn, da er großes Interesse am Garten bekundete, auf einem kleinen Umweg zum Auto, vorbei an den schnurgeraden Beeten, in denen die roten Köpfe der Radieschen ans Licht drückten, die weißen Rettiche, der erste Schnittsalat. Vics Mutter hatte bereits die Dahlien in die Rabatten gepflanzt und zu jedem Knollenbündel einen Stecken eingeschlagen. Sie hatte vor Kurzem noch den Rasen gemäht und kreisrunde Inseln voller Schneeglöcklein und Primeln stehen lassen. Beim Briefkasten verabschiedete sich der Pfarrer mit ein paar salbungsvollen Sätzen übers Leben, Lieben und Loslassen.

„Bei uns ist Ostern das größte und schönste Ereignis im Jahr, prächtiger als Weihnachten", sagte Yana und streckte Victor ein von draußen mitgebrachtes Schneeglöcklein entgegen. „Alle strömen in die Kirchen, auch die Atheisten." Ostern hatte sogar ihrem Juri Frieden gebracht. Sie würde ein Osterbrot backen, einen Quarkkuchen, nein, einen frischen Gugelhopf. Es sollte duften wie bei Yanas erstem Besuch und den Duft sollte Mutter ins Grab nehmen.

Victor griff nach dem Putzlappen auf der Heizung und wischte ein Stücklein Stuck weg, das sich von der Decke gelöst hatte. Danach holte er eine Flasche Pinot Tal barrique aus dem Weinkeller und entkorkte sie. „Mutter hat bis zu ihrem Sechzigsten nur Messwein getrunken und Vaters Vorräte nicht angerührt. Damals hat sie den ganzen Bibelkreis eingeladen. Sie haben gejasst und irgendetwas Wundersames ist passiert. Seitdem hat sie jeden Sonntag eine Flasche Blauburgunder vom Talhofbauern geöffnet. – Auf Mutter."

„Aufs Leben, Vic, da, iss." Sie reichte ihm eines der für Mutter gedachten verzierten Ostereier und rollte ein zweites über ihr Gesicht, bevor sie es aufklopfte. „Hörst du, wie die Amseln für sie singen – und für uns!" Bei Wein, Brot und Eiern schmiedeten sie Pläne für ihre gemeinsame Zukunft. In Bälde würden sie heiraten. Rund ums Haus gab es viele wunderbare Ecken und Winkel für Kinder. „Zusammen reden, essen, arbeiten, Musik hören, gärtnern, wandern, reisen", wünschte sich Yana, „ohne Grübeleien, mit viel frischem Wind, Körper, Seele, Geist zusammenbringen."

„Und die großartigste Kunstsammlung der Schweiz zusammenstellen", ergänzte Vic, „zusammen unerhörte Trouvaillen aufspüren." Er beschloss, die Nacht in seinem Turmzimmer zu verbringen, um sich ungestört noch ein paar Stunden um das Nötigste kümmern zu können, Todesanzeige, Dokumentation für den Anwalt und so weiter.

„Kann ich dir helfen?", fragte Yana.

„Du siehst erschöpft aus", sagte er, „ich schaff das gut allein. Du schläfst im Gästezimmer. Hol dir ein Buch aus der Bibliothek. Lies ein bisschen, wenn du Ablenkung brauchst."

Er will allein sein, um ungehemmt zu weinen, dachte sie. Männer verschwanden meist, wenn sie ihren Gefühlen freien Lauf lassen wollen, hatte sie mal gelesen. War eine Beziehung nicht genau dafür da: um sich auch im Elend gegenseitig zu stützen?

Sie legte sich in den Kleidern aufs Bett. Ersatzwäsche hatte sie keine bei sich. Zu unvorbereitet hatte der Tod sie beide getroffen. Wie sie Vic an ihrer Seite vermisste. Anfangs war alles neu und ungewohnt gewesen. Sogar an seine leisen Schluckgeräusche hatte sie sich gewöhnen müssen, an seinen leicht knisternden Atem, das Reiben der Haare auf dem Kissen, an den Geruch seiner Haut unter den Achseln, an der Scham. Ihre Matratze in Moskau hatte eine halbmondförmige Kuhle aufgewiesen, die ihr eine spezielle Schlafstellung aufzwang. Die Matratze von Victors Doppelbett in seiner Nobelwohnung hatte keinerlei Ein- und Ausbuchtungen. Was anfangen mit den Händen, mit den Lippen? Auch Victor schien sich das zu fragen. Darfst mich ruhig anfassen, hatte sie in der zweiten Schweizer Nacht gesagt, darfst dir auch Zeit lassen – und war sich sofort komisch vorgekommen. Sie hatte seinen Kopf an ihrem Schulterhügel gespürt. Er hatte ihr Nachthemd hochgeschoben. Auch ihre Hand fing an zu wandern. Jetzt ist es besser, hatte sie geflüstert und sachte begonnen, ihr Becken zu bewegen. Er aber blieb seltsam steif. Still war es im Zimmer. Sie hatte Schweißausbrüche. Eine schwere Stille. Sie hatte das Nachthemd wieder runtergezogen. Es ist noch zu früh, hatte er mit ernstem Nachdruck gesagt, wir zwei machen keine billigen Sachen, dafür bist du mir viel zu teuer. Damit war alles gesagt. Kein Sex vor der Ehe. Zuerst war da ein heftiger Schmerz, ein Stich. Aber nun freute sie sich umso mehr auf das, was sie in Freiheit erwartete.

Sie fiel in einen tiefen, traumlosen Schlaf, aus dem sie erst erwachte, als es draußen hell war. Minuten vergingen, bis sie herausfand, wo sie war. Barfüßig und ungeduscht huschte sie ins Turmzimmer. Vic trug einzig seine Unterhose und schlief noch. Die Bettdecke hatte er abgeworfen oder nie gebraucht. Der nasse Fleck auf dem Slip passte so wenig zur Villa wie der Kleiderhaufen neben dem Schaukelpferd. Sie verkniff sich ein Lachen. Da war ein großer Bub am Schlafen. Und gleichzeitig irritierte sie der Fleck. Hatte er sich in die Hose gemacht? Oder war es zu einem spontanen Samenerguss gekommen? Am meisten verunsicherte sie das selbstvergnügte Gesicht, als habe Vic vor dem Einschlafen einen guten Witz gehört.

Sie setzte sich auf die Bettkante. Er schnellte hoch und warf einen Blick auf seine Uhr. „Jesses, ich sollte in fünf Minuten beim Anwalt sein!" Schon zupfte er seine Socken aus dem Kleiderhaufen und zog sich von unten nach oben an, Socken, Hose, Hemd, Manschettenknöpfe, Krawatte, Krawattennadel, Jackett, Einstecktuch, zuletzt die schwarzen Schuhe. Wie ein Bräutigam sah er aus. „Ich muss!"

„Ohne Frühstück?"

„Bei Moosimann gibt's Kaffee."

„Nicht einmal ein Stück Gugelhopf?"

„Ich bin vor Mittag zurück."

„Nimmst du mich mit in die Stadt? Meine Kleider sind ganz verschwitzt."

„Moosimann hat sein Büro hier beim Bahnhof."

Sie begleitete ihn durch die Eingangshalle zur Haustür. Mit der Ledermappe unter dem Arm sah er weit weniger wie ein Hochzeiter aus, aber zugegebenermaßen makellos. Abschiedskuss. Kurzes Streicheln. Schon war er fort, ganz fokussiert auf seine Mappe. Sie blickte auf Schirmständer, Hutständer, alles glänzend, alles wohlbehütet. Wie lange noch? Auf den Fliesen klackten ihre Schuhe. All die Menschen in den Bilderrahmen schienen sie anzugrinsen: Für wen hältst du dich eigentlich? Verschwinde von hier. Du gehörst nicht zu uns, du störst, du bist ja nur verkleidet. Die Standuhr schlug achtmal. Just beim achten Mal klingelte das Telefon. Sie nahm den Hörer nicht ab, stand bocksteif da und bewegte sich erst, als das Klingeln nicht mehr nachklang. In der Küche schnitt sie den Gugelhopf an, spülte mit Kaffee und entschied sich für einen Erkundungsspaziergang. Nur raus. Allein hielt sie das Haus nicht aus.

Bereits nach den ersten Schritten war ihr wohler. Zuhinterst im Talkessel hatte sie vor dem Waldeingang eine Begegnung mit zwei Rotmilanen. Sie standen nah beieinander und hoben links und rechts an ihr vorbei majestätisch über die Baumwipfel ab. Die Kraft der Vögel wirkte ansteckend. Sie würde an der Beerdigung nicht schwarz tragen, sondern helle Farben. Was Victor anbelangte, hätte sie am liebsten maßvoll von Worten aufs Küssen gewechselt. Beim Aufwachen hatte sie das Gefühl gehabt, sie sei auch am Sterben – im Brustraum. Früher konnte sie nicht spüren, wie es ihr ging. Das lernte sie jetzt, süferli. Ich brauche ein kleines Rudel um mich, dachte sie, als sie aus dem Wald kam. Ich muss für Lebewesen sorgen dürfen. Gemächlich ging sie durch den sonnenversponnenen Rebberg und weiter, hinauf zur Fluh, wo sie sich auf die Aussichtsbank zwischen Feuerstelle und Fahne setzte. Falte an Falte reihte sich der Jura, am Horizont die Zacken der Alpen. Unter ihr lag Klöttingen, ein Dorf, in dem man sich noch kannte. Sie würde lernen, mit den Leuten zu reden, beim Einkauf, auf der Post. Anfangs würden sie noch hinter ihrem Rücken über sie verhandeln, die Halbverhungerte aus dem Osten. Mit den Monaten und Jahren würde sich das ergeben. Bald würde sie lupenreine Klöttinger Mundart reden. Sie verschränkte die Arme unter der Brust. Auf dieser Bank sollte Victor um ihre Hand anhalten. Wie sie sich nach seinem Körper sehnte. Vor ihr huschten zwei Mäuse durchs Laub. Eine hatte einen weißen Kopf. Von den beiden war sie die vorwitzigere. Sie streifte fast Yanas Fuß. Ein Gefühl von Freiheit erfasste sie. Der Morgen war warm und hell und vertraut. Hier konnte sie alles Belastende über die Felswand werfen. Sie selbst hatte nie wirklich eine Mutter gehabt. War das nicht eine Riesenchance? Hätte sie sonst überhaupt frei sein können, so frei wie jetzt, ganz ohne Ballast?

Daheim beugte sich Victor im einstigen Büro seines Vaters über einen Stapel Papiere. „Es ist doch nicht so einfach", sagte er, ohne aufzusehen.

Yana duschte. Sie legte sich die Goldkette von Vics Mutter um den Hals und ging zum Weiher. Zwei kleine Schwärme Moderlieschen zogen aneinander vorbei. Hin und wieder sprang ein Fischlein elegant wie ein Miniaturdelphin hoch und schnappte nach einer Mücke. Der späte Morgen machte nur winzige Geräusche. Eine Nachbarin winkte. Yana winkte zurück. Erst jetzt fiel ihr auf, dass ihr hier hinten im Tal noch kein Mensch begegnet war. Einzig der kleine, fröhlich gurgelnde Bach schien immer gesprächsbereit.

Laut lamentierend flog ein Häher über ihr vorbei. Victors Schritte knirschten auf dem Kiesweg. Er umarmte sie von hinten. „Es kommt gut."

Ihr war schwindlig vor Glück. „Ja, heirate mich, Vic, mach mir ein Kind – oder Zwillinge." Alles, was sie brauchte, war seine Liebe. Wenn er jetzt etwas Schönes sagte, war sie im Paradies.

„Ich lasse eine originalgetreue Kopie der Königin machen", meinte er, „ich stelle sie ins Wohnzimmer, dein Hochzeitsgeschenk, die Königin hat uns doch zusammengebracht!"

6

Eine Krähe kratzte mit ihren Spreizfüßen über die Dachtraufe, setzte sich auf den Kamin, eine Amsel putzte in der Morgensonne ihr Gefieder und flog mit gestrecktem Schnabel weg. Im Briefkasten stapelten sich die Beileidskärtchen. Auch ein verirrtes, welkes Blatt vom Vorjahr hatte den Weg durch den Schlitz gefunden. In der Magnolie legte das Licht Patiencen. Yana pflückte im Garten eine Handvoll frühen Schnittsalat, bevor sie losfuhren.

Nicht alle Trauergäste hatten in den Kirchenbänken Platz gefunden. Etliche Frauen weinten oder schluchzten, als sie Victor begrüßten. Ein alter Mann legte seine Rechte an die Brust. „Sie war noch so jung", sagte er mit zittriger Stimme zu Yana. „Sie hat mir oft Kuchen ins Heim gebracht." Schwacher Weihrauchgeruch breitete sich aus. Der Altarraum hatte sich in ein Blumenmeer verwandelt, in dem der Sarg zu schwimmen schien. Die Kränze und Gestecke der Klöttinger Vereine, des Schwingverbands, der Rotarier, der Gemeinde leuchteten um die Wette. Die Calgex-Belegschaft hatte einen Kranz mit geflochtenen Rosen gestiftet.

Stockend las Mutter Muffs beste Freundin den von ihr verfassten Lebenslauf vor. „Sie war die Eifrigste im Bibelkreis und warf mit Zitaten um sich", sagte Victor leise. „Aber sie kannte Mutter wie keine Zweite." Von den zwei Fehlgeburten hatte Victor nie erzählt, von Mutters panischer Angst, ihn, das einzige Kind, zu verlieren. Er rückte am Knoten seiner gelben Krawatte und kreuzte die Füße. Die Organistin war hörbar bemüht. Mehrmals zuckte Yana zusammen. Victor schienen die Misstöne nicht zu schmerzen. Großer Gott, wir loben dich, sang die Gemeinde. Fast wäre Yana beim Segen sitzen geblieben. Die Beileidsbekundungen am Ausgang wurden für Vic zum

Spießrutenlauf. Er fand kaum Zeit zum Luftholen. Auch alle Nachbarn aus dem Tal waren erschienen. Vic kannte diese Leute bis auf den Architekten und Rotarierfreund Roberto Marvullo so wenig wie Yana, aber er ließ sie einzeln wissen, was ihm ihr Kommen bedeutete.

Gesenkten Hauptes stand man danach im Halbkreis am offenen Grab. „Das also ist die Russin", hörte Yana zwei Bibelkreisfrauen flüstern. Windböen wirbelten die feine frische Erde auf. Ein Vogel kreischte. Victor hatte sich für einen Sarg aus Edelholz entschieden. Rundum wurde geschnäuzt. Yana gab Mutter ein Stück Gugelhopf und einen Bund Schneeglöcklein mit. Der Gugelhopf war nicht aufgegangen und innen ganz speckig. Eine schimmrige Schicht trübte Vics Blick ein. Gerne wäre Yana noch eine Weile allein am Grab geblieben. Fiel das Reden mit Menschen, die nicht mehr da waren, nicht leichter?

Das Leichenmahl fand im „Bären" statt, der gemäß Victor seit Kurzem Roberto Marvullo gehörte. Der zukünftige Nachbar umarmte sie beide mit südländischem Überschwang. Die Teller waren üppig. Vic knauserte nie. Schummrig war es im Saal. Von der Küche her roch es nach Fett. Yana ließ sich von Mutters bester Freundin ins Alte Testament entführen. In den tranigen Augen der Frau waren diverse Äderchen geplatzt. Nach jedem zweiten Satz knackste es in ihrem Kiefer. Als sie zu Hiob kam, schlug sie mit der kleinen Faust mehrmals auf den Tisch. Yana war noch nie bei einem Leichenmahl gewesen. Unter ihren Haarspitzen kribbelte es. Mit jedem getrunkenen Glas Wein stieg der Lärmpegel. In einer Ecke wurde ununterbrochen gelacht. Ihr Anteil am Ganzen beschränkte sich auf ein gelegentliches Ja oder Nein oder Hmm. Am liebsten hätte sie einfach nur so dagessenen und den Leuten beim Reden zugeschaut. Ihr gegenüber erkundigte sich der Gemeindepräsident nach Victors Bauplänen und nach der Finanzierung. Transparente Glastürme wolle er bauen, meinte Vic, mehr als zur Hälfte in den Boden eingelassen, fein wie Tannennadeln in einem Ameisennest, ganz im Sinn und Geist der Mutter, tiefgründig, ehrlich. Pfarrer Roggenbach zu Vics Linken glänzte mit literarischen Verweisen.

Victor wirkte versöhnt mit sich und der Welt. Mutter war beerdigt. Die Leute hatten Mitgefühl gezeigt. Yana bewunderte ihn für seine weltmännische Gelassenheit. Im August würden sie in die Augenweide umziehen. Doch zuerst wollte Vic eine Anzeige auf diversen Internetportalen schalten – „Gesucht: Raumpflegerin". Warm fühlte sich seine Hand an, als sie als Letzte den Saal verließen.

Noch fehlt es uns an Raum und Zeit, damit unsere Liebe sich sanft entfalten kann, dachte Yana auf der Rückfahrt in die Stadt. Daheim stellte Vic den Wecker als Erstes auf sechs. Frühe Nachtruhe war angesagt. Yana hätte gern noch ein bisschen mit ihm geredet – über seine Trauer, seine Muttergefühle, über Angst und Ohnmacht.

Im Morgengrauen kam Yana Vics Wohnung vor wie ein versteinertes, verkrustetes Wurzelsystem, durch das sie mit ihren verschlafenen Augen mehr trieb als ging. Kaffee und eine Schale Müesli und weg. Die Temperatur war massiv gesunken.

Während der einstündigen Fahrt hinauf zum kleinen Flugfeld auf der Jura-Hochebene redeten sie kaum. Als Lebensgefährtin des Hauptsponsors hatte Yana auf der Tribüne eine Vielzahl von Händen zu schütteln. Dazu gab es Küsschen in schweizerischen Dreierportionen, links-rechts-links.

Wenig später jagten die Solisten der Patrouille Suisse an diesem wolkenfreien Samstag mit knapp tausend Stundenkilometern in einer Formation über ihren Köpfen vorbei. Neben Yana stand ein Mann mit einer Dose Bier. Er trug ein Hemd mit Aufnähern der Patrouille Suisse und Militärhosen. Instinktiv zog sie den Kopf ein. „Es ist huerewichtig, dass sie nach dem Unfall wieder fliegen", sagte der Mann. „Wenn man denen den Hebel zu lange aus den Händen nimmt, steigen sie auf einmal nicht mehr in ihre Cockpits, hueresiech." Victor war in ein Gespräch mit dem Luftwaffenkommandanten vertieft, der gerade dasselbe sagte, nur in etwas vornehmeren Worten. Vor Kurzem hatten sich in Holland zwei Schweizer Jets berührt. Einer der Piloten hatte sich mit dem Schleudersitz retten müssen und war im Gewächshaus eines Peperoni-Bauern gelandet. „Hueregeil, was die Buben drauf haben", schwärmte der Mann neben Yana, „huere Bundesrat, der das nicht checkt!" Bereits schossen die Tiger wieder in einer weiteren Formation auf sie zu. Ein heißer Kaffee wäre jetzt was, dachte Yana sich und schmiegte sich an Victor. Als die Patrouille Suisse zum großen Finale ansetzte, hielt sie sich zum Entsetzten des Mannes die Ohren zu. In der Mehrzweckhalle gab es zur Belohnung fürs Ausharren Gulaschsuppe. Victor stellte sich mit Yana, dem Luftwaffenchef und seiner Gattin zu einem Gruppenfoto. Bestimmt habe ich im entscheidenden Moment wieder die Augen geschlossen, ärgerte sie sich. Hauptsache, es ist warm hier drin.

„Das war großes Kino", lobte Vic den Gemeindepräsidenten, großes Kino in einem kleinen Dorf, das an diesem Tag wohl etwas über seine Verhältnisse lebte. „Wie hast du das Ganze gefunden?", fragte er auf dem Heimweg sichtlich entspannt.

„Huereguet", lachte sie. „Ich habe wieder ein neues Wort gelernt. Es lässt sich schlicht mit allem kombinieren. Nur der ,huere Bundesrat' passt nicht so recht in das seriöse Bild dieses Landes."

„Alles ein bisschen hemdsärmlig, ja. Aber man muss eine hemdsärmlige Nähe zur Basis pflegen, die Leute schätzen das."

Gestern Beerdigung. Heute Flugschau. Und morgen? Yana ging alles viel zu rasch.

7

„Seit fünfzig Jahren installieren wir Kalkschutz." Victor war in seinem Element. „Unsere Enthärtungsanlage hat ein einzigartiges Bypass-Ventil, sehen Sie, Montage und Abänderungsmaterial sind inbegriffen. Möchten Sie noch etwas wissen?" Er ließ sein Gegenüber nicht aussprechen, kannte alle Fragen aus dem Effeff. Yana kam kaum nach mit Übersetzen. „Zehn Jahre Vollgarantie, selbstverständlich!" War er nicht selbst die leibhaftige Garantie, geschniegelt, gestriegelt, Zähne tadellos, Schweizer Präzision? „Mit einem hervorragenden Steuerkopf, neuster Stand der Technik, intelligent errechnet er Ihren Wasserverbrauch", Vic machte eine seiner Kunstpausen, „und löst automatisch die Regeneration aus." Er fasste zusammen. Viele nützliche Funktionen machten Calgex gegenüber anderen Entkalkungsanlagen einzigartig, Swiss Quality.

Der graumelierte Pjotr X-owitsch, Yana konnte sich seinen Namen nicht merken, war längst überzeugt, auch wenn er noch taktierte: „Und wie groß ist also die Einsparung?", übersetzte Yana.

„Mindestens vierzig Prozent", garantierte Victor. „Der Wassermesser ist integriert."

„Und die Unterhalts- und Wartungsarbeiten?"

„Minimal! Bei Stromausfall gelangt eine Stützbatterie zum Einsatz, Herr ..."

„... Borowitsch."

„Zehn Prozent Rabatt, wenn Sie sich für unser Monatsangebot entscheiden." Borowitsch kapitulierte. In der Betriebskantine besiegelten sie den Vertrag mit einem Glas Weißwein. „Obwohl wir ja mit entkalktem Wasser anstoßen müssten", witzelte Victor.

Alles lief wie geschmiert. Der erste Ostvertrag, eingefädelt von der Balbukina, war unter Dach und Fach. Victor entließ Yana mit einem fröhlichen Schmatzkuss. Er würde mit Pjotr Borowitsch zu Mittag essen und sich mit ein paar Englischbrocken durchschlagen. Yana war gerädert. Für Vic war das ein ganz gewöhnlicher Morgen gewesen, für sie ein kleiner Taifun, und um 13 Uhr drohte im regionalen Empfangszentrum bereits der nächste Sturm. Im Café am Fluss bestellte sie einen Käsetoast. Ein dünnes Pflänzchen wuchs zum Fensterlicht hin. Körnige Wellen trieben schräg übers Wasser. Fast wäre sie im Sitzen eingeschlafen.

Bereits bei der ersten Befragung beschimpfte ein Mitarbeiter den Asylbewerber vor ihm. „Du bist dumm", rief er ihm zu, „ich habe die Schnauze voll, du lügst, verarsch mich nicht!" Der Befrager flippte aus. Und von Yana erwartete man, dass sie sich aus allem raushielt, als sei sie gar nicht anwesend – und schwieg. Schließlich hatte sie eine Vertraulichkeitserklärung unterschrieben.

Die meisten Befragerinnen und Befrager verhielten sich zum Glück korrekt. Und Yanas Aussehen und ihre Art, leise zu sprechen, weckten bei den Asylsuchenden Vertrauen. Der Leiter des Zentrums hatte ihr geraten, Arbeit und Privatleben strikt zu trennen. Nein sagen sei hart, aber dolmetschen funktioniere nur so. Aus diesem Grund sprach sie nie in der Ich-Form und nutzte stets die dritte Person. Auch so wollte ein siebenjähriges Mädchen sie jetzt zur Komplizin machen. „Das sage ich nur Ihnen", flüsterte es ihr zu. Obwohl Yana neugierig war, was das Kind vor den Ärzten verbergen wollte, gab sie zurück, sie würde jedes Wort übersetzen.

Im Halbstundentakt wechselten die Leute ihr gegenüber. Ein vom Schicksal gebeugter Tschetschene erhoffte sich Schützenhilfe bei einem Sehtest. Und da war der kleine Bub mit Schlagspuren im Gesicht, der einfach nicht wuchs. Er erinnerte sie an einen anderen, der auf der Onkologie gegen Krebs kämpfte. Einem spindeldürren Mann quoll eine gelbe Kunststofffüllung aus dem gerissenen Saum seiner Jacke. Er nannte Yana „meine kleine Schwester" und tischte ihr offensichtlich nichts als Lügen auf. Über die Armbeuge schielte er an ihr vorbei. Die Arbeit ging an ihre Grenzen. Mehr als vier Stunden am Stück schaffte sie nicht.

Aufgewühlt machte sie sich auf den Weg zu Victors Wohnung. Ganz unerwartet war einmal er vor ihr daheim. „Ich habe genug", warf sie sich ihm an den Hals. „Ständig wollen die Befrager mit Druck Antworten erzwingen. Das führt zu äußerst angespannten Situationen. Und ich komme mir vor, als übersetze ich erpresste Statements."

„Sachte, sachte", versuchte er sie zu beruhigen.

Sie verwarf die Hände. „Mir ist unwohl, Vic. Zum Teil bietet man den Asylsuchenden nicht einmal Wasser an. Und Frauen sind nicht besser als Männer. Eine Befragerin hat sich vor den Augen einer Asylbewerberin die Nase zugehalten. So brauchte sie nicht extra zu sagen, diese stinke. Die Frau merkte es von selbst."

„Schwarze Schafe gibt es überall", sagte er. „Das sind Ausnahmen."

„Stimmt, aber diese schwarzen Schafe sind seit Jahren bekannt, wenn man sich ein bisschen umhört, und niemand unternimmt etwas. Bei den Erstbefragungen sind wir nur zu dritt. Es gibt keine externe Kontrolle. Niemand kann einschreiten. Die Befrager sind im Protokollieren völlig frei."

„Die stehen unter großem Druck, hören mehrmals am Tag ähnliche Geschichten, nicht selten frisiert oder erfunden."

„Das entschuldigt nichts."

„Du musst an das Gute glauben, Yana."

„Du schaffst den Idealzustand Tag für Tag, ich weiß, locker und mit Superlativen. Es sind nicht alle so." Victor war immer auf der praktischen Seite des Lebens. Ihr schien, seine Sätze seien oft längst gemacht. Sie tastete sich vor und suchte eine zweite Ebene. Die gab es bei ihm nicht. Egal, was sie ihn fragte, sie stieß stets auf das Selbstverständliche. Und damit war Vic immer der Gewinner. Im Grunde sagte er das Gleiche wie der Leiter des Zentrums. Sie durfte die Arbeit nicht zu nah an sich heranlassen.

„Ich sichte noch rasch die Mails, bevor wir fahren", sagte er. „Du kommst doch mit?" Über zwanzig Interessentinnen hätten sich für den Haushaltjob gemeldet. Seine Sekretärin habe eine Vorauswahl getroffen und vier Bewerberinnen auf 18.30 Uhr in die Augenweide aufgeboten.

Im Geist machte Yana eine Auslegeordnung der vier Frauen. Sicher nicht ins Haus kam ihr ein singender Koch-Putz-Waschlappen. Vics tägliche Fahrwege wurden mit dem Umzug von der Stadtwohnung in die Villa länger. Umso wichtiger war, dass er daheim seinen Frieden hatte.

Im Briefkasten der Villa lagen ein paar verspätete Trauerkarten, die Victor daran erinnerten, dass er eine Danksagung aufsetzen musste. Die vier Bewerberinnen warteten bereits vor der Haustür. Sie waren sich nicht unähnlich, Ausländerinnen, die Deutsch radebrechten, leicht pummelig, aber integer, wie es Yana schien. „Meine Mutter hat fast alles von Hand gemacht", wandte sich Victor im Badezimmer an die Frauen, „alte Schule. Sogar die Unterwäsche hat sie gebügelt und gefaltet." Er zeigte auf die Badewanne, „dreißig Jahre und noch keine Striemen", drehte den Wasserhahn auf und stutzte. Da kam fast nichts. Ein kurzer Blick genügte. Kalk, alles verkalkt. Mutter hatte sich um alles gekümmert, doch den Hahn der Badewanne hatte sie vernachlässigt. Yana hatte ihn noch nie von dieser Seite erlebt. Er ließ sie und die vier Frauen stehen und stürmte Richtung Waschküche. Ratlos schaute sie um sich. Würde sie je heimisch in diesem Haus, in dem Vics Mutter mit der Bettwäsche bei jedem Wetter Frau Holle gespielt hatte?

Außer dem Abwaschhahn in der Küche waren sämtliche Zuleitungen mehr oder weniger verkalkt. „Warum habe ich das in den letzten Tagen nicht bemerkt?", stöhnte Vic. Ausgerechnet im eigenen Haus erlebte er die schmerzhafteste Verkalkung seiner Karriere. „Wieso hat Mutter nie etwas gesagt? Und weshalb hat Vater seinerzeit keine Entkalkungsanlage installieren lassen?" Ohne weitere Erklärungen schickte er die vier Bewerberinnen nach Hause. Wenn er sich entschieden habe, melde er sich, spätestens Ende des Monats.

„Deine Mutter ist gestorben", umarmte ihn Yana. „Du hattest in letzter Zeit ganz anderes um die Ohren als verkalkte Leitungen. Spar dir teure Übungen. Was diese Frauen können, kann ich auch. Ich führe den Haushalt. Das Haus ist riesig. Aber ich habe ja Zeit. Deine Mutter hat das auch geschafft. Später können wir uns immer noch nach einer Putzhilfe umsehen."

Victor machte sich keine Illusionen. „Es braucht neue Leitungen. Calgex allein hilft in einem solchen Fall nicht mehr. Das heißt: Alles aufreißen."

„Schlaf mit mir", flüsterte Yana, „auch wenn es zu früh ist".

„Im elterlichen Ehebett?"

„Meinetwegen auf dem Boden."

Er schüttelte sie liebevoll. „Um halb acht beginnt die Vernissage."

Sie lehnte sich an ihn. „Ich sehne mich nach Ruhe, Vic, nach Ruhe und Zweisamkeit."

Die Kunsthalle war proppenvoll. In kürzester Zeit verlor Yana den Überblick über Namen und Funktionen. Eine Frau mit schwarzgerahmter Brille, hinter deren dicken Gläsern die Augen wie Fische in einem trüben Teich herumschwammen, stand mit ihrem altersschwachen Pudel bei Victor. Der Pudel ließ beständig ein paar Tropfen auf den Boden fallen, von denen niemand Kenntnis nahm außer ihr. Ganz Wenige betrachteten schweigend Bilder, auch wenn es Kenner im Raum gab wie Kiesel am Fluss. Aus unerfindlichen Gründen redeten die meisten ununterbrochen über Dinge, die nichts mit den Dingen im Raum zu tun hatten.

Wie auf jeder Vernissage hing ihr am Apéro auf einmal ein verirrter, verwirrter, vom Himmel gefallener Schöngeist wie ein Klotz am Bein, zwängte sie in einer Ecke ein und schickte aus zehn Zentimetern Entfernung mit gerecktem Hals seine Wortkaskaden auf sie los. Diesmal war es ein Zweimeterhühne mit einem Nachttopfschnitt. Victor war so mit sich und der Frau mit dem Pudel beschäftigt, dass er ihren hilfesuchenden Blick übersah. „Normalerweise esse ich nur Fleisch", entschuldigte sich der Hühne, nachdem er einen Gemüsespieß auf ihr Kleid hatte fallen lassen. „Heute mache ich eine Ausnahme. Und schon passiert's. Ich suche einen Lappen."

„Nein, nein, ich mache das mit Spucke."

Der Mann war zweimal verheiratet. „Und jetzt bin ich wieder Single. Und Sie?" Yana wies auf Victor. „Ah, der Großmeister Muff. Dann sind Sie ..."

„... die Exotin aus dem Osten." Er kam ihr vor wie jener Mitschüler, der ihr in den Pausen auf dem Schulhausplatz Tag für Tag Bälle zugeworfen hatte.

„Und was machen Sie jetzt so in der Schweiz?"

„Ich helfe meinem Freund, so gut es geht. Übersetzen."

„Soll ich Ihnen etwas Süßes bringen?" Sie hätte viel gegeben für eine Schokolademousse, aber sie winkte ab. Ganz selten war sie Teil dieses lärmigen Haufens, fühlte sich für einen Wimpernschlag zugehörig, angepasst, eingefügt oder gar gemocht.

Bevor sie die Gesellschaft verließen, bat die Kuratorin Victor, ein Bild für sich auszuwählen. Er entschied sich für ein winziges Aquarell mit dem Titel „Rehaugen des Lichts". Auf der Eingangstreppe lagen leere Flaschen, Tüten und abgeknabberte Spieße. Yana fühlte sich wie ein Kind, das einen halben Schritt hinter seinem Vater an seiner Hand ging. Sie schaute Victor von der Seite an. Den leichten Ansatz eines Doppelkinns hatte sie bis jetzt nicht bemerkt.

Beim Fahren beugte er sich zum Lenkrad vor. Ob er noch ganz klar sah? Er hatte reichlich getrunken. „Hast du Lust auf einen Mitternachtsspaziergang?", rutschte es aus ihr hinaus, als er den Wagen in der Tiefgarage geparkt hatte.

Er legte den Kopf schräg. „Wie weit willst du denn noch gehen, Yana?", fragte er verwundert.

„Mit dir geh ich bis ans Ende der Welt, Vic!"

„Es ist so spät, das ist unvernünftig."

„Ja, genau. Kinder sind eben so. Nie im Leben werde ich so erwachsen wie du." Victor lachte herzlich. In seinem Atem kondensierte der ganze Vernissageabend. Der Hausschlüssel rieb sich am Schloss. Schmerzhaft drang Yana ihr Altersunterschied ins Bewusstsein. In der ersten Klasse war sie den andern noch voraus gewesen. Irgendwann hatte sich das Verhältnis von Alter und Verhalten ins Negative verschoben.

8

Sie waren nonstop ins Genfer Zollfreilager im Industrie-
gebiet La Praille gefahren. Es war so schwül, dass Yana
eine kurzärmlige Bluse angezogen hatte. Über dem See
war ein erstes Gewitter im Anzug. Sieben beige Lager-
hallen erwarteten sie, ein großes Getreidesilo – das wert-
vollste Lagerhaus der Welt, umfasst von einem Maschen-
drahtzaun. Bereits donnerte es am Horizont. Irisscanner,
Magnetschlösser und ein Sicherheitssystem schützten die
Lagerräume. Schilder wiesen den Weg zu den Duschen.
Männer in Schutzanzügen rauchten. Das also war das
Speicherhaus der internationalen Elite, von dem Victor so
schwärmte. Nach den Regeln des Freilagers durften Ge-
genstände ewig in diesem unbesteuerten Zwischenreich
verbleiben. Früher waren es Luxusgüter wie Autos, Wein,
und Gold, heute vor allem Kunstwerke.

Victor hatte auf elf Uhr einen Termin mit dem Leiter
eines spezialisierten Logistikunternehmens vereinbart,
einem kleinen Mann mit Dreitagebart und Glatze, der
Englisch sprach und Reserviertheit mit dem Drang verband, für seine Kunden Unmögliches zu tun. Er kannte
das komplizierte Leben der Reichen, wie er es augenzwin-
kernd nannte, ihre Steuern, ihre Scheidungen und all die
Hilfsgewerbe, die untrennbar zur Kunstwelt gehörten,
bezahlte Gutachter, Betreiber aufstrebender kleiner Ga-
lerien, Rahmenmacher, Restauratoren. Diskret drang er
seit einigen Jahren selbst auf den Marktplatz vor, „aber
ich bleibe stets im Schatten, ich versuche mich einfach
nützlich zu machen, kümmere mich um Cashflows und
Rechnungen, kaufe und verkaufe und gehe an die riskan-
ten Orte." Er führte sie in den Ausstellungsraum. „Hier
haben Sie Ihren Serra, Mister Muff. Sie haben mich gebeten, selbst zu suchen. That's it."

Victors Begeisterung wich einer leichten Verstimmung. Er vermisste das Echtheitszertifikat und ließ Yana auf Englisch ausrichten, er habe nicht vor, sich abzocken zu lassen. „Ich kenne dieses Werk, eine gute Wahl", beruhigte ihn der Mann. „Ich besorge Ihnen das Zertifikat, no problem." Er transportiere, lagere, restauriere, rahme, kopiere, versichere, erstelle Zustandsberichte. „All inclusive, für zwei Prozent des Kaufpreises, so günstig fahren Sie nirgends."

„Ein schlauer Fuchs", sagte Victor, als sie beim Jachthafen zu Mittag aßen. Das Gewitter hatte sich verzogen. „Es geht ihm nur ums Geld. Ich bin sicher, er hat schon alles, was ich brauche. Aber ich behalte das Heft in der Hand."

„Für mich ist nicht ganz klar, wer das Heft in der Hand hat, Vic. Er wirkt farblos, aber ich glaube, er ist vor allem diskret und intelligent."

„Der kann sich unsichtbar machen. Wenn man unsichtbar ist, macht man die besten Geschäfte. Zwei Prozent sind okay. Er hat Insiderinformationen. Mir fehlen noch dringend ein Jeff Koons und ein Ai Weiwei, um die Königin gebührend einzubetten."

„Auch wenn es mich nichts angeht, Vic: Deine Ausgaben für Kunst steigen dramatisch."

„Du redest schon wie meine Mutter. Beim aktuellen Krebsgang der Banken benötige ich mobile Vermögensanlagen, sonst bin ich der Lackierte."

„Meine innere Stimme sagt mir, dass du zu viel bezahlst. Der Mann, der alles weiß, ist König. Das bist in diesem Fall nicht du. Für mich ist er ein schlauer Kerl in einem Markt ohne Regeln. Aber es ist dein Geld."

Ihr war das alles nicht geheuer. Wer tat was genau, um zu was zu kommen? Ein Teil der Geschichte stimmte vielleicht immer. Darauf stützte man sich. Aber wie viel

wurde verwischt? Vic glaubte, dass er um die Ameisenkönigin herum eine herausragende Sammlung aufbaute.
Yana glaubte ihm das. Für einen Beuys hätte er alles getan, einfach, weil es sich für einen großen Sammler wie
ihn gehörte. Die gute Laune ließ er sich an diesem Tag
nicht verderben. Entschlossen steuerte er den nächsten
Blumenladen an und schenkte ihr dreizehn gelbe Rosen.

In Bern legte Victor einen kurzen Sitzungshalt ein. Yana
wollte einen Spaziergang durch die Altstadtgassen machen. „Ich brauche dich unbedingt", widersprach er, „das
Geschäft mit Kalk und Kunst hängt auch von deiner Ausstrahlung ab." Yana verstand das nicht: Menschen wurden
von ihr berührt. Sie trat in einen Raum und sagte nicht
mehr als Grüezi, freut mi – und schon war das Gegenüber mit allem einverstanden. Schwer zu sagen, woher
das kam.

Auf dem Weg ins Sitzungszimmer dachte sie sich neue
Möbel und Teppiche aus für all die Räume in der Augenweide. Sie mussten nicht teuer sein, Hauptsache heller.
Vor allem wollte sie ausmisten. Die alten Möbel standen
so dicht an dicht. Wie ein Bollwerk wirkte das, eine Fes-
tung aus edlem Holz. In der Besprechung mit den finni-
schen Planern ging es um eine Entkalkungsanlage für ein
fünfstöckiges Einkaufszentrum. Victor war hochkonzen-
triert und sprach in druckreifen Sätzen. Yana übersetzte
ins Englische. Jedem ihrer Sätze folgte ein kurzes Nach-
glühen von Vics Augen. Aufrecht saß er da und machte
den Planern Mut.

Vic war ein positiver Mensch und ein selbstbewusster
Fahrer, der auf der Autobahn meist auf der linken Spur
fuhr. Gut, dass das Auto fast von selbst rollte und dass in
der Schweiz die meisten Menschen rücksichtsvoll fuhren.

Gern hätte sie sich von seinem Selbstbewusstsein eine Scheibe abgeschnitten. Immerhin war sie daran, die großen Radien und Bewegungen zu lernen, und sie trug das Ihre dazu bei, dass das Geld floss. Jedes Geschäft führte zu einer neuen Geschäftsidee, und mit jedem zurückgelegten Kilometer wurde Vic ausgelassener. Zurück in der Stadt, ließ er sie beim Marktplatz aussteigen. Er wolle noch rasch in der Calgex zum Rechten schauen. Sie war auf 18 Uhr mit Irina verabredet. Mehrmals hatten sie in den vergangenen Wochen miteinander telefoniert. Aus der ersten geschäftlichen Befragung hatte sich der Anfang einer Freundschaft entwickelt, wobei sie mehr verband als die ukrainischen Wurzeln.

Irina wartete am Tresen des „Red Horse". Neben ihr saß ein früher Gast auf einem Barhocker. Aus den Lautsprechern der Musikanlage dröhnte die Stimme von Swjatoslaw Wakartschuk, dem Frontsänger der ukrainischen Band Okean Elzy. Mit viel Herz und Schmerz sang er von Liebe und Einsamkeit. Weit und breit war keine Kundschaft in Sicht. Drei von Irinas Kolleginnen blödelten mit dem Barkeeper. Es roch nach Parfum und Alkohol. Eine der jungen Frauen tanzte für die andern an der Stange – oder für sich, mit sinnlichen, runden Bewegungen. „Manchmal strippen wir voreinander", sagte Irina, „die meisten tanzen gern." Das war nicht das Problem. Aber wenn sie keinen Alkohol trank, bekam sie keinen neuen Vertrag. Sie war nicht im Cabaret für die Show. Champagner trinken und Kunden animieren war ihre richtige Arbeit. Auch das war die Schweiz. Ab 10.000 Franken Monatsumsatz gab es Prozente. Erreichte Irina den Sockelbetrag nicht, wurde der Lohn gekürzt. Sie klagte nicht, stellte nur fest. „Aber du bist ja nicht gekommen, um dir meine Sorgen anzuhören, sondern weil ich Cello spiele."

„Ja, ich vermisse die Musik. Gibst du mir Unterricht, natürlich gegen Bezahlung? Ich bin keine blutige Anfängerin. Bis ins zweite Gymnasium hatte ich Cellostunden."

„Ich kenn dich doch", sprach der Mann an Irinas Seite Yana an und stellte sich zu ihr. An seinem rechten Ohrläppchen glänzte ein geschliffener, schwarzer Stein.

„Ich Sie nicht", sagte sie leise.

„Was machen wir denn jetzt?", fragte er ungerührt. Er griff sich an die Hose.

„Gar nichts."

„Ein bisschen Spaß muss doch sein."

„Schleich dich, Franz", sagte Irina.

Mit weit aufgerissenen Augen trat er gegen ein Stuhlbein. „Dumme Kuh", rief er.

„Ist schon gut, verkriech dich jetzt." Sie gab ihm einen Kuss auf die Wange. Zwischen den Tischen zwängte er seinen Bierbauch durch zur Toilette. „Es geht los", sagte Irina. Ein Mann um die Fünfundvierzig mit kantigen Backenknochen näherte sich ihnen zögernd. „Er ist Kinderpsychiater und will nur reden, ich melde mich, Yana, versprochen."

Wovon träumten all die Tänzerinnen? Von einem Haus, das sie mit ihrem selbst verdienten Geld in der Heimat bauen würden? Von einer eigenen Boutique? Einem Blumenladen? Von einem Leben in der Schweiz an der Seite eines aufrechten, arbeitsamen Mannes? Einer Ehe aus Liebe? Yana schlenderte zum Marktplatz. Nicht alle hatten so viel Glück wie sie. Bald würde sie in das renovierte Schlösschen im Tal umziehen und ihren Prinzen heiraten. Die Attika-Wohnung war gekündigt. Für die Renovation hatte Vic gerade mal sechs Wochen eingeplant.

Victor kam nach 21 Uhr in bester Stimmung nach Hause und griff sofort zum Telefon. Ohne Umschweife eröffnete er seinem verdutzten Verkaufsleiter, er werde zum Geschäftsführer befördert. Er selbst werde sich nach dem Umzug in die Augenweide als Präsident des Verwaltungsrats auf die internationale Vernetzung, auf Immobilien und auf die Kunst konzentrieren. „Der neue CEO hat Schneid", sagte Vic und schenkte sich ein Bier ein. „Er bringt auf den Punkt, was ich denke. Die Lebensverhältnisse in manchen Teilen der Welt sind schändlich. Entkalktes Wasser ist der Schlüssel für eine lebenswerte Zukunft. Viele Menschen haben keine Ahnung, was eine Wasserleitung ist, ein Hahn, eine Brause." Am liebsten hätte Yana mit Vic einen kleinen Freudentanz aufgeführt. Der erste Schritt Richtung Ruhe und Freiheit war getan, ein großer Schritt. Zur Feier des Tages gönnte sie sich eine halbe Tafel dunkle Schokolade mit Waldgeschmack.

9

Die drei leeren Umzugswagen rollten talabwärts. Yana stand mit Victor auf der Terrasse der frisch herausgeputzten Villa. Marvullo und seine Handwerker hatten ganze Arbeit geleistet und die gesamten Wasserleitungen ersetzt. Die Elektroleitungsführung mit den alten, an der Decke sichtbaren Kabeln war hingegen erhalten geblieben. Die Kabel gehörten zum Charme des Hauses. Alle Räume waren frisch gestrichen, allerdings in den alten Tönen. Yana hätte sich mehr Licht in die Farben gewünscht. Aber sonst gab es viel Platz für ganz viele Träume. Sie konnte sich ein Musikzimmer einrichten, einen Bastelraum, ein Büro zum Dolmetschen. Noch wagte sie nicht, die Handtücher von den Rückenlehnen der Polstergruppe zu entfernen und die Möbel zu verschieben. Im Keller lagerte Mutters selbstgekochte Marmelade hinter Vorhängen, die vor Licht schützten. Als Studentin hatte Yana ihre Marmelade mit Milch und Mehl gestreckt. Hier reichte der Vorrat in den Gestellen für Jahre.

Noch mehr als am Haus freute sich Yana am unveränderten Garten, am orangen Sonnenschirm mit der Kurbel – und am Glücksklee beim Eingang. Wenn immer möglich würde sie draußen atmen und arbeiten. Sie hatte sich ein Mundartwörterbuch gekauft und ihre Ü-Lieblingswörter schon bis zum Buchstaben C mit Leuchtstift markiert, afürle, abtüschle, blüeje, brünzle, Bünzli, Chlüngeli, chüderle, Chünngeli, chützele.

Man habe auf dem kleinen Quartiersplatz einen Empfang vorbereitet, meinte Marvullo. Alle hier hätten Victors Mutter verehrt. Sie sei die gute Seele gewesen. Die versammelte Einwohnerschaft der Siedlung „Im Tal" applaudierte, sechs Paare und ein Frühpensionierter im Alter zwischen dreißig und sechzig. Yana zählte fünf

Kinder, zwei Hunde, eine Katze. Die Familien hießen Zündli, Kern, Koch, Hohl, Wüetrich, Mürler, währschafte Schweizer Geschlechter, wie Vic anmerkte, bis auf den eingebürgerten Jung-Klöttinger Roberto Marvullo, der das letzte Haus für sich beanspruchte.

In „Tal 5" wohnte der Älteste, der Frührentner Peter Tenniker, dessen Frau einen Monat vor dem Einzug von ihm geschieden worden war. Man duzte sich. Marvullo hielt eine Rede. Er war ein Perfektionist, wie Victor. Die Beziehung der Räume zu Vics Kunstwerken war für ihn von vitaler Bedeutung. Victor Muff besaß keine schlechten Werke. Also durfte es auch keine Zweifel an den Räumen geben. „Es lebe die Kunst angesichts von so viel Hässlichem und Dummem, das einem tagtäglich begegnet." Im Tal habe die Schönheit ein Refugium. Dazu gehörten auch die sieben neuen Häuser, die sich wie ein Hufeisen um die alte Villa gruppierten. Marvullo erhob sein Glas. Beim letzten Satz verzog Victor leicht den Mund. Das Tal ist so schön, hätte Yana am liebsten gesagt, dass es uns Menschen gar nicht braucht.

Auch der Gemeindeverwalter war zugegen. Martin Röti lobte die unbürokratische Zusammenarbeit. Jeder im Dorf kenne die Muffs. Jeder lege die Hand für sie ins Feuer. „In der Primarschule haben Tini und ich fünf Jahre lang nebeneinander gesessen", sagte Victor, „dann haben sich unsere Wege getrennt." Heute hatte Tini einen Bierbauch und einen angegrauten Schnauz, er war ja auch schon 39. Und jetzt saßen sie wieder wie damals nebeneinander, diesmal auf einer Partybank. Victor nutzte die Gelegenheit, um Tini zu fragen, ob er, der auf der Gemeinde mit Zahlen jongliere, Aktuar seiner Stiftung für schweizerisch-russischen Kulturaustausch werden wolle. Tini sagte auf der Stelle zu.

Yana fühlte sich von Minute zu Minute wohler. In der alten Heimat hatte es nichts Derartiges gegeben, keinen

Umtrunk unter Nachbarn, schon gar kein Fest. Wenn Großmutter Gäste einlud, dann höchstens zwei oder drei – und dies nur alle Schaltjahre. Sie lebte in der Vergangenheit. Für die Gegenwart empfand sie keine Kraft, keine Lust. Zudem gab es nur fünf Stühle im Haus, die beiden im Kinderzimmer mit eingerechnet, und kaum mehr Gläser.

Vor dem kulinarischen Teil des kleinen Festes gab es eine Führung durch die Augenweide. Das Fleisch für den Grill und die Beilagen hatten die einzelnen Haushalte beigesteuert. Victor war nach ein paar rasch hinuntergekippten Gläsern Blauburgunder ausgesprochen heiter. Theatralisch steckte Roberto die CD in den Player, die er speziell für dieses kleine Eröffnungsfest gebrannt hatte: „Tal, 8 Tänze". Jedes Haus sollte einen Tanz beisteuern. Großes Gelächter. Kopfschütteln. Schulterklopfen. „Hopp Schwiz", rief einer, „Hopp schwitz" ein anderer. Nur kurz geriet das Tanzgleichgewicht in Schieflage, da der Rentner Tenniker solo war. Spontan entschied man sich, die älteste Tochter des Talbauern einzuladen, und schickte ein Kind los. Eine Viertelstunde später tanzte die junge Frau mit Tenniker einen Foxtrott. Für die Augenweide hatte der Architekt den letzten Tanz reserviert, einen Tango, den Yana und Victor ohne größere Rumpler meisterten.

„Es gibt einen Bonustrack auf der CD, einen Sufi-Wirbeltanz", rief Marvullo ins allgemeine Palaver. „Doch zuerst trinken wir noch einen." War es der Alkohol, war es eine tief schlummernde Sehnsucht – Victor verwandelte sich auf dem kleinen Quartiersplatz in den tanzenden Derwisch der Augenweide, um den sich alles drehte, weil er sich selbst immer rascher um den jungen Nussbaum und die hoch über ihm flatternde Schweizer Fahne drehte. Alle klatschten rhythmisch. Mit weit ausgebreiteten, dann wieder hoch erhobenen Armen wirbelte Vic herum.

Menschen und Häuser verflossen für Yana beim Zuschauen zu bunten Streifen. „Auf unseren Derwisch", umarmte Roberto ihn, als er schweißnass und keuchend den Fahnenmast umklammerte. Einstimmig beschloss man ein jährliches Mitsommertanzfest auf dem Dorfplatz und eine Nationalfeier am ersten August oben auf der Fluh. Am Nikolaustag sollte der Esel des Talbauern mit Lebkuchen und Grätimannen beladen werden. Jedes Jahr wäre ein anderer Talbewohner der Nikolaus. Roberto würde den Anfang machen. Und an Ostern wäre Victor, der hüpfende Derwisch, auf alle Zeiten der Osterhase. Yana holte tief Luft. Ein dicker Kater ließ ihr zu Füßen seine Muskeln spielen. Im nahen Wald sangen zwei Käuzchen und über der Fluh badete der barmherzige ewige Mond im Sternenmeer. Yana genoss die Dessert-Schlemmereien zum Schluss. Sie kam sich vor wie ein schwer beladenes, süßes Schiff.

10

Wie hätte Rutzki die Stimmung an diesem Tag festgehalten? Wie übersetzte man Freude und Jubel in Kunst? Wie ließ man sie erzittern, sprühen und hervorquellen, spiegeln im Wasser, einfallen ins Licht? Ungeduldig wartete Yana beim Bahnhofskiosk auf die Trauzeugin. In zwei Stunden würde sie getaucht sein in Glück. Der Ring passte gut an ihren Finger. Zwei Diagonalen kreuzten sich im Zentrum des kleinen blauen Steins, zwei helle Adern.

Der Zug hatte Verspätung. Sie würden sich beeilen und Ewa sich im Pfarrhaus umziehen müssen. So war es abgemacht mit dem Pfarrer. Die Kutsche mit Victor stand beim Taxistandplatz. Sie winkte ihm. Er sah sie nicht, starrte vor sich hin auf den Boden.

Yana kniff die Augen zusammen. Saß ihr Kleid auch richtig? Lagen die Haare nicht komisch? Hatte sie zu viel Schminke aufgetragen? Sie griff zum Handspiegel. Ihr war leicht schwindlig. Ankunft in drei Minuten, erschien eine Meldung auf dem Display. Sie holte ihren Notproviant aus der Handtasche, eine Scheibe Knäckebrot, und prägte sich nochmals die Sätze ein, die sie in der Kirche sagen würde, fühlte sich mit jedem Bissen sicherer und stärker. Ihre Schwester war zugleich der einzige Hochzeitsgast aus dem Osten, hatte Yana sich doch die Hochzeitsreise in ihre alte Heimat gewünscht, wo Ewa ein zweites Fest organisieren wollte, an dem auch Großmutter dabei wäre. So hatten sie es sich als Jugendliche geschworen: Wenn eine von ihnen heiraten würde, wäre die andere für die Feier verantwortlich. Vic hatte nicht wie erhofft in einer Vollmondnacht auf der Bank hoch oben auf der Fluh um ihre Hand angehalten, auf diesem Dachboden unter dem Himmelszelt, sondern ganz prosaisch nach dem Kauf der von Justina Balbukina vermittelten Giacometti-Skulptur in Zürich. In jenem Augenblick war es ihr völlig egal gewesen. Im nächsten Café hatten sie mit einem Waldbeeren-Coupe gefeiert. Sie war vor Freude ganz übermütig geworden. Da, greif zu, hätte sie am liebsten in aller Öffentlichkeit gesagt, meine Brüste sind zwar nicht allzu groß, aber schön rund. Ihr hatte die entschlossene Art gefallen, wie Vic seinen Coupe auslöffelte, ihr gefiel in diesem Augenblick ohnehin alles. Auch er war bester Dinge. Das Gesuch um Vorbereitung der Eheschließung hatte seine Sekretärin im Internet heruntergeladen, die Erklärung betreffend die Voraussetzungen für die Eheschließung bei der Schweizerischen Botschaft in Kiew samt Geburtsurkunde, Wohnsitzbescheinigung, ukrainischem Reisepass, Gerichtsurteil über die Scheidung von Juri Karpov, Scheidungsurkunde, Auszug aus dem staatlichen Handelsregister, Strafregisterauszug rechtzeitig abgegeben. Auf dem Hochzeitskärtchen war die Ameisenkönigin abgebildet.

„So schön", sagte Ewa, „so schön", als sie sich endlich in die Arme fielen. „Du bist ein anderer Mensch geworden, Yana, es ist nicht die Frisur, es sind die Augen, der Glanz darin."

„Es ist höchste Zeit," rief ihnen Victor zu, „hopp, einsteigen." In leichtem Trab ging es die Bahnhofstraße hinunter durch den Dorfkern vor die Kirche.

Sie nahm seine Hand, drückte so fest zu, wie sie konnte. „Alles gut?"

Der Tag war sonnengetränkt. Das Licht tanzte in seinen Augen. Er hob die Brauen. „Alles gut, ja!" Trotz Schweißperlen auf der Oberlippe hatte er sich bereits wieder fest im Griff.

Wie an Mutters Beerdigung war das alte Gotteshaus bis auf die letzte Reihe besetzt. Yana hatte sich Margeriten als Schmuck gewünscht. Zu Beginn der Feier bedankte sich der Musikverein mit drei slawischen Weisen für das jahrelange Sponsoring der Calgex. Der Pfarrer blieb der Pfarrer. Senkrecht hob Roggenbach den Mahnfinger gen Himmel, als er predigte: „Wenn ihr liebt, werdet ihr unbewusst das ganze Gesetz erfüllen."

Auf das „Bis dass der Tod ..." hatten sie sich nicht eingelassen und das Versprechen vor dem Traualtar in eigene Worte gefasst: „Lieber Victor, ich wünsche uns, dass wir uns gegenseitig ein Spiegel sind, der uns immer wieder unsere Liebe spiegelt, und dass unser Leben mit unseren Träumen übereinstimmt." Sie konnte kaum sprechen, so bewegt und erschüttert war sie.

„Liebe Yana, ich verspreche dir, mich für dich und für uns mit allen Kräften einzusetzen. Immer tiefer werden soll unsere Verbindung und auch die Menschen um uns herum einschließen." Sie spürte die Kraft und Entschlossenheit in seinen Worten, auch wenn er ihr den Ring zuerst an den falschen Finger steckte, was in den vordersten Reihen zu spontanem Gelächter animierte. Danach schenkte Irina ihnen eine Liebes-Improvisation auf dem Cello. Töne wie Tropfen bei einem Tauwetter. Yana spürte sie auf ihrem ganzen Körper, ein frohes Staccato, mal Crescendo, mal Diminuendo. Die Musik musste aus dem Wasser entstanden sein, wie der Tanz aus dem Wind.

Vor der Kirche standen die Fußballer des FC Klöttingen in den Calgex-Shirts und die Talbewohner mit Kindern und Hunden Spalier und ließen Luftballons aufstiegen. Rundum wurde gelacht, weil Yana dauernd mit ihrer ein praktisch identisches weißes Kleid tragenden Zwillingsschwester verwechselt wurde. Selbst Victor vermochte auf seinen Smartphone-Schnappschüssen sie beide nicht zu unterscheiden. Zur Strafe – Marvullo hatte den CD-Player mitgebracht – musste der Bräutigam einmal zu Track Nummer 8 als Derwisch um den Kirchgarten tanzen, was ihm nach zwei Gläsern Wodka fast so glänzend gelang wie vor einer Woche.

Yana konnte es nicht fassen. In fünf Jahren wäre sie Schweizerin. Schräge Welt. Ihre Vorfahren waren 1871, fünfzig Jahre nach der Einwanderung aus der Schweiz, zu russischen Staatsbürgern erklärt worden. Nach dem Ersten Weltkrieg war das Dorf zu Rumänien gekommen. Die neue Staatsgrenze hatte Schabo von Odessa getrennt. Großmutter war 1935 geboren worden. Dann war der Zweite Weltkrieg ausgebrochen. Ihre Babuschka hatte mit ihrer Familie die Flucht nicht geschafft und war wieder Russin geworden. Und heute war sie Ukrainerin und zu alt und schwach, um für die Hochzeit ins Land ihrer Vorfahren zu reisen. Nur weil Yana von Großmutter Deutsch gelernt hatte, war sie auf die Idee gekommen, Deutsch zu studieren. Und nur weil sie Deutsch studiert hatte, war sie nun wieder da, wo vor bald zweihundert Jahren alles begonnen hatte. „Bist du bereit?", fragte Ewa, als ob sie geahnt hätte, dass Yanas Stimmung zu kippen drohte. „Es gibt ein Gruppenbild."

Während dem opulenten Apéro im Innenhof der Kirche stellte sich Victor auf einen Stuhl und trug mit weit ausladenden Gesten seine Hochzeitsrede vor: „Meine Braut ist nicht nur hübsch und klug, sie ist", fasste er nach zehn beschwingten Minuten zusammen und rang nach einem passenden Ausdruck, „von reinem, lauterem Wesen." Das bestätige ihm jeder Tag und mache jeden Tag zu einem Wunder. Yana war froh, sich an Ewa lehnen zu können. Der letzte Satz der Rede gehörte Vics Mutter. Sie hatte ihn in einem staatspolitischen Sinn zu dem gemacht, der er war. Er verbeugte sich in Richtung ihres Grabes.

Auch Yana hatte ein paar Worte vorbereitet, nur für ihn: „Wenn du mich fragst, ob ich meine, es wäre gut, mutig zu sein, sage ich: Ja, Vic. Wenn du mich fragst, ob ich an dich glaube, sage ich: Ja. Ich liebe deinen Körper. Ich liebe deine draufgängerische, wendige Natur, deinen Geruch. Wenn du mich fragst, ob ich Angst habe, dich zu verlieren, sage ich: Ja, es wird mir schwarz vor Augen und ich zittere, wenn ich mir das vorstelle."

„Meinetwegen brauchst du nie Angst zu haben, Yana, nie!"

„Ist Ewa nicht hübscher als ich?"

„Ihr seid beide unglaublich hübsch!"

„Ist sie nicht viel gewandter, attraktiver, offener? Hättest du mich nicht schon gekannt, hättest du sie genommen!"

„Vergiss es. Du bist umwerfend!"

„Ich bin ein bisschen beduselt."

„Erst recht umwerfend."

Das Abendessen im „Bären" verlief dann weitaus ruhiger. Yana zuliebe hatte Victor darauf verzichtet, seine Geschäftsfreunde und das Calgex-Kader einzuladen. Sie war vollauf zufrieden mit dem stillen Glück im Tal. Das von ihr gewünschte Fest in Schabo würde alles abrunden. Danach wäre sie endgültig angekommen in der Schweiz. So waren außer Vic, Ewa und ihr nur noch Trauzeuge Roberto und seine Silvia zugegen. Zwischen Victor und dem Architekten hatte sich im Laufe der Renovationsarbeiten eine echte Männerfreundschaft entwickelt. Zusammen hatten sie am Schluss die alten Bilder wieder aufgehängt – ergänzt um den Blickfang auf dem Schrank im Wohnzimmer: die Kopie der Königin. Victor hatte sie bei einem Experten in Berlin in Auftrag gegeben. Sie war dem Original so täuschend ähnlich, dass er sie von diesem – wie Yana von ihrer Schwester – kaum zu unterscheiden vermochte. Yanas Begeisterung über das Hochzeitsgeschenk hielt sich in

Grenzen. Auch wenn die Königin sie zusammengebracht hatte: Sie würde ihr immer fremd bleiben.

Zu fünft nahmen sie mit den Resten der Hochzeitstorte den Heimweg unter die Füße und verabschiedeten sich lachend vor der Villa. Die Augenweide roch noch immer nach frischer Farbe. Yana hatte Ewa ihre dunkle Lieblingsschokolade aufs Gästebett gelegt – „ein Waldmümpfeli für die Nacht" –, dazu eine Rosenseife und zwei frische Tücher. Nebeneinander setzten sie sich auf die Bettkante. „Ich hab dir auch etwas mitgebracht", sagte Ewa und begann zu lesen: „Liebes Tagebuch. Ewa schläft schon. Ich bin noch wach. Ich kitzle sie jetzt mit dem Stift an der Nase, damit sie auch wieder wach ist. Aufgepasst und Tschüss, 21.33 Uhr, Yana."

„Ich kann es fast noch auswendig", sagte Yana. Ins gemeinsame Tagebuch hatten sie vor allem schöne Dinge geschrieben. Jeden Tag etwas Schönes. Das war nicht immer einfach. Schön war immerhin, dass sie fast immer gute Noten hatten. Dass sie als Kleinste ihrer Klasse an der Kletterstange am schnellsten oben waren. Dass man von oben den Fluss sah und sich etwas Lustiges ausdenken konnte, wenn man traurig war, und Worte sagen konnte, die man unten nicht sagen konnte.

„Liebes Tagebuch, heute habe ich die Hausaufgaben nicht auf dem Boden gemacht, das gab ein so dickes Lob von Großmutter, Yana, 17.45 Uhr."

„Liebes Tagebuch, das Schlechte an Yana ist, dass sie auf dem Stuhl wackelt, der Stuhl lacht sich krumm und quietscht und ich kann mich nicht konzentrieren, das Gute ist, dass sie es meistens nicht tut und dass sie mich nicht so heftig an den Haaren reißt wie ich sie."

„Liebes Tagebuch, ich reiße Ewa nie an den Haaren, Yana."

„Liebes Tagebuch, dreimal bis jetzt, Ewa."

„Liebes Tagebuch, zweimal. Das erste Mal, als Ewa meine Schuhe nahm, ohne mich zu fragen. Das zweite Mal, als Ewa mir sagte, ich sei noch hässlicher als ein Karpfen."

„Wir stritten eigentlich nie", sagte Yana. „Wenn es dir schlecht ging, ging es mir auch schlecht. Meist weinten und lachten wir zusammen. Verschlug es einer von uns die Sprache, redete die andere weiter, so lange es ging, manchmal nicht lang." Einmal stopften sie alle Kleider in zwei Taschen und versteckten sich am Fluss. Großmutter fand sie, noch bevor es dunkel war, und strich ihnen das Nachtessen.

„Und jetzt hast du also zum zweiten Mal geheiratet", sagte Ewa. „Ausgerechnet einen Schweizer. Wer hätte das gedacht?"

„Ja, da macht es mir fast nichts mehr aus, in der Menge verloren zu sein. Und für den Notfall habe ich ein Stück dunkle Schweizer Waldschokolade bei mir. Schokolade ist Trost und Liebe und Antidepressivum, schwarze Magie. Schwarze Schokolade hat etwas Heiliges. Aber tut mir leid, jetzt bin ich hundemüde." Sie drückte Ewa an sich.

„Schlaf gut und lang, Schwesterchen."

Oben hörte sie Vic den Schlüsselbund ins Lavabo knallen. Sekunden später zog er den Vorhang und stieg unter die Dusche. Sie huschte die Treppe hinauf. Zähne putzen und auch noch rasch unter die Brause, sobald sie frei war. Aus einer Eingebung heraus schnappte sie sich den Schlüsselbund. Ich bin ganz nüchtern und klar im Kopf, dachte sie. In der Wohnstube nahm sie das knapp siebzig Zentimeter hohe Hochzeitsgeschenk vom Schrank und hastete in den Strümpfen die Treppe hinunter in den Keller. Der zweitletzte Schlüssel passte. Yana öffnete den Safe und tauschte die Kopie mit dem auf einer Schaumgummiunterlage schlummernden Original. Auf dem Rückweg erlosch das Licht. Blind nahm sie die Kellertreppe, wischte die Strümpfe zuoberst auf der Teppichvorlage ab, öffnete die Tür zum Flur geräuschlos und horchte hinauf, erschrak auf einmal ob ihrer Kaltblütigkeit, stellte das Original im Wohnzimmer an den frei gewordenen Platz. Schließlich war auch ihre Liebe echt!

Das Badezimmer war in eine Dampfwolke gehüllt. Victor summte unter der Brause. Die ganze Aktion hatte keine drei Minuten gedauert. Yana legte den Schlüsselbund zurück ins Lavabo und putzte die Zähne. Als Vic das Wasser abstellte und immer noch summend zum Handtuch griff, hörte sie die Kirchenglocken zwölf schlagen. Wie schön. Ihre Hochzeitsnacht begann mit Glockenklängen. Von jetzt an war ihre Liebe legal. Ihre Körper konnten sich in Frieden finden.

11

Dicht gedrängt hockten die Menschen auf den Festbänken im Klöttinger Dorfkern. Viele neugierige Augen verfolgten Yanas ersten Auftritt als Gattin. Victor war in seinem Element, ein Abgesandter ohne Scheu. Auch sie nahm lieber Gratulationen als Beileidsbezeugungen entgegen. Gemeinsam sang die versammelte Schar, unterstützt vom Frauenchor, den Schweizerpsalm. Eine Schweizer Fahne schmückte das Rednerpult. In seinem Schweizerkreuz-Shirt wirkte Victor wie ein leicht in die Jahre gekommenes Mitglied der Fußball-Nationalmannschaft. Er stellte seine Bundesfeierrede unter das Motto „das Beständige im Einfachen" und legte gleich los wie die Feuerwehr. Die Welt werde immer komplizierter. Der Wunsch nach Einfachheit nehme zu. Das Einfache habe Bestand. Die kleinen Dinge würden wieder Freude machen. Auf einem Lindenzweig lachte eine Amsel. Yanas Augen badeten im Blattgrün. Victor lobte die herrliche Luft an einem Sommermorgen auf der Fluh, die freie Sicht auf die Alpen. „Wir können das Große nur mitgestalten, wenn wir uns am Kleinen freuen können." Auch die Schweiz war immer überschaubar und kleinräumig gewesen. Ich bin auch klein und einfach, dachte Yana, das fügt sich gut, ich passe zu diesen Werten. Sie freute sich darauf, sich mit Victor auf der Fluh am Kleinen zu freuen, ja, darauf freute sie sich riesig.

Hinter dem Grill boten die Mitglieder des Turnvereines in ihren Schweizerkreuz-Kochschürzen Cervelats, Steaks und Chirsibratwürste mit Hochstamm-Chirsichutney an. Man rückte zusammen, speiste auf Augenhöhe, der Automechaniker, das Rentnerehepaar, der Wirtschaftsanwalt. Das Trio Sonnenberg zauberte Alphornklänge auf den Platz. Raketen stoben himmelwärts. Zum Abschluss gab es Kaffi Schümli Pflümli und etwas Süßes vom Buffet.

„Bis zur nächsten Hundsverlochete", rief einer Victor zu, als Yana und er sich Arm in Arm Richtung Tal aufmachten.

„Was ist eine Hundsverlochete?", fragte sie. „Welche Hunde werden denn da verlocht?"

„Hundsverlochete ist eine Schweizer Zauberformel. Am Schluss bleibt ein Gefühl von Heimat."

So viel war ihr klar: Bei einer Hundsverlochete war alles angerichtet. Und Victor, der letzte Romantiker der Wirtschaft, gab dem Ganzen mit seinen Reden einen Rahmen und nahm den Menschen die Angst um ihre Zukunft. Am Pult tönte er wie ein wild bewegter und doch beruhigender Bergbach. Sein Gesicht war das personifizierte Abendrot. Und zum Abrunden einer Hundsverlochete gab es immer etwas Süßes. Das war bei der Patrouille Suisse genau so gewesen. Selbst eine Vernissage endete in der Schweiz nie ohne Kuchen. Victor sponserte viele Hundsverlocheten und stand oft vorne am Rednerpult, an der Kreiseleinweihung, am Jubiläum des Fußballclubs, bei der Eröffnung der neuen Tramlinie, an der 1.-August-Feier. Die Schweiz war das Land, wo die Abfertigung auf den Ämtern zügig voranging, wo der beste Arzt einen Steinwurf entfernt und ein Wasserrohrbruch innerhalb von Stunden repariert war, wo sich die Schönheit des Daseins ums eigene Haus entfaltete und wo man sich regelmäßig und friedlich an Hundsverlocheten zusammenfand.

Die folgenden Wochen verliefen unspektakulär. Yana lebte sich ein als Ehefrau im großen Haus, sie half Vic, seine Kleider auszusuchen, seine Schuhe, seine erste Brille. In diesen Dingen war er merkwürdig hilflos. Gleichzeitig trieb er mit aller Kraft seinen Neubau voran. Die Ameisenkönigin sollte einen Hort erhalten, der sie weit über die Landesgrenzen hinaus erstrahlen ließ.

In Moskau hatte Yana sich von Tiefkühlgemüse ernährt, von billigen Keksen und Säften. Nun kümmerte sie sich um das Gemüse im Garten und um all das keimende Leben, wenn sie nicht gerade dolmetschte, und nahm sich viel Zeit fürs Kochen. Regnete es draußen, widmete sie sich im Wintergarten auf einem Sessel beim Fenster ihrem Mundartwörterbuch oder einem Lexikon über Kunst. Das Vergnügen an der Kunst kam mit der Gewöhnung. Mit jedem Artikel wurden die Verbindungen und Bezüge klarer.

Auf Vics Schreibtisch stapelten sich währenddessen die Bettelbriefe und Sponsoringanfragen. „Die ganze Welt will etwas von mir", seufzte er eines Samstagmorgens. „Die Menschen hätscheln ihre Hobbies und der Muff zahlt." Er nahm das oberste Schreiben in die Hand und las: *„Sehr geehrter Herr Muff, nächstes Jahr feiert die Musikgesellschaft ihr hundertjähriges Jubiläum. Dazu erscheint pünktlich zum großen Festkonzert, zu dem wir Sie schon jetzt herzlich einladen, unsere Jubiläumsschrift. Dürfen wir Sie bitten, dieses würdige Projekt als Hauptsponsor zu unterstützen?* – Natürlich dürfen Sie", meint er lakonisch, „der Muff zahlt, wer denn sonst?"

„Zeit für einen Spaziergang auf die Fluh, Vic?"

Er wies auf den Stapel. „Ich ersaufe in diesem Haufen."

Sie strich ihm sanft durchs Haar. „Dann mache ich mich ans Jäten."

In den Vorgärten sprossen die Musterrasen. Einer der Nachbarn, Yana hatte seinen Namen längst wieder vergessen, half dem Rasen nach dem Mähen an den Rändern mit dem Grastrimmer und dem Kantenschneider nach. Bisweilen kam Yana die Schweiz ein wenig gar geordnet vor. Alle im Quartier setzten auf den golftauglichen Bürstenschnitt – schön, doch so leblos wie eine ausgestorbene Sprache. Kein Grillenzirpen weit und breit, keine Heuschrecke, nur kastrierte Halme ohne Blüten. Links in jeder Gartenecke befand sich der Komposthaufen. Rosen blühten in den Rabatten. Der Biopool der direkten Nachbarn Zündli funkelte. Jeden Donnerstag stapelten sich die gelben Abfallsäcke auf dem Gehsteig. Kurz nacheinander brachten die Mütter ihre Kinder im Zweitwagen zur Schule, um danach selbst ihrer Arbeit nachzugehen oder Einkäufe zu tätigen. Auch Yanas Alltag verlief zunehmend geordneter. Victor nahm sie weniger auf Kundebesuch mit. Stattdessen brachte er mehr Arbeit zum Übersetzen nach Hause. Sie hatte Zeit, buk gern, auch wenn ihr nicht alles auf Anhieb gelang, machte Rösti, dämpfte Zwiebeln, schnitt das Gemüse in Streifen und Würfel, ließ es garen oder auf niedriger Hitze brutzeln, würzte, doch am liebsten gab sie all die Kräuter vom Garten in den frischen Salat, Rosmarin, Thymian, Basilikum, Salbei, dazu Blütenblätter.

Um 10 Uhr unterbrach sie die Gartenarbeit und gönnte sich einen Kaffee. Geschliffenes Glas tropfte vom Kronleuchter über dem Esszimmertisch und klirrte leicht, wenn ein Luftzug die Tropfen in Berührung brachte. Sie fing eine Spinne ein, die daran war, ein Netz in einen Fensterrahmen zu spannen, und entließ sie auf dem Sims in die Freiheit. Victor war am Aufbrechen. Er wollte in der Stadt den Club der Königin gründen, den CK. Den 111 handverlesenen Mitgliedern würde die Stadt, sobald der Calgex-Neubau stand, buchstäblich zu Füßen liegen, bestünde der Bodenbelag im Clubsaal auf Vorschlag Marvullos doch aus einer aus dem Grundbuch kopierten begehbaren alten Stadtkarte. Dieser Spaziergang kostete symbolische 11.111 Franken im Jahr. Banker, Anwälte, Ärzte, Persönlichkeiten aus Politik, Wirtschaft, Kultur und Sport würden sich im CK die Klinke reichen und auf der Terrasse über dem Fluss Fotos schießen, die um die Welt gingen. Victor hier, Victor dort, Victor überall. Er zauberte Reden aus dem Ärmel, eröffnete Ausstellungen, sponserte Vereine und Hundsverlocheten reihum im Land. Yana hielt dieses Tempo nicht mit. Sie kochte eine Gemüsesuppe und brauchte dafür eine geschlagene Stunde.

Vic kam euphorisiert nach Hause. „Der Club wird der Hammer. Die Leute musst du unbedingt bald auch sehen, Yana." Heißhungrig löffelte er ihre Suppe und füllte sich den Teller nochmals randvoll. Sie legte ihm die Arme in den Schoß, durchwärmt von einem wohligen Gefühl. „Du hast rübis und stübis alles aufgegessen."

Kurz vor Sonnenuntergang fuhr der alte Talhof-Bauer nach einer längeren Trockenperiode und sich anbahnendem Regen mit dem Traktor vor, an den der prallvolle Jauchewagen gekoppelt war. Hinter den Talhäusern und der Augenweide begann Gottes freie Natur, die offenbar doch nicht ganz frei war. Die Wiesen wollten gedüngt sein. Der Bauer spritzte die Jauche bis satt an die Grundstücksgrenzen. Noch spät in der Nacht hing der Jauchegeruch in der Luft und setzte sich an den Tapeten fest. Victor verzog die Nase – und lenkte sich mit Schreibarbeit ab. Der massive Zaun, den Zündlis Mitte Woche unangekündigt um ihren Garten gezogen hatten, beschäftigte ihn. „Als ob unsere Buchenhecke nicht genügte!" *Hallo Jan, hallo Liz, Gratulation zu eurem tollen Zaun,* begann er seinen Brief bewusst konstruktiv. Die Pfosten stünden auf der Grenze und nicht ganz auf Zündlis eigenem Boden, wie es das Gesetz verlange. Der Draht und die Befestigung des Drahtes an den Pfosten müssten gegen die eigene Grundstückseite liegen. Das wisse jeder Hausbesitzer. Und die Befestigung habe so zu erfolgen, dass Verletzungen ausgeschlossen seien. Überhaupt wirkten derartige Pfosten bei einem Juwel wie der Augenweide wie eine Faust aufs Auge. Victor gab sich großzügig und gestand den Nachbarn zehn Tage für das Entfernen oder zumindest Versetzen des Zaunes zu. Ansonsten müsse er, der Ordnung halber und um Präzedenzfälle zu vermeiden, leider selbst aktiv werden und den Zündlis notgedrungen die Rechnung schicken. *In der Hoffnung auf Verständnis und rücksichtsvolle Nachbarschaft, euer Victor.*

Wehret den Anfängen. Yana verstand Vic. Er brauchte seinen Frieden, kam oft gerädert von der Arbeit heim und rackerte in seinem Büro im Erdgeschoß weiter. Sie mussten als Paar zusammenstehen. Sie litt mit ihm mit, wenn er bis tief in die Nacht schuftete, versorgte ihn mit frischen Früchten und versuchte ihn von den banalen Alltagsarbeiten zu entlasten. Freundlich und sauber sollte das Haus sein, mutter- und muffgerecht die Ordnung. Duften und leuchten sollte es, wenn er die Mappe ablegte und nach Luft rang. Blieben die stillen Fragen: Nie brachte er Besuch ins Haus. War er einfach nur erschöpft? Wollte er sie schonen? Traute er ihrer Kochkunst doch nicht ganz?

An einem heißen Sommerabend traf sich alles, was Rang und Namen hatte, zum Flussschwimmen. Wie die Fasnacht und der Fußballclub verband der gekrümmte Fluss die gesellschaftlichen und politischen Schichten. Vier Regierungsratskandidaten stürzten sich gleichzeitig mit Victor in die Fluten. Hinter Vic schwimmend genoss Yana die Abkühlung, den leicht brackigen Geruch des Wassers, das Dahingleiten mit der Strömung auf dem wasserdichten Kleidersack, der ihr als Kissen diente. Nach dem Schwimmen versammelte sich die städtische Crème de la Crème zum kalten Buffet. Yana liebte den Fluss, aber sie hätte das Bad in der Menge nicht gebraucht, den kleinen abgehobenen Zirkel schon gar nicht, diese immergleichen Gesichter. Nicht einmal für den Fluss fand sie an diesem Abend Worte. Hingegen entging es ihr nicht, dass sich junge Frauen um Victor drängten – und dass ihn das freute. Es waren dieselben Frauen, die sich auf Vernissagen mit Sätzen übertrafen wie: „Was für eine schöne Handschrift!", „Das wirkt ein bisschen vulgär." oder „Dieses hier ist, wie soll ich sagen, extrem atmosphärisch.". Yana konnte da nicht mithalten. Ihr fielen keine passenden Adjektive ein. Für sie war kein Bild enorm anziehend, keines erinnerte sie an ein anderes Werk eines anderen Meisters. Ganz wenige Bilder machten sie glücklich. Die meisten langweilten sie. Weder für das eine noch das andere suchte sie eine Begründung. Auf ewig würde sie eine blöd ins Leere glotzende Ignorantin bleiben – mit und ohne Bilder. Sie verdrückte sich an einen Fensterplatz, wo Victor sie mit dem Standardsatz „Wir bleiben ab sofort wie abgemacht beieinander." an der Hand nahm. „Gehen wir, bitte", bat sie. Aber zuerst galt es noch tausend Hände zu schütteln.

Daheim sichtete Victor umgehend die Briefpost. Kurz bevor die gesetzte Frist ablief, hatten die Zündlis die Grenze neu ausmessen lassen und Verlängerung beansprucht. Der Zaun sei nötig, weil sie sich einen Hund zutun wollten. Dann müsse er wohl den Anwalt einschalten, meinte Vic bedauernd. Das sei doch eine ziemlich plumpe Hinhaltetaktik. „Ein solch massiver Zaun passt nicht zu unserer Vorstellung von Freiheit und Offenheit, oder? Mutter wäre damit auch nicht einverstanden!"

„Für einen jungen Hund braucht es ihn wohl."

„Wir brauchen hier auch keinen Hund! Es ist traurig, mit ansehen zu müssen, wie die Leute ihre Probleme anpacken – und dass sie nicht einmal fähig sind, darüber zu reden." Vic schämte sich für die Schweiz. Was war aus der freien, demokratischen und sozial gerechten Republik geworden? Eine Fliege surrte. Oder war es eine Leitung in Yanas Gehirn?

Sie fuhr Vic mit dem Handrücken über die Wange. „Ich
lese noch ein bisschen, bis du mit der Post durch bist."
Gleich neben dem Schlafzimmer im ersten Stock befand
sich die Bibliothek, ein kleiner Festsaal, in dem man auch
hätte zum Tanz aufspielen können. Ein Flügel stand da an
der Fensterfront, ein großer Eichentisch in der Mitte. An
den Wänden reihten sich die Bücher bis zur Decke. Wohl
aus diesem Grund hatte der Raum etwas Staubtrockenes.
Fachliteratur dominierte in den Regalen. Etwa dreihundert weitere Werke gehörten zum Standardrepertoire
der Weltliteratur. Die Eltern Muff hatten anscheinend
ein Abonnement besessen, das ihnen im Monatstakt ein
solches Buch beschert hatte. Die meisten Titel wirkten
ungelesen. Und doch verwandelte sich die Bibliothek für
Yana in einen Ort, der Freud und Leid der Menschen mit-
sang. Wenn sie ihn betrat, erfasste sie ein Gefühl, als ob ihr
jemand sanft über die Schulter streichle. Selten nahm sie
ein Buch aus den Gestellen, noch seltener las sie wirklich
darin. Ihr genügte es, dass Autorinnen und Autoren aus
aller Welt hier Buchdeckel an Buchdeckel vereinigt waren, Optimistinnen und Pessimisten, Erkunderinnen und
Erforscher von Herz, Geist, Seele, Gescheite und Geschei-
terte. Das alles gab ihr die Gewissheit, dem eigenen Herzen nicht hilflos ausgeliefert zu sein. Die Erinnerung an
ihr Dorf konnte sich nicht an einen solchen Raum halten.
Keine Bücher. Kein Gefühl von Ansässigsein, von Lese-
lampe und Tisch. Grau und Ocker organisierten Haus,
Himmel und Felder in Schabo und hielten sie als Heimat
zusammen, dazwischen ein bisschen Sonnenblumen-
gelb, nicht von Stielen getragen, eher hingeworfen vom
heißen Wind, das fleckige Braun eines sich duckenden
Hundes, Möwengeschrei über dem Wasser, salzige Haut.
Und doch hatten Wasser, Sand und Stein manchmal auf
wundersame Weise zusammengepasst. Sonst aber waren

Ort und Leben vorläufig geblieben. So jedenfalls trug sie es im Kopf, so war sie weitergezogen, einer Männerstimme hinterher wie ein Vogel über dem Ozean hinter einem Segel. Und jetzt? Mit einem Buch über die Alpen ging sie nach unten.

Der Zaun sei nur nötig, weil diese Liz eine weltverschlossene Frau sei, schnaubte Vic, eine Frau allerdings, die sich nicht scheue, ihren Garten zu betreten, wenn es gerade bequem sei. Seit dem Einzug habe er sich bemüht, über vieles hinwegzusehen, obwohl Liz' schwankende Launen im ganzen Dorf bekannt seien und ihr Jan als Berufsmann auch keinen sehr intakten Ruf habe, „aber alles können wir nicht durchgehen lassen, damit helfen wir niemandem." Er machte sich Vorwürfe, dass er sich zu wenig umfassend über seine Nachbarschaft informiert habe. Jetzt müsse er sich mit solchen Bagatellen herumschlagen und brauche doch seine ganze Kraft, um seine Projekte voranzutreiben. Kubus 1 sei am Wachsen. Und die schweizerisch-russische Stiftung für Kulturaustausch stehe, Moosimann sei Dank. Es fehlten nur noch zwei Unterschriften.

„Gott schenkt uns die Nüsse, aber er knackt sie uns nicht auch noch", versuchte Yana Vic mit einem russischen Sprichwort aufzuheitern. Einige Nachbarinnen und Nachbarn vertrauten ihr, andere blieben ihr fremd. Tango und Foxtrott können sich auch aneinander reiben, dachte sie. Walzer und Flamenco erfordern unterschiedliche Schuhe. Sie brachte ihm einen Kaffee: „Mach eine Kreativpause, Vic." Er beruhigte sich. Mit ihrer Hilfe wolle er für seinen Kubus in den nächsten Wochen eine dreisprachige Website aufzubauen – Deutsch, Englisch, Russisch. „Ich mache, was ich kann", sagte sie, „aber die Dolmetscherei gebe ich baldmöglichst auf, Vic."

„Warum? Alle bewundern dich doch!"

„Im Vergleich zum Übersetzen von Schrift ist das Dolmetschen im Durchgangszentrum zehnmal anspruchsvoller. Was sich im Alltag als erfolgreich erweist, erleidet auf den harten Stühlen im Befragungsraum Schiffbruch. Vagheit, Mutmaßungen und Doppeldeutigkeiten sind dort tabu. Die Dünnhäutigen erwischt es zuerst, die Dickhäutigen früher oder später auch."

„Niemand macht das so gut wie du."

„Ich zähle mich auch zu den Dünnhäutigen. Auf die Dauer halte ich die Befragungen nicht aus."

„Alles kommt gut! Schlaf drüber. Ich schreib noch rasch einen Brief an die Zündlis."

Sie küsste Vic auf die Stirn und zeigte auf ihr Buch. „Tu, was du nicht lassen kannst. Ich gehe ins Bett und von dort noch ein bisschen in die Alpen." Ob man die Zaunpfähle der Zündlis als leblos, unzivilisiert, deren Garten als ungepflegt betrachtete, war eine Frage der Sichtweise. Sicher hätte Vics Mutter unter dem Anblick gelitten. Oft sprach Yana im Stillen mit ihr. Das Kind. Es wollte nicht kommen, auch wenn sie an fast nichts anderes dachte. Was war der Zaun dagegen? Victor und sie lagen auf demselben Bett, die Körper bis zum Äußersten gespannt. Wie sie sich genierte. Wie er sich ihretwegen quälte. Höllisch weh tat das. Sie verdarb alles. Und die Kehle war so trocken. Sie konnte nicht lieben, zitterte nur. Wenn er dann einschlief, roch sie an seiner Haut – und stand halb erfroren auf, um einen Schluck Wasser zu trinken.

12

Vor dem Eingang des Red Horse wurde Yana von einem Herrn in schwarzlackierten Schuhen als Nutte angepöbelt. „Einfach ignorieren", sagte Irina, „ich kenne den Mann. Er hat zeitlebens an seiner glänzenden Fassade gebastelt." Auf 10 Uhr waren sie im Musikhaus beim Marktplatz angemeldet, um für Yana ein Cello auszusuchen. Drei Instrumente standen in der Schlussrunde. Irina riet zu Geduld. Gegen eine Kaution überließ ihr der Experte ein Cello für eine Woche auf Probe. „Ich glaube, es wird Liebe auf den ersten Blick", sagte Irina. „Das Instrument hat eine Bandbreite von den zartesten Gefühlslagen bis zu den größten Aufwallungen." Was für schöne Aussichten! Das Instrument in der weichen Hülle fühlte sich gut an auf Yanas Rücken. Sie lud Irina zum Kaffee in die Augenweide ein und erstand im Überschwang in einem farbenfrohen Trendshop einen Soft Secret Büstenhalter.

Unglaublich, wie viele Klangfacetten Irina dem Instrument in der Eingangshalle entlockte. Sie verwandelte es in eine Flöte, zauberte Vogelstimmen hervor, bewegte sich mit dem Cello durch den Raum und der Stachel wurde zum Klangerzeuger. Das Instrument tanzte. Manchmal versteckte sich Irinas Stimme in einem Ton oder erhob sich unabhängig über das Cello hinaus. Was für ein körperliches Gerät. Vorerst gab es allerdings keine Lektionen. „Ich muss nächste Woche zurück in die Ukraine", sagte Irina. „Die Aufenthaltsbewilligung läuft aus, eine neue ist weit und breit noch nicht in Sicht. Vielleicht heiratet mein Kinderpsychiater mich ja eines Tages, obwohl er in festen Händen ist. Ich glaube, er liebt mich echt." Ein paar letzte Töne. Wie Vogelschwingen glitten sie durch die Halle.

„Victor wird sich für dich stark machen", sagte Yana. „Er hat einen guten Draht zum Botschafter. Komm bitte bald zurück."

Yana steckte die Haare hoch und legte sich aufs Sofa, spürte den neuen, weichen Büstenhalter über dem Herzschlag, spürte, was für ein Geschenk ihr Leben war. Im Tagtraum, in dem sie auf einmal war, stahl sie mit weißen Stoffblumen geschmückte Haarspangen. Sie heiratete ihren Traummann: einen, mit dem sie sich auch mit geschlossenen Augen verstand. Verwirrt schreckte sie auf. Wenn Victor wie diese Woche ausschließlich allein unterwegs war, kam es ihr vor, als lege sich ein Schatten auf ihr Dasein. Ohne ihn war sie wie ein dünnstieliges Pflänzchen ohne Halt gebenden Stecken und sackte in sich zusammen, durchwuchert von schlechten Gedanken. Panik. Blutleere. Beim späten Mittagessen stach sie sich mit der Gabel in die Zunge, um zu prüfen, ob sie noch bei Sinnen war. Warum war er am Morgen fast wortlos gegangen? Wollte er sie für ihre Anhänglichkeit bestrafen? Warum ließ sie es zu, dass er solche Macht über sie hatte?

Zum Glück hatte sie den Garten. Mit jedem Schritt begegnete sie dort etwas Neuem und spürte jede Regung der Gelenke, Muskeln und Sehnen, Rist und Fußballen auf dem unebenen Boden. Auf einem Quadratmeter war es unmöglich, nichts Lebendigem zu begegnen. Zwei blassgrüne Libellen schlugen auf einem Schilfhalm im Weiher ihr Paarungsrad. Mit den Zangen am Ende seines schlanken Hinterleibs ergriff das Männchen das Weibchen am Hals. Dieses bog den Hinterleib nach unten und vorn, um mit seiner Geschlechtsöffnung das Sperma aus der Samentasche des Männchens aufzunehmen. Dann hoben sie zusammen ab. Wie sie so flogen, in radförmiger Tandemstellung, wurde Yana die Welt rund.

Vor Geschäftsschluss bestätigte sie dem Musikhaus den Kauf des Cellos für dreitausend Franken. Danach duschte sie ausgiebig, um Victor ja fröhlich zu begrüßen und in ihre Arme zurückzuholen.

„Du vermisst mich nicht."

„Wie kommst du denn darauf?"

„Weil wieder ein Tag vergangen ist, ohne dass dass du dich kurz gemeldet hast."

„Du übertreibst." Er umarmte sie heftig. „Ich denke jeden Tag ständig an dich. Aber Arbeit ist Arbeit. Ich kann ihr nicht entfliehen."

Er schaltete das Radio ein. Die Schwalben pfeilten im Tiefflug über den Weiher. Wie ein Heißluftballon hing eine einzelne Wolke am Abendhimmel. Sie biss sich auf die Lippen. „Ich habe im Wintergarten gedeckt."

„Ich bin süchtig nach deiner Kürbissuppe."

„Ich habe immer mehr Fältchen um die Augen."

„Tausende."

„Hunderttausende."

Er hatte wieder einmal gewonnen und sie war froh. Unter allen Umständen wollte sie ihre Liebe in ein gelobtes, angstfreies Land retten. Dafür musste sie nur sich selbst erlösen. Das war nicht zu viel verlangt.

Yana zog sich um. Schwarz war angesagt. Viermal pro Saison gab es ein Abonnementskonzert. Die Sitze der Sponsoren befanden sich leicht erhöht auf der rechten Seite und gewährten einen ungestörten Anblick von Dirigent und Orchester. Joseph Haydns Schöpfung stand an. Schon der Beginn, dieser Urzustand aus Klangpartikeln, Thementeilchen und Metren, die ungezielt durch eine Art Vorweltlichkeit stoben, verschlug ihr die Sprache. Kurz darauf hämmerten die Geigen die ersten Staccatos in die Atmosphäre. Es toste, brauste, glänzte und glitzerte. Die junge Sopranistin gab ihren Part über beide Ohren strahlend. Zwischen den Stimmbändern des Basses schien sich die Schöpfung gerade noch einmal zu vollziehen. Da summten und brummten die Insekten, da leuchtete das Licht. Was für ein ursprüngliches, funkensprühendes Werk. Victor war zum Scherzen aufgelegt. Er genoss die Pause fast mehr als das Konzert, während Yanas Zuwendung ausschließlich den Musikantinnen und Musikanten galt. Sie erlebte die Schöpfung mit dem ganzen Körper, der sich bis in die Zehenspitzen erschüttern ließ. Ein Wunder, dass diese jahrhundertealten Töne so unbeschadet in der Gegenwart eines Saals ankamen, in dem viele eher durch Weg- als durch Zuhören und durch Frisuren und Kleider glänzten. Die Töne und Ströme, gebändigt durch den tanzenden Taktstock, setzten sich gegen alle Widerwärtigkeiten und alles Blendwerk auf den Köpfen und an der Decke durch und bescherten Yana Glücksgefühle jenseits von Schmerz und Schwere. Sie konnte es kaum erwarten, sich auf ihr eigenes Instrument einzulassen.

Nach dem Konzert tranken sie einen Espresso an der Bar. Victor war einverstanden, Irina – vorerst auf Bewährung – als Raumpflegerin einzustellen. Weniger glücklich war er mit Yanas Plan, in der Eingangshalle fremdsprachigen Kindern Stützunterricht zu erteilen. Doch sie hatte sich bereits bei der Schulleitung erkundigt. Entschädigung wollte sie keine. „Es geht mir darum, etwas zurückzugeben, Vic, verstehst du? Ich hatte es nicht einfach als Kind. Und hier habe ich so viel von allem. Manchmal empfinde ich das fast schon als grotesk, ja, widersinnig."

„Du bist zäh."

Er küsste sie. Yana bekam Gänsehaut. „Und du bist magnetisch, schau, all meine Härchen stehen."

Wieder zu Hause, holte Vic sich ein Schlummerbier aus dem Kühlschrank. Yana kuschelte sich auf dem Sofa an ihn. Mit dem Neubau gebe es Scherereien, seufzte er. Roberto Marvullo und seine Partner seien mit dem Großprojekt überfordert. Ein junger, übermotivierter Journalist habe Unrecht gewittert. Der Bau werde einen halben Meter tiefer als geplant. „Welcher Neider hat ihm diesen Floh ins Ohr gesetzt? Fünfzig Zentimeter!" Ein Fehler, an dem er absolut unschuldig sei, falls er sich denn als Fehler entpuppe. Alle andern bauten in die Höhe. Er baue in die Tiefe, um die Umwelt zu schonen. Die sieben Kuben würden in die Architekturgeschichte eingehen. Es seien futuristische Nadeln. Bei Nacht entfalteten sie eine mystische Wirkung. „Und diese ganze Pioniertat soll wegen einem halben Meter bedroht sein?"

„In Russland oder in der Ukraine würde man die zuständigen Beamten schmieren", sagte Yana.

Vic ergriff die leere Bierflasche und blieb vor der Skulptur stehen. „Die Königin ist der Schlüssel zu allem.»

Wenn wir ein Kind hätten, dachte Yana zum x-ten Mal im Bett, würde es ihn ablenken. Das Geschrei des eigenen Kindes konnte einem Vater nichts anhaben. Sie machte sich schön für ihn, kaufte spezielle Wäsche für die Nacht, hochhackige Schuhe, die ihr tagsüber Sicherheit gaben. Aber es war wie seinerzeit im Tanzkurs beim Flamenco: Vic wollte ständig nur siegen und sie verkrampfte sich. „Es tut weh, Victor, süferli bitte, wir haben die ganze Nacht für uns." Wie er schwitzte, der Gute, sie hörte es förmlich krachen in seinem Hirn. Und mit dem Tanzkurs, der vielleicht für etwas Lockerheit hätte sorgen können, war es vorbei. Zu wenig Zeit. Sie klammerte sich an die Hochzeitsreise nach Schabo. Am Dnjestr Liman konnten sie sich entspannen.

13

An der Kaimauer zerplatzten die Brecher. Hilflos paddelte ein Surfer in seinem Neoprenanzug auf den Wellen. Erde, Wasser, Licht verschmolzen zu einem dreckigen Grau. Neben dem Taxistandplatz am Flughafen bot eine Frau ihren Vogelkäfig an. „Bei uns daheim gibt's nicht einmal Rüben", schimpfte sie und verkaufte den Käfig einem Vogelhändler. Die Katze hatte ihren Wellensittich gefressen, deshalb wollte sie den Käfig loswerden. Sie erhielt ein paar Geldscheine. „Was kann ich mir dafür schon kaufen. Gar nichts."

Victor steckte der Frau einen Dollar zu. In blaugelben Rüschen sank eine ukrainische Fahne wie ein verblichenes Ballkleid von einer Fassade, der einzige Schmuck weit und breit. Alte Sowjetbauten rechts, moderne Einkaufszentren links. An goldenen Zwiebelturmkirchen und stalinistischen Amtsgebäuden vorbei fuhren sie in enge Gassen voller Leuchtreklamen, wo sie den Taxifahrer bezahlten. Westliche Technomusik dröhnte aus den Hauseingängen. Imbissbuden und Sexshops drängten sich aneinander. In einer Bar wurde zu englischem Metalrock Karaoke gesungen. *Only the free mind knows what love is*, hatte jemand an eine Wand gesprayt. Die Menschenschlangen wurden dichter, flanierende Pärchen, betrunkene Gestalten, Frauen und Männer jeden Alters, die Polizeistreifen Geldscheine entgegenstreckten, Schweigezoll für Prügeleien, Einbrüche, Trunkenheit am Steuer. Yana umfasste Vics Taille. „Die schwärzesten Seelen tragen die weißesten Westen, heißt es bei uns. Fast jeder Polizist, Kommissar und Richter macht hier seine eigenen Geschäfte. Lassen wir Odessa hinter uns!"

Röchelnd fuhr der Bus durch die Außenquartiere der Stadt, vorbei an verwahrlosten Wohnblocks und verlotterten Fabriken, an Mulden mit Schrott und Bruchsteinen. Unterwegs musste der Buschauffeur tanken. Mit aufgestützten Ellenbogen vertrank eine Wasserstoffblondine in der Bar neben den Zapfsäulen auf einem Kunstlederhocker ihr Arbeitslosengeld. Weiter durch Berge von Müll. Die Ukraine war ein vergammelter Supermarkt voller Ramsch und eingeschlagener Scheiben, Fernseh- und Disco-Geflimmer, das globale Phantasien weckte. Ein getunter Golf heulte vorbei, ein Lieferwagen, auf dem sich Autoreifen, Matratzen und alte Möbel stapelten. Und doch fühlte sich Yana richtig gut, als sie in Zakota kurz vor Mitternacht aus dem Bus stiegen. Weiße Falter tanzten um sie herum. Gleich hinter der Brücke über die Dnjestr-Lagune besaß Yanas Großmutter unweit vom breiten Sandstrand eine blauweiße Datscha. In diesem einfachen, von Ewa liebevoll geschmückten Holzhaus wohnten sie. Auch der bärtig zerzauste Cousin Sergej war zur Begrüßung anwesend. Er hatte zwei Jahre in Berlin gelebt und war Künstler, Chauffeur und Trauzeuge in einem. Victor und er verbrüderten sich noch auf der Schwelle. Es wurde eine kurze, weinselige Nacht mit Feuer und Funkenregen, die ihnen allen ein bisschen Kopfschmerzen bescherte.

Auf dem Weg zu Großmutter zeigte Sergej ihnen am andern Morgen sein Atelier in einer stillgelegten Tankstelle am Ortsrand von Schabo. Sein Spezialthema waren Tierköpfe. Das Material für die Köpfe holte er sich auf dem Müllplatz. Er fügte Trümmer und Bruchstücke zusammen, schuf ein Gleichgewicht oder eine Irritation, indem er einen Bruch erst recht heraushob. „Mit den Köpfen eröffne ich die Jagd", sagte er in gebrochenem Deutsch. „Nur – wer ist der Gejagte?" Victor kürte das Walross zu seinem Lieblingstierkopf. Die dreidimensionalen Trophäen blickten mal stolz, mal argwöhnisch oder edel und oft geradezu aberwitzig, und sie boten den beiden Männern Gesprächsstoff für manch ausgelassene Großbildjagd. Dazwischen tranken sie zum Apéro Bier, klopften Eier auf und bestreuten sie ausgiebig mit aus der Schweiz mitgebrachtem Aromat.

Yana hatte nie verwandtschaftliche Gefühle für den extrovertierten Sergej entwickelt, der noch nie eine Plastik verkauft hatte und sich den Lebensunterhalt als Tätowierer verdiente. Vorzugsweise tätowierte er, was er formte, Tierschädel, aber auch ganze Drachen, Schlangen, Eidechsen, was die Kundschaft verlangte. Wer nicht bar bezahlen konnte, tat es mit Naturalien, vor allem mit Wodka und Zigaretten. Ein kleiner Drache kostete drei Flaschen. Für einen solchen Drachen brauchte Sergej zwei Stunden, für einen großen drei. Er arbeitete, wenn es ihm passte, und schlief auf dem Teppich oder auf dem Sessel bei der alten, rostigen Tankstellen-Kasse, wenn er genug hatte von allem. Victor benied ihn um seine Freiheit, Sergej Vic um seinen Reichtum. Das Atelier wurde ihnen zur Philosophierstube.

Ansonsten nannte Victor Schabo eine Ansammlung trister Häuser. „Und hier haben Schweizer Siedler mal für Glanz gesorgt?" Er traute der Sache nicht. Die Straßen stanken nach Urin. Katzen strichen um die Abfallsäcke. In einer Seitengasse lag ein toter Hund. Ein anderer schnupperte daran. Überall wehte Gelb und Blau, Gelb für die Getreidefelder, Blau für den Himmel darüber. Auch Geländer, Brücken, Bushäuschen und Zäune waren in den Nationalfarben bemalt. Ein Plakat zeigte einen Soldaten mit Helm, darunter stand die Aufforderung, sich bei den Mobilisierungsstellen der Armee zu melden.

In Großmutters kleinem Innenhof lehnte ein rostiges Fahrrad am alten Apfelbaum. Die Federn einer zerrupften Elster lagen auf dem lehmig-sandigen Boden. Im Haus roch es nach Rauch und Tran. Großmutter hatte zum

Empfang einen Schwarzmeerfisch gekocht, einen großen, schweren Fisch mit hängenden Backen, der in einer dicken Suppe zwischen Kartoffeln, Kohl und Karotten schwamm und unglaublich viele Gräten hatte. Victor spülte mit Wodka.

Was ist schwieriger, fragte sich Yana: Aus einem dürftigen in ein üppiges Leben zu wechseln oder umgekehrt? Victor hatte noch nie ein Plumpsklo gesehen, den Hintern noch nie mit Zeitungspapier geputzt. Ihre ganze frühere Geschichte war dürftig. Sie bestand aus einem kleinen, alten Haus, einem winzigen Garten, einer Großmutter, einer Schwester, ein paar Düften, einem Fluss, einem Säufer, Sand, Küchenqualm und Geflunker.

Großmutter hatte kaum noch Zähne, was sie nicht daran hinderte, gleichzeitig zu kauen und in ihrem Kauderwelsch aus Schweizerdeutsch, Schwäbisch, Französisch und Russisch zu reden. Sie war stolz auf Yana, stolz darauf, dass sie den Weg in die Schweiz gefunden hatte, stolz auf Victor, dem sie die Geschichte ihrer Vorfahren nicht vorenthalten konnte. „Während vieler Generationen haben wir Auswanderer das Schweizer Bürgerrecht behalten. 1890 bis 1914 war die Glanzzeit von Schabo. Der Wein unserer Kolonie war weltberühmt. Viele Ukrainer, Moldawier und Russen haben bei uns Schweizern als Knechte und Tagelöhner gearbeitet. Um 1900 war Odessa die schönste Stadt Russlands. An der Oper traten die berühmtesten Sänger auf. Und der Hafen war der wichtigste Markt für Wein und Weizen." Ewa füllte die Gläser nach. In all den Jahren hatte Großmutter stets die gleichen Bruchstücke ihrer Geschichte erzählt, die sie von ihren Eltern hatte, und andere ausgelassen. Nun war die gute Babuschka nicht mehr zu bremsen. „1905 streikten hier erstmals die Matrosen, ein warnendes Vorzeichen für die Revolution. Nach dem Ersten Weltkrieg ist Schabo mit ganz Bessarabien an Rumänien gefallen. Siebzehn Jahre später bin ich zur Welt gekommen. Man rechne. Ich gehörte zur sechsten Generation der Russlandschweizer. Schabo war ein Dorf, wo man auf einmal vier Sprachen lernte, offiziell Rumänisch, auf der Straße Russisch, untereinander Deutsch und Französisch, die Sprachen von uns Schweizer Siedlern. Und dann brach der Zweite Weltkrieg aus. Die Russen fuhren mit Panzern vor und legten, weil sie nicht durch den Sand kamen, die Rebstöcke der Siedler unter die Raupen. Ja, so war das am Ende. Und nun werde ich nur noch älter. Im Winter habe ich mir den Ellenbogen gebrochen und kann die Gießkanne seitdem kaum mehr stemmen. Esst, Kinder, esst!"

Der Verdauungsspaziergang führte sie an einem sowjetischen Kriegerdenkmal vorbei, das mit christlichen Symbolen versehen worden war. Reste der alten Kirche, kein Dorfplatz, keine Schule, kein Rasen, der den Namen verdient hätte. Beim fast zugewachenen Bahnhofsgebäude überraschte sie eine Sturmböe. Ein Blitz folgte, ein kapitaler Donner. Der Wind fegte Großmutter das Tuch vom Kopf. „Wieder kein Regen", klagte sie.

Bis zum Fest blieben fünf Tage. Yana und Ewa kümmerten sich um die Details, während Victor mit Sergej fischen ging. Was sie tagsüber im Mündungsdelta des Dnjestr Liman an ihren Leinen aus dem Wasser zogen, reichte knapp für die abendliche Vorspeise. Aber es öffnete den beiden den Kopf für Visionen. Zwischendurch unternahmen sie in Sergejs rostigem Lada zu viert Ausflüge nach Akkerman und aufs Land. Wo immer sie nach einer Fahrt auf sandverwehten Straßen in Shorts und Sandalen auftauchten, umarmten die Leute Sergej und redeten auf Victor ein, ohne dass er sie verstand. Aber er gelobte, in das Land zu investieren, in Tourismus, Entkalkung,

Kunst. Beim Geldwechsler tauschte er Dollars gegen die einheimischen Geldbündel und steckte dem Mann zum Schluss einen Schein in die Hand, weil er sein Freund war, wie alle um ihn herum, selbst die Beamten, die sie in kahlen Hallen unter dem Standbild des Präsidenten trafen, und die Katzen, die sich an ihren Beinen rieben und mit erhobenen Köpfen zu ihnen hinaufschnurrten. Hier, wo die Frauen früh Kinder bekamen, früh heirateten und sich früh scheiden ließen, um den Prügeln ihrer Ehemänner zu entgehen und fortan von den Zuwendungen ihrer Liebhaber und der staatlichen Rente für Alleinerziehende zu leben, in diesem flimmernden Gefilde, wo man ihnen Hühner vorsetzte, welche die Frauen mit langstieligen Beilen auf Spaltstöcken enthauptet hatten und die nun kopflos in dunkler Sauce in noch dunkleren Pfannen schwammen, oder lange Schaschlikspieße, dazu Pellkartoffeln und eingelegte Gurken, hier fühlte sich Victor von Stunde zu Stunde wohler. Yana war glücklich. Alles kam gut, auf den Punkt genau.

Am Festtag lag ein Hitzeschleier über Schabo. Victor hatte das Hotel Aleksandrovskiy gewählt, das einzige in der Gegend. Yana hatte sich ein traditionelles Fest gewünscht. Der Brauch wollte es, dass Vic mit Sergej die Braut erwartete. Nach Maniküre, Pediküre, Schneiden, Zupfen und Friseur war Ewa nun dabei, Yana Strümpfe, Strumpfband, Kleid, Schuhe und Schmuck anzuziehen. Das dauerte. „Bestimmt tigert Victor in der Rezeption herum", schmunzelte Ewa. „Die Uhr beim Empfang ist defekt und steht auf 00.00."

Durch das verstaubte Fenster blickte Yana nach draußen. Aus einer Betonwanne am Straßenrand holte ein Kind Wasser. Unter dem Schleier der Hitze wirkte die Erde wie fließende Seide. Bilder der Augenweide schoben sich vor die Betonwanne. Die blitzblanke Küche. Die blinkenden Piktogramme auf dem Display der Telefonanlage. Zu Hause hatte bis auf die Scherereien mit den Nachbarn und die Zwischenfälle auf dem Neubaugelände immer alles funktioniert. An den Sonntagen gab es von Yana mit Rosinen gespickten Gugelhopf zum Frühstück. Er schmeckte gut, obwohl er nie über den Tellerrand ragte wie Mutters Prunkgugelhöpfe es getan hatten. Auf den Geschäftsfahrten glitt sie mit Victor im Mercedes über glatte Autobahnbeläge. Sie musste lachen. „Ich habe zwei Seelen in meiner Brust", sagte sie, „eine oberbrave und eine ausbrecherische."

„War es nicht Großmutters Ziel, uns zu den beiden bravsten Kindern der Ukraine zu erziehen?"

„Ja, darin unterschied sie sich nicht von anderen Erzieherinnen", kicherte Yana. Ein Lieferwagen hupte. Mit einem feinen Pinsel verteilte Ewa das Wangenrouge. „Victor ist uns gar nicht so unähnlich", sagte Yana. „Auch er war ein braves Kind mit einer außergewöhnlich regelmäßigen Handschrift, doch er hat die klassischen Bücher, die ihm seine Eltern schenkten, verweigert und sich stattdessen an die Lippen seiner Geographielehrerin geheftet. Sie hat von weiten Wäldern berichtet, von Seen, Meeren und Steppen, dem unendlichen Niemandsland des Ostens."

„Und jetzt?"

„Die Sehnsucht nach dem Osten ist ihm offenbar geblieben. Den Nissan Pathfinder, den er gestern erstanden hat, lässt er jedenfalls hier. Er will früher oder später zurückkommen. Sergej kann den Wagen in seiner Abwesenheit gebrauchen. Vic ist ein Berufsoptimist. Morgen kauft er Sergejs Walrosskopf. Er glaubt an unseren Cousin, ganz im Gegensatz zu mir."

Sie zogen ihre Schleier über. Yana hakte bei Ewa unter. Vor ihnen schlurften zwei Frauen schlafwandlerisch um die Schlaglöcher auf der Straße. Die letzten Gäste waren im Anmarsch, angeführt vom Priester. Sie hatten ihre besten Kleider angezogen. Dem Geistlichen hatte Victor einen Kandelaber als Dankeschön für den einfachen Segen in Aussicht gestellt. Mehr wollten Yana und er nicht. Die jungen Frauen hinter dem Priester gingen wie auf einem Schienenstrang und trugen über ihren gefälschten Chanel Minijupes den Rücken bolzengerade. Der Doktor, dem Victor bei einer zufälligen Begegnung an der Tankstelle ausrangierte Röntgengeräte aus der Heimat versprochen hatte, schlenderte am Arm seiner Geliebten in den Festsaal. Unter der gelifteten Oberlippe funkelten die Zähne des Feuerwehrkommandanten.

Die Tische im Festsaal waren schlangenförmig angeordnet, bedeckt mit einem Seidentuch, das zu Yanas Kleid passte. Die Auswahl der Gäste hatte sie Ewa überlassen. Bis auf den Hoteldirektor seien alle Geladenen erschienen, rief Sergej ihnen zu. Victor hatte den Direktor fristlos entlassen, weil er während der Arbeitszeit heimlich die teuersten Weine degustiert hatte. Das Hotel gehörte seit heute Vic, auch wenn Yana ihn gewarnt hatte, die Kosten für den Umbau würden ins Unermessliche steigen und die Hälfte des Geldes beim Richter landen. Da kennst du mich schlecht, hatte er geantwortet. Sergej wäre sein Sekundant. Auf die sauber gefugten Badezimmerplatten würden in Kürze alle stolz sein, auf die perfekte Entkalkung, auf den Kalender mit den Alpenbildern und den lachenden Jodlern unter der neuen Uhr in der Rezeption, Swiss Timing. Und in jedem Zimmer hinge schon bald eine von Sergejs Trophäen, Ukrainian Contemporary Art.

Auf Sergejs Zeichen hin schwebten sie verschleiert auf Victor zu. Unter ausgelassenem Gejohle erkaufte Vic sich Yana, wie es der Brauch wollte, bei der Trauzeugin. Den Segen des Priesters nahmen sie stehend entgegen.

Das Essen war scharf, dampfend und voller Gerüche. Tausend Kerzen flackerten auf dem Schlangentisch, tausend Liebeslichter. Man aß, trank und sang ausgiebig. Yana kannte die Schabner nicht von dieser Seite. Sergej rezitierte ein revolutionäres Gedicht des ukrainischen Nationaldichters Taras Schewtschenko. Mit einem abgebrochenen Streichholz stocherte Victor nach dem Fleisch zwischen den Zähnen. Salzwasser tropfte von seiner Stirn. Die einzige Sorge, so viel war Yana sonnenklar, war für ihn jetzt noch der Tanz. Zärtlich nahm ihn Yana am Arm. „Männer mit weißen Haaren auf dem Kopf sticht der Teufel in die Rippen", rief ihnen Sergej nach.

„Ihr mit euren Sprichwörtern", spöttelte Victor. Yana atmete an Vics Halskehle. Er tanzte leicht schlingernd und verlor sich rasch in den tausend Serpentinen seines glühenden Gehirns.

„Selbst wenn die Frauen aus Glas wären", orakelte Sergej, als sie zurück an den Tisch kamen, „sie würden doch undurchsichtig bleiben."

Nach Kuchen und Gebäck gab es am Ende noch Brot mit Honig. Nur der Schlusstanz der Braut mit dem Vater fiel aus, weil der Vater nicht da war. Das Kapitel Eltern war für Yana endgültig abgeschlossen. Ewa nahm ihr den Schleier ab und band ihr ein Kopftuch um als Zeichen, dass ihr Brautdasein definitiv zu Ende war. Alle setzten sich zu ihnen, der Präsident des Fußballclubs, der Feuerwehrkommandant, der Priester. Victor versprach dem Kommandanten, mit Hilfe seiner Rotarierfreunde das alte Tanklöschfahrzeug aus Klöttingen nach Schabo zu überführen. Und eines Tages würde der Fußballboss in einem ausgemusterten gelben Postauto mit dem Club zu den Auswärtsspielen reisen. Jedes Glas Wodka, das sie füllten, leerten sie ebenso rasch. „Du bist unser Star, unser Zar", sagte der Feuerwehrkommandant, klopfte Victor auf

die Schulter und lud ihn für anderntags zum Essen ein.
Die Nacht war warm. Draußen hockten die alten Män-
ner hinter rostigen Drahtzäunen. Ein Pferd weidete im
Mondlicht auf einer Stoppelbrache. Quietschende Fahr-
räder zogen Spuren in den Sand, den die Winde Tag für
Tag in die Häuser trieben.

„Nicht der Mütze wegen ist dir ein Kopf gegeben", sagte Sergej, als sie auf ihr Zimmer gingen.

Yana drückte Victor an sich: „Mein Zar Muff."

14

„Nur geradeaus", rief ihnen der Soldat zu und wies sie zum nächsten Parkplatz. Der Präsident des Innerschweizer Schwingverbands entrichtete gerade seinen Willkommensgruß an die 45.000 Zuschauerinnen und Zuschauer, als sie auf der Ehrentribüne Platz nahmen.

„Manne an d Arbet!" Victor lachte und grüßte auf alle Seiten. Als Sponsor wollte er in der Innerschweiz ein Ausrufezeichen setzen. „Schwingen ist der sportliche Beweis des nationalen Zusammenhalts, Yana." Im Sägemehl würden Legenden und Helden geboren, da bleibe ein Hüfter ein Hüfter und ein Schlungg ein Schlungg, Zwilchhose bleibe Zwilchhose, ob hell oder dunkel.

Zwei Reihen vor ihnen sang eine Gruppe voller Inbrunst: „Alles geili Sieche!" Anschwingen, Ausschwingen, Gestellter, Plattwurf, Weiberhaken. Yana versuchte sich ihren Reim auf die Schweizer Nationalsportart zu machen. Alle Mannen im Sägemehlring wurden Böse genannt, doch am Schluss des Kampfs putzte der Sieger dem Verlierer das Sägemehl vom Rücken. Also waren die Bösen die Lieben. Den größten Eindruck machte ihr der einzige schwarze Schwinger in den sieben Ringen. Wann nähme der erste schwarze Schwingerkönig den Siegermuni heim ins Schweizer Märchenschloss?

Am Abend war sie einem Hitzschlag nahe. Innerlich fasste sie zusammen: Schwingfeste begannen wie ein Gottesdienst und endeten wie ganz normale Hundsverlocheten mit einem Kaffi Schnaps. Doch das Schönste am Ganzen: Im Gegensatz zu Fußballspielen brauchte es auf Schwingfesten keine Polizisten.

Zu guter Letzt gab ein nationales Schlagersternchen im Festzelt ein Playback-Konzert. „Francine an d Arbet", grölte einer. Die Heimfahrt verdöste Yana.

Ohne Victor besuchte sie tags darauf das Grab seiner Mutter. Vic war auf einer Auktion in Zürich. Er kaufte Kunst wie andere am Kiosk Kaugummi kauften, im Schnitt jede Woche ein Werk. Vom Friedhof ging sie direkt in den Wald. Sie mied die breiten Wege, bog stattdessen in einen schmalen, steilen Pfad ein. Oben auf der Krete zog sie die Schuhe aus. Durch Lücken im Buschwerk sah sie zur einen Seite hinunter ins Tal, zur anderen Seite auf den in einer Rodungsschneise gelegenen Klöttinger Forsthof. Sie schmiegte sich an eine junge, schmale Buche, wollte den Stamm gerade mit den Armen umfassen, als hinter ihr eine Männerstimme ertönte: „Nicht erschrecken! Wir sind hier am Auslichten. – Ich liebe den Ausblick auch." Der Mann trug eine orange Jacke, die ihn beim Holzfällen für seine Kollegen sichtbarer machte. Er wolle am Südhang Eichen und Nussbäume pflanzen, sagte er, das Klima werde wärmer. Vor allem die Eschen hätten es deswegen nicht leicht. Mit der Rechten wies er auf den Forsthof. Dort seien am frühen Morgen vier Welpen zur Welt gekommen. Er zeigte ihr ein paar Bilder. So etwas Herzerwärmendes hatte sie noch nie gesehen. Ein richtiger Naturbursche, aber mit einem weichen Kern, dachte sie, als er sich mit seiner Säge wieder auf den Weg machte, bestimmt ein guter Schwinger.

Daheim traf sie auf einen Victor im Hoch. In Zürich hatte er eine Schöpfung von Fischli/Weiss mit einem mutigen Auftritt davor bewahrt, einem raffgierigen Sammler in die Arme zu fallen. Dem Werk und dem Käufer war in der Presse eine prominente Würdigung gewiss. Spontan lud er Yana zum Nachtessen in die Stadt ein. Er hob sie an der Taille hoch. „Du bist der Nabel meiner Welt, herausgehoben aus allem Banalen!"

Wie sie das Essen genoss, am Fensterplatz über dem Fluss, auch wenn sie viele Blicke trafen. Ein stadtbekannter Schauspieler trat zu ihnen an den Tisch und wurde hymnisch, als er ihnen seine nächste Rolle vorstellte. Ein Fernsehmoderator lud Victor in seine nächste Talkshow ein. Als Anwalt Moosimann sich beim Dessert am Handy meldete, kippte die Stimmung. Die Zündlis hatten ein Gesuch zur Errichtung eines Maschendrahtzauns an die Bauverwaltung geschickt. Moosimann hatte Einsprache erhoben, weil elementare Angaben darüber fehlten, wie die Metallpfosten im Boden verankert und die Drähte an den Pfosten befestigt werden sollten. Und er hatte neue Fristen gesetzt – für das Schilfgras, das sich von Zündlis Biopool gegen den Weiher der Augenweide auszubreiten begann. Vic war genervt. Yana stocherte in ihrem Coupe à deux herum und lernte Beamtendeutsch. Was war los mit ihrem Optimisten? Schildkrötenhaft reckte er das Kinn nach vorn. Am Sakkokragen kringelten sich die ersten grauen Nackenhaare. Zwischen zwei Bissen lachte er aus dem Nichts laut auf.

Übers Wochenende machte sich Victor im Garten zu schaffen. Yana hatte ihn, den Linkshänder, noch nie handwerken gesehen, doch nun montierte er eine Holzwand von 1,8 Meter Höhe und vier Meter Breite direkt an die gemeinsame Grenze. Dahinter stellte er ein zwei Meter breites und ebenso hohes Spielhaus auf, „für unser Kind." Yana staunte. Von einem Kind in ihrem Bauch fehlte nach wie vor jede Spur. Jan Zündli rief durch die Holzwand, er wende sich ans kantonale Bauinspektorat. Für ein solches Haus sei ein Gesuch unumgänglich. „Ein Racheakt", meinte Victor trocken, „alles halb so wild."

Yana traute der Sache nicht. Ein Spielhaus für das lang ersehnte Kind? „Dann gieß ich mal die Blumen", sagte sie.

„Die sind ja völlig verwahrlost, das meiste ist Unkraut."

„Unkraut leuchtet auch." Sie goss gern. Durch jeden Stängel pulsierte es. Das Einzige, was zählte, war das Leuchten.

„Soll Zündli motzen bis zum Kotzen", witzelte Victor. Er, der beste Steuerzahler der Gemeinde, der Unternehmern und Vätern ihr Einkommen sichere und von der Jugendmusikschule bis zum Männerchor jeden Verein unterstütze, schreibe ganz bestimmt keinen Antrag. Eher mache er die Behörden auf den Lärm aufmerksam, den Zündlis Pumpe im Biopool verursache. „Ab 22 Uhr brauchen wir beide zwingend Nachtruhe."

Der Streit wurde öffentlich. *Braucht es für ein Spielhaus ein Baugesuch?*, lautete der vier Spalten breite Titel im „Klöttinger Boten". *Ernst oder Witz?*, fragte der Redakteur. Außer Neid konnte er sich keinen Grund vorstellen, warum das Spielhaus nachträglich eine Bewilligung benötigte. Die letzte Spalte galt Zündlis Charakter. Erstmals hörte Yana ihre Nachbarin heulen.

Das Spielhaus durfte – wie von Victor keine Sekunde angezweifelt – stehen bleiben. Hingegen ging es Zündlis Biopool ans Wasser. Vic bot an, die Kosten für eine Schaltuhr aus der Migros zu übernehmen. Zur Ablenkung kochte Yana Quittenmarmelade ein, leerte heimlich Mutters Gläser und ersetzte sie durch die eigenen. Jedes ersetzte Glas löste etwas im Hals.

15

Die Wipfel im Wald, der frischen Brise ausgesetzt, blähten sich am Gegenhang wie Segel. Die Bäume brausten davon, eine wilde Regatta. Yana ballte die Finger in den Fäustlingen. Victor fuhr mit dem Wagen in die Garage. Sie winkte. Auf den Tag genau ein Jahr war sie nun in der Schweiz. Die Kälte kroch ihr bis ins Mark. Wie eine Schraubzwinge hatte sich der Winter um ihre Lunge gelegt. Kein Feuer flackerte in einem der Öfen. Der Himmel hatte sich eingeschwärzt. Schnee war im Anzug, doch die Temperaturen stiegen bereits wieder knapp über den Nullpunkt. Bald würde der Schnee in Matsch und Regen übergehen. Hinter dem Tauwetter aber wartete der Frühling, der Farben, Blumen, Vögel zurückbrachte.

Victor hatte ihr Jubiläum mit einem Vernissagebesuch und einem feudalen Nachtessen in der Kunsthalle feiern wollen, wo seit Kurzem ein fernsehbekannter Meisterkoch am Werk war, doch Yana hatte sich ein kleines, spezielles Konzert und ein einfaches Nachtessen zu Hause gewünscht. Im Herzen war und blieb sie eine sehr private Person. Außerdem schlief sie viel zu gern, um ständg auf Events zu gehen. Dass es für ihn besser war, sich öfter in der Öffentlichkeit zu zeigen, weil die Menschen sich nur an jene erinnerten, die sie andauernd sahen, leuchtete ihr aus seiner Sicht ein. Ihr war es letztlich vollkommen egal. Wie repräsentierte man? Das Wort passte nicht in die deutsche Sprache. Übersetzen konnte sie an Vics Seite. Aber repräsentieren? Sie blieb die talentfreiste Repräsentantin aller Zeiten. Daran musste Vic sich nach ihrem Probejahr gewöhnen. Wann immer Yana beim Small Talk auf einen Ton zielte: Sie traf ihn mit tödlicher Sicherheit nicht. Stattdessen: leises Ächzen, ungewolltes Vibrato, dummes Glucksen, Luftschnappen und totale Verspannung.

Vic umarmte sie stürmisch und drückte ihr einen Strauß gelbe Rosen in die Hände. Yana legte sie an den Rand des Weihers, um sie vor dem Austrocknen zu bewahren. „Heute lassen wir unsere dunklen Abendkleider im Kasten", sagte sie und ergriff seine Rechte. „Das Theater- und Musikspektakel findet am Waldrand statt. Nicht wir, sondern die Schauspieler sind schwarz gekleidet." Verdutzt folgte er ihr. Über tausend Vögel hatte sie schon gezählt. Abend für Abend führten sie hinten im Talkessel ihr Schauspiel auf für sie, die einzige Zuschauerin. Vier große Gruppen machten sich in der blauen Stunde aus allen Himmelsrichtungen auf zu den Bäumen im Talgrund, ihrem Schlafplatz – Rabenkrähen, Saatkrähen und Dohlen. Dort wurde lautstark erzählt, lamentiert und palavert, ob es stürmte oder schneite wie jetzt, sternenklar war oder Nebel über der nahen Stadt lag. Sie kamen immer. Bei schönem Wetter oder bei starken Winden zeigten sie über den Schlafstätten ihre Flugkünste. Und wenn es Nacht wurde, bezogen sie ihre Plätze auf den windgeschützten niedrigen Ästen in der Mulde. Yana hätte zu gern auch einmal so geschlafen: in ihrem Zweig, umgeben von einer Gemeinschaft.

Victor fror. Er drängte zur Rückkehr. Zur Feier des Tages hatte sie Borschtsch vorbereitet, das Nationalgericht, das Ukrainer und Russen gleichermaßen für sich beanspruchten. Großmutter hatte es oft als Vorspeise gekocht. Das Großartige an der Suppe war die Balance zwischen süßen und sauren Aromen und dem erdigen Grundgeschmack. Die Säure stammte von Kwas, einem Getränk aus vergorenem Brot. In Odessa wurde der Borschtsch mit Fischsuppe angesetzt. Yana zog Suppenfleisch vom Rind mit Knochen vor. Sie schmeckte mit Salz und Pfeffer ab, streute Dill auf die Suppe und servierte Randensaft und viel Sauerrahm extra dazu. „Schau", sagte sie, „der

Borschtsch ist gelungen, wenn der Holzlöffel aufrecht in der Suppe stecken bleibt."

Er klatschte Beifall. „Wodka erlaubt", lachte er und füllte die Gläser.

„Weißt du, ich habe mir alles ganz, ganz anders vorgestellt, als ich mit dir in die Schweiz aufgebrochen bin", sagte Yana, „viel unaufgeregter." Gewiss, Victor hatte schon damals geglänzt. Aber er war ihr nicht wie ein Überflieger vorgekommen. Schräg war sein Zeigefinger abgestanden und hatte sich in sie eingebohrt im Club Moskva. Stelzbeinig hatte er sich durch die Takte gequält. Ein paar Wochen später hatte er sie im Tanzkurs mehr schlecht als recht übers Parkett geführt. Und jetzt waren sie schon im zweiten Jahr. Momoll war das letzte Mundartwort, das sie gelernt hatte. Momoll, die weiß was. Ein Kunsthändler hatte es gemurmelt. Tifig sei sie imfall, er habe ihre Augen beobachtet beim Bilderschnöigge.

Gern hätte sie eine kleine Zwischenbilanz gezogen, mit Victor über das vergangene Jahr geredet, über Geborgenheit und Ungewissheit, Glück und Träume. Er ließ sich nicht auf eine Rückschau ein, sondern blickte wie üblich voraus. In einer Woche gebe es ja einen noch viel größeren Anlass zum Feiern. Marvullo habe mächtig aufs Gaspedal gedrückt. Der Bau sei in Rekordzeit fertig geworden. Einzig der Glaspanzer für die Königin fehle noch. „Für die Eröffnung sind kaum Absagen eingetroffen."

Machte sie etwas falsch? Kubus 1 war ohne sie gewachsen. Von seinen Plänen verriet er wenig, außer wenn er sie brauchte. Dann legte er seine Ledermappe im Wagen auf den Rücksitz und sie nahm auf dem Beifahrersitz Platz, ein Ritual, an das sie sich nie ganz gewöhnte. So ein Leben auf Abruf machte ganz schön müde. Sie wurde nicht wirklich schlau aus ihrer Beziehung. Vieles im Leben war mehrdeutig. Rasch konnte ihr Ärger in Scham kippen und sie stellte die Fragen dann nicht, die sie gern gestellt hätte. Oft kam und ging er, ohne dass er dazwischen richtig da war, doch immer wünschte er ihr einen guten Morgen und eine gute Nacht.

16

„Ein Schwein mit goldenem Halsband bleibt immer noch ein Schwein", zitierte Yana eines ihrer russischen Sprichwörter, „aber ein Halsband ist ein Halsband. Hilfst du mir schließen? Es ist Mutters Kette."

„Mach dir nur keine Gedanken", sagte Victor, „es wird ein genialer Abend."

Fackeln flackerten vor dem Portal. Livrierte Kellner wirbelten durch die Eingangshalle. Caviar Imperial wurde zum Empfang aufgetischt, der goldene mit den vier Sternen. „Grüezi, bonjour, hello." Victor begrüßte vielsprachig und gestikulierte.

„Jetzt bist du ganz oben", gratulierte ihm Marvullo. „Mittelmaß hat dich nie interessiert. Und ganz unten hat es sowieso zu viele." Mit geschwellter Brust trippelte der Stadtpräsident der um einen Kopf größeren Verwalterin hintendrein. Auf der Bühne heizte eine fünfköpfige Band die Stimmung an. Der Saal war gerammelt voll.

Tusch. Ohne Umschweife kam Victor nach den beiden Vorrednern zur Sache, wie seinerzeit in Moskau. Von einem Wunder sprach er, von einer Genugtuung. Und Kubus 1 mit der Skulpturenhalle und Galerie im Erdgeschoß war nur der erste Schritt. Sechs weitere Kuben würden folgen, edle Suiten, elegante Büros, gediegene Seminarräume, Salon Giacometti, Salle de Saint Phalle, Health Club, Kino, Skylounge, Piano Bar. Wer sich hier einquartierte, achtete nicht aufs Geld, sondern auf Stil, Networking und Internationalität. „Ich lade Top-Keynote-Referenten auf unsere Symposien ein, Trendforscher, Ex-Schiedsrichter, Alt-Bundesräte. Hier spielen wir in der Champions League." Victor wurde hymnisch. „Wir sind hier, um uns in aller Demut vor einer Königin zu verneigen." Vor einem Jahr hatte er das Meisterwerk mit fünf Millionen in die Bilanz genommen, in Bälde würde er fünfzig einsetzen, hatte er Yana gesagt. Das waren die Perspektiven für Businesspläne – die Ameisenkönigin umgeben von gut genährten Arbeiterinnen. Hier am Eingang ins große Nest begrüßte sie alle. „Meine Damen und Herren, Sie stehen vor der edelsten Empfangsdame aller Zeiten."

Im Fünfminutentakt traten die Redner ans Pult. Der Erziehungsdirektor lobte den gesellschaftlichen Wert der Kunst. Der Leiter der Schule für Gestaltung war fasziniert von Rutzkis Zerrissenheit. Und der Volkswirtschaftsvorsteher vergaß nicht, die persönlichen Beziehungen zu erwähnen. Mit Stolz engagiere er sich in Victor Muffs schweizerisch-russischer Stiftung. „Nichts Gutes und nichts Schlechtes, das in einem Land der Welt entsteht, bleibt in unserer Zeit auf ein Land beschränkt." Victor Muff sei ein Visionär, ein verantwortungsvoller Stratege und ein grundanständiger Mensch. Er investiere von einem der reichsten Länder in eines der ärmsten, um Gutes zu schaffen. Yana zog ihre eigene, bescheidenere Bilanz. Sie hatte im vergangenen Jahr die wichtigsten Alltagssorgen lösen können, die sie völlig blockierten. Dieses Jahr würde sie die Vorbereitungen treffen, dass sie locker unter die Menschen gehen konnte.

Beim Apéro warf der Kurator des Kunstmuseums ein, er vermisse die klare Linie im Sammlungskonzept. „Was für ein Missverständnis", widersprach Victor. „Jedes Einzelstück erschließt eine Welt." Angefeuert von den Musikern und von Marvullo ließ er sich zu einem Walzer mit Yana vor der Königin hinreißen. „Wie ich diese Skulptur liebe", flüsterte er ihr ins Ohr.

„Mehr als das Leben?"

„Kunst ist Leben!"

Yana zögerte. Weder er noch sonst jemand im Saal hatten die geringsten Zweifel an der Echtheit der Plastik. Was war überhaupt echt? Vielleicht war ja bereits das Original trotz aller Zertifikate eine Fälschung. Manchmal fragte sie sich, ob es diesen sagenumwobenen Rutzki überhaupt gegeben hatte. Wie weit war einem Museum zu trauen, in dem 2016 fast 60 Statuen gefunden wurden, die einst im Bode-Museum in Berlin standen? Der Streit um diese Beutekunst war noch lange nicht beendet. Sie atmete tief durch. Irgendwann würde sie Victor über ihre Aktion in der Hochzeitsnacht aufklären. Sie wurde nicht rot, wenn sie an den Tausch dachte. Königin blieb Königin. Der Kopist hatte den Künstler exakt kopiert. Der giraffenartige lange Hals der Königin bog sich im Takt des Tanzes. Enthielt das Bild eine Art Wahrheit? Wenn ja, war sie kaum gemütlich. Konnte Wahrheit überhaupt gemütlich sein? Vics Hände waren schweißnass. Ob neben der offiziellen und der schwarzen noch eine dritte Kasse geführt werde, versuchte ein Journalist sie aus dem Dreivierteltakt zu bringen. „Verliert man, zahlt man", meinte Yana schnippisch, „ein Sprichwort aus meiner Heimat. Gewinnt man, zahlt man auch."

Zum Abschied erhielt jeder Gast am Ausgang ein Messer von Victorinox mit dem Bild der Ameisenkönigin auf der Verpackung samt Wettbewerbsflyer für eine Reise nach Moskau. Auch der schwarze Taxifahrer bekam ein Messer. Mit einem fröhlichen „Dieu prendra soin de vous!" verabschiedete er sich. Die Talhäuser lagen im Dunkeln. Alles schlief. Nur Zündlis junger Polarhund wedelte sie schwindlig. Der kleine Husky verbrachte die Nacht offenbar bereits draußen an der Leine. „Als ob zwei Kinder nicht schon genug wären", brummte Victor.

Im Regionalfernsehen wurden die Spätnachrichten wiederholt. „Wir leben im seriösesten Land der Welt", hörte Yana Victor im Beitrag über die Eröffnungsfeier sagen. Das alles stehe auf einem soliden Fundament. Das alles habe seinen Preis. Schwarzmaler gebe es genug. Sie streichelte Vics Nacken. Das Harte für sie war, dass sie übersetzen und repräsentieren musste, damit sie eine Chance hatte, mit ihm gemeinsam etwas zu machen. Übersetzen war das Einzige, was sie besser beherrschte als er.

„In deinen Armen könnte ich zur Prinzessin werden", flüsterte Yana, „die Königin hast du ja bereits. Ich bin noch lange nicht die Frau, die ich sein könnte."

Draußen begann der Husky zu bellen. Victor tätschelte ihre Wangen. „Logisch habe ich manchmal wenig Zeit für dich. Doch auch wenn du ständig daran zweifelst: Ich vergöttere dich." Er schenkte sich einen Grappa Gialla ein. „Das Persönliche zählt, der direkte Draht zu den Menschen." Sie hatte diesen Draht nicht. Im Vergleich zu Vic war sie der größte Feigling, sie versteckte sich hinter jeder Säule, hinter jeder Pflanze, sie traute sich schlicht nichts, nicht einmal den Mund zu öffnen. Selbst das Atmen unterließ sie manchmal fast. Nur mit Victor redete sie gern, wenn auch viel zu selten. Am liebsten hätte sie ihn um den Schlaf geredet, mit im Nacken verschränkten Händen, beglückt von jeder kleinen Erkenntnis, die sich aus ihrem Dialog ergab. Er kam ins Schwärmen. Ein warmer Steuerregen ergieße sich über alles, ein Segen für die Stadt. Die Chefetage der Bank habe die Kredite aus eigenem Antrieb verlängert und neue Rahmenverträge angeboten. Nachhaltigkeit sei gefragt. Zugang statt Abschottung. Exklusivität erzeuge Wert. „Du erhältst hier ein Darlehen und dort eines, weil du die Mühe auf dich nimmst, der Gemeinschaft zu dienen, der Schönheit, dem inneren Zusammenhalt." Er fülllte das Glas nochmals.

„Und die, die gehen mussten?", fragte Yana. „Auf dem Gelände haben doch Menschen gelebt."

„Überall auf der Welt gibt es schwierige Situationen. Es ist bedauerlich, dass jene wegziehen mussten, die den Lärm bis vor Kurzem in ihren rissigen Altbauten ertragen haben. Aber andere werden für ein paar Euro nach Italien verkauft oder für zwei Dollar ermordet. Die Frage ist: Was willst du? Die Menschen werden stundenlang anstehen, nur um einen Blick auf das Gesicht der Königin zu werfen."

„Wir sollten schlafen, Vic."

„Wir haben schön getanzt", sagte er und stand auf.

„Ich lasse mich gern von dir führen, Victor. Eine echte Frau tanzt mit keinem, der sie nicht will."

Halb fünf. Er öffnete das Fenster. Im Nachbargarten hockte der Husky im Licht der Straßenlampe neben seinem Hundehäuschen. Aus der Hundeschnauze tropfte dünner Speichel. Auf dem Talweg fuhr der Briefträger auf seinem Moped vor. Der Husky bellte ihn an. Er kaute an etwas Undefinierbarem, geiferte und hechelte. Victor griff sich ans Ohr. „Wir müssen unbedingt wieder mal den Flamenco üben, Vic", sagte Yana. Seine magnetisch dunklen Augen waren voller Seidenschichten. Sie zog ihn zu sich. Ihr schimmerndes Nachthemd, durchsichtig fast, verschwamm mit ihrer Haut, die Zunge scheibenwischerte auf seinen Lippen. Eine hochbeinige Spinne tänzelte zielstrebig von der Lampe über die Zimmerdecke in die rechte Ecke beim Kachelofen, wo sie beim Ofenrohr ein paar Schritte vorwärts und zurück machte und schließlich reglos verharrte. Yana drohte der Spinne mit dem ausgestreckten Zeigefinger. Das Tier drehte sich einmal um die eigene Achse und blieb erneut bockstill stehen. Sie ließ die Hand sinken, kam sich auf einmal unglaublich unförmig vor, die Couch schwankend. In Kürze würde sie auf den Teppich rutschen, wie eine Qualle.

Sie rappelte sich auf. „Ein Verstand ist gut, doch zwei sind besser. Wir müssen uns Sorge tragen", sagte sie und drückte ihr Kreuz durch. Sie konnte sich eine Sprache ohne Sprichwörter nicht vorstellen. Sprichwörter erinnerten sie daran, was sie im Leben versäumt hatte, dass es Glück gab, Hoffnung, Feigheit, den Schweiß der Arbeit und des schlechten Gewissens – und dass am Ende der Tod stand.

17

Jetzt im März überflogen deutlich weniger Vögel das Tal als im Januar, zumeist in kleineren Gruppen oder zu zweit. Ein schwarz glänzendes Rabenkrähenpaar mit kräftig gebogenen Schnäbeln suchte sich einen Nistplatz auf einer Fichte am Talbach und verteidigte diesen mit lautstarken Angriffen und imposanten Flugmanövern gegen eindringende Bussarde. Nur die Nichtbrüter und Junggesellen zogen noch in größeren Schwärmen umher und taten sich auf den Feldern gütlich.

Yana trat ins Haus und schaute den hochgepolsterten Sofas zu, die sich mit der tief wandernden Frühlingssonne zwischen den zurückgezogenen bodenlangen Vorhängen unmerklich verwandelten. Lange hatte sie gezögert. Nun öffnete sie einen Schrank und zählte vierundvierzig nach Farben geordnete, sorgfältig gefaltete Schals. Zwei, noch ungebraucht, waren in Seidenpapier gehüllt. Was blieb vom Leben? Warum nahm der Tod die Kleider der Toten nicht auch mit? Die Schals schnürten ihr den Hals zu. Sie füllte ein paar Hundertlitersäcke mit dem, was ihr von Mutters Sachen am entbehrlichsten schien. Die Schubladen quollen über, auf den Regalen stapelten sich die Dinge. Ihr kam es vor, als stehe Mutter beim Räumen hinter ihr, zähle die Socken, Strümpfe, staubtrockenen Kerzenstummel, Stoffservietten, Sicherheitsnadeln, Gummibänder, Rüstmesser, Zwiebelschneider, Sirupflaschen, robusten Büstenhalter, Hüte, schwerduftigen Parfums, Vanillestangen, Muskatnüsse, Pantoffeln und Tischtücher einzeln, die Yana in die Säcke steckte. Zuletzt gab sie goldberandetes Porzellan mit und Silberbesteck, eingewickelt in Lappen. Die Porzellanengel verschonte sie.

Schatten. Die Augenweide war voll davon. Tote Winkel, in die das Tageslicht kaum einfiel. Tapeten, auf denen sich die Muster ins Endlose wiederholten. Was tun mit so viel Platz, der doch keiner war, weil jedes Plätzchen darin aus- und angefüllt war mit Geschichten und ungeschriebenen Geboten: Du sollst die Klinken behutsam drücken und die Schuhe vor der Schwelle abwischen, du sollst deinen Körper keimfrei halten, du sollst dich an die Bilder gewöhnen, du sollst dich an die Geister gewöhnen, du sollst die Lust begraben, du sollst nicht traurig sein, du sollst nichts bewegen, du sollst bei Trost sein, du sollst beten. Das Haus hatte sich nie auf einen Kompromiss zwischen Victor und ihr einlassen müssen. Es war immer noch durchwebt von den Licht schluckenden Möbeln, Vorhängen und Teppichen seiner Vorgänger. Wie ein Krankenhaus oder Altersheim hatte es etwas Trübes, Müdes, Mattes und jedes Kissen mit jedem gehäkelten Kissenbezug war säuberlich arrangiert.

Yana griff zum Staubwedel und musste aus dem Nichts niesen. Sie brachte die Augenweide in Stellung für Besucher, die nie kamen, weil Victor für seine Gäste edle Restaurants vorzog. Eine dünne Staubschicht vernebelte die Augen der Königin. Blind sahen sie aus. Quer über ihren Leib zog sich ein Spinnwebfaden. Der Künstler musste mit Farben gearbeitet haben, an denen alles haften blieb. Auch sie kam sich zunehmend verstaubt vor, als stünde sie neben der Königin auf dem Schrank. Wurden ihre beiden Hälse nicht immer dünner, trockener, die Köpfe immer eckiger? Und die Herzen? War davon überhaupt etwas übrig geblieben? Sie fuhr der Königin mit dem Wedel über die Augen. Wenn schon hier im Wohnzimmer dem stechenden Blick standhalten, dann dem Originalblick. Ihr tägliches Ritual. Um die Figur rankten sich Anekdoten und Gerüchte, die Victor bei Führungen durch die Galerie kunstvoll hochstilisierte, ohne zu ahnen, dass er vor der Kopie referierte. Ein ständiges Raunen umgab die

Königin. Wollte das Raunen, wenn man genau hinhörte, nicht einfach sagen, dass der Besitzer ein Auserwählter war? Brauchte er diesen Trost, weil seine Frau ihn ihm nicht geben konnte? Frau Königin, wer ist die Schönste hier?

Der geheimnisvolle Rutzki hatte nur gerade ein paar Dutzend Werke vollendet, darunter drei Trilogien, allesamt Waldskulpturen. Aber vor ihr fand sich kaum Wald. Die Ameisenkönigin dominierte alles. Und doch hatte sich im Laufe der Monate so etwas wie Intimität ergeben, und Yana kam es vor, als rede sie mehr mit der Königin als mit ihrem Mann. In einem gewissen Sinn waren sie beide Schicksalsverbundene.

Nachdem sie die Abfallsäcke bei der Sammelstelle der Gemeinde deponiert hatte, holte sie sich zur Belohnung beim Bäcker zwei Stück Schwarzwälder Torte und leckte zu Hause schon mal die Sahne vom Fettpapier. Victor kam spät. „Iss", sagte sie, „es muss ja nicht immer Gugelhopf sein." Er spitzte den Mund leicht. Ob ihn ihre große Zuwendung blockierte? Aus ihrer Vertrauensseligkeit wurde gar oft Überschwänglichkeit.

Als sie nebeneinander im Bett lagen, nahm Yana es Vics Mutter erstmals übel, dass sie ihm die Villa vermacht hatte. Lag es nicht einfach am Haus? Oder doch an ihr? Oder ob es mit einer andern auch nicht geklappt hätte? Ob er sie schlicht nicht begehrte oder ob sein Körper seinem Begehren einfach nicht folgte? Nichts regte sich an ihm, das Glied baumelte zwischen seinen Schenkeln, ein schlaffer Lappen Haut. Sie war zu wenig attraktiv, zu wenig sexy, auch wenn er das Gegenteil behauptete. Sein Blick machte deutlich, dass er ihr zuliebe log. Selbst eine Nackenmassage hielt er kaum aus. Mit einem lauten Schauer sackte er in sich zusammen, blieb geraume Zeit bewegungslos auf ihr liegen, rollte schließlich zur

Seite, setzte sich an den Bettrand. Sie umfasste ihn von hinten, zog ihn an ihren Schoß. „Wir sind beide müde. Wir haben ja beide erst gerade angefangen, mit der Liebe, meine ich." Sie stand auf, streifte sich das Nachthemd über, streichelte ihm zart über den Kopf, „ich hab dich lieb, fest lieb", und ging ins Badezimmer. Andere Männer machten sie an, Victor nie. Wenn es doch mal irgendwie gelang, war es ein Kampf, ein Krampf. Sie genügte nicht und fühlte sich minderwertig. Für ihn gab es nichts zu erklären, nichts zu rechtfertigen, ihn schienen weder Ekel noch Versagensängste zu plagen. Für sie aber war jeder dieser Versuche eine bittere Niederlage. Lass uns zum Arzt gehen, hätte sie gerne gesagt, lass das alles nicht in Trostlosigkeit enden, niemanden trifft eine Schuld. Und doch übernahm sie im Innersten die Verantwortung. Auf ihr lastete ein Fluch, der sie seit Kinderjahren begleitete. Sie legte sich wieder ins Bett. Verzeih, Mutter, natürlich bin ich dir nicht böse, murmelte sie im Halbschlaf. Ich habe ein gutes Schicksal. Victor und ich werden ein Kind haben, ein ruhiges, vernünftiges, wie dein Sohn eines war. Noch ist es nicht zu spät. Was ist schon ein Jahr? Andere warten ein Jahrzehnt oder länger.

Die Pressekonferenz am andern Morgen hatte Victor einberufen, um Gerüchte aus dem Weg zu räumen. Yana wusste nicht genau, was er von ihr erwartete, außer dass sie ihn nach geraumer Zeit wieder einmal begleitete, nicht als Übersetzerin, wohl eher als Maskottchen für die Heile-Welt-Bilder der Fotografen: er, der Siegfahrer, sie, diejenige, die Siegesküsschen verteilte. Ein Dutzend Journalisten und Behördenvertreter tummelte sich in der Empfangshalle von Kubus 1. „Der Schweizer hat eine skeptische Haltung zu Dingen, die so noch nicht gemacht worden sind. Der Kubus, in dem Sie stehen, ist ein architektonisches Juwel", begrüßte Vic die handverlesene Schar. Doch die Überbauung drohe ins Stocken zu geraten. Die Skeptiker im Stadtbauamt bezeichneten die sieben Kuben als wahnwitzig, verrückt und überdimensioniert, während die Befürworter sie als genial betrachteten. Beschwörend blickte er auf Yana. Die dickrandige Brille, die er sich zugelegt hatte, sollte davon ablenken, dass die Haare nicht mehr so sprossen wie einst. Victor kannte die Attribute, mit denen Macher wie er behaftet wurden, und zählte sie gleich selbst auf: Schall und Rauch, Hirngespinste, Konkurskandidat. Bewahrheitet habe sich von all dem bisher nichts. „Die Calgex ist stetig gewachsen. Dreihundert Menschen stehen bei uns in Lohn und Brot. Davon schreibt niemand." Geschrieben werde über kleinliche Klagen. Daran sei nichts, diese Dinge hätten letztlich nichts mit ihm zu tun. Wenn man sie jetzt hervorhole, beweise das nur, dass man auf der Sachebene keine Argumente habe. Beschwörend hob er die Arme. Er sei kein Investor. Ein Investor sei jemand, der Geld in ein Projekt stecke, um Rendite zu erzielen. „Mir geht es um Erfüllung!" Dreihundert Personen und ihren Familien ein Auskommen und eine Existenz zu ermöglichen, sei eine dankbare Aufgabe. Am Abend sitze er nicht zu Hause und zähle Geld. Er verwandle totes Kapital in lebendige Kunst. Seine Frau könne das bestätigen. Sie sei der lebendigste Teil der Verwandlung. Victor, wie er leibte und lebte. Nie wehte ihn ein Hauch von Zweifel an, dass ihm ein Projekt entglitt. Der Club der Königin CK hatte sich aufgelöst, bevor man sich erstmals getroffen hatte. Tragisch war das in seinen Augen nicht. Eines Morgens würde er den Club neu gründen.

Nach der Pressekonferenz blieb Victor im Büro. Yana bestellte in ihrem Café am Fluss einen Salatteller. Er hinterließ einen schalen, faden Nachgeschmack. Sie wusste nicht mehr, wie das Leben schmeckte, auch wenn sie nachwürzte. Daheim hatte sich der Garten in ein matschiges Rutschgelände verwandelt. Schnee und Regen wechselten im Stundentakt. In den Beeten kam sie kaum voran. Nirgends fanden die Stiefel Halt. Der Tag versank in trübem Dämmerlicht. Eine Amsel hackte nach Würmern. Sie gab ein paar melancholische Laute von sich, mehr Jammern als Gesang, trippelte im Kreis und schaffte es knapp, sich auf den Beinen zu halten.

Ab in den Wald, bevor sie Mitleid mit dem Vogel und sich selbst bekam, auf ihre geliebte Krete! Oben angekommen, presste sie die Wange an den nassen Stamm der Buche. Ein grünes Räupchen mit silbrigen Härchen kroch wipfelwärts. Die Rinde roch süßlich. An einigen Stellen war sie rau wie Schmirgelpapier oder wie die Wange ihres Mannes. Es fiel ihr schwer, zuzusehen, wie sich ihre Beziehung entwickelte. Victor stellte ihr nie Fragen. Sie stellte dauernd Fragen und tapste trotzdem ständig im Dunkeln. Die Vertrautheit war weg, die ihre Welt sicher und überschaubar gemacht hatte. Vic sollte die Entscheidungen treffen, von denen sie glaubte, dass sie nicht gut für ihn waren. Es war sein Leben. Sie selbst wollte unter keinen Umständen zurückfallen in die wehleidige, kraftlose Eigenbrötlerei von damals: Niemand will mich, niemand passt zu mir, ich bin ein durch und durch unbedeutendes, unglückliches, von Geburt an ängstliches, abnormales Wesen, also ist jeder Schritt auf jemanden oder etwas zu vergebene Liebesmüh. Kostete nicht jede Beziehung schlicht Nerven, wenn der Bonus des Anfangs verspielt war? Das Probejahr war definitiv abgelaufen. Sie brauchte dringend eine neue Beschäftigung, eine, die sie davon abhielt, andauernd an Victor zu denken, an das gottverlassene, viel zu große Haus, bezogen auf die Größe ihres Lebens. Wieder einmal stand sie am Anfang, und die Gefahr bestand, dass sie sich einmal mehr wie eine Anfängerin benahm, eine Idiotin. Weit unter ihr stieg aus dem Forsthaus Rauch auf. Ein Hund bellte. Was die Jungen wohl machten?

Als sie zurückkam, stand Victor vor dem offenen Kühlschrank. Er hatte Kohldampf. „Alles in Ordnung, Vic?"

„Und ob." Es klang nicht wirklich überzeugend.

Angesichts des garstigen Wetters schlug sie einen Kinobesuch vor. Sie waren noch nie zusammen im Kino gewesen. Er wehrte ab. „Ich kann nicht ständig tun, als ob ich kein Geschäft hätte", sagte er.

„Es ist Samstag, Vic. Du hast schon fast den ganzen Tag geopfert. Kein Mensch in deiner Firma arbeitet um diese Zeit." Sie griff nach einem Apfel.

„Der Verwaltungsratspräsident ist nicht einfach ein Mensch." Mit dem Fuß trat er gegen den überquellenden Kücheneimer. „Wann kommt eigentlich deine Haushaltshilfe?"

„Irina wartet in der Ukraine auf ihre Papiere. Ich hab es dir gesagt. Du hast versprochen, dich auf der Botschaft für sie einzusetzen. Außerdem pflegt sie ihre kranke Mutter."

„Du verstehst nichts von Haushalt, Yana. Ich lach mich jedes Mal krumm, wenn ich dich in der Küche sehe."

Sie dachte an den Baum auf der Krete – und knickte kein bisschen ein. „Nein, Victor, mit solchen Phrasen zwingst du mich nicht in die Knie. Und ich brauche mich deinetwegen nicht aufzuregen. Wir sind beide beharrlich und dickköpfig. Wozu überhaupt putzen? Du lässt ja niemanden ins Haus, niemanden an dich heran, obwohl du draußen alle umarmst, umgarnst."

„Okay, okay", beschwichtigte er.

„Was stört dich an mir?"

„Mich?"

„Bei deiner Mutter war alles blitzsauber, ich weiß, sie hat jedes Staubkörnchen eigenhändig in die Verbannung geschickt." Auf diesem Niveau hielt sie nicht mit, doch Victor konnte nicht sagen, dass sie das Haus verwahrlosen ließ. Es war schlicht zu groß für sie beide. Wie Vics Mutter das geschafft hatte, war ihr ein Rätsel. Yana faltete die gebrauchten Servietten zu Schwänen, um ihn über die Krumen am Boden hinwegzutäuschen. Immerhin spülte sie nach dem Essen meist sofort, wie Vics Mutter es getan hatte. Deren Putznachlass umfasste auch zwei Dutzend Paare rosa und gelbe Spülhandschuhe, von denen Yana bis in alle Ewigkeit zehren würde. Wurde ihr Hausfrauenblick nicht täglich schärfer? Gleichzeitig entdeckte Victor immer mehr Zahnpastaschlieren und Schamhaare. Du musst sie sofort entfernen, Yana, sonst laufen sie dir nach.

Mit einer Scheibe Brot und Käse ging er in sein Büro. Sie starrte auf ihre Füße. Auf dem Wohnzimmerteppich war ein neuer Fleck. Der Henkel ihrer Lieblingstasse, ein Geschenk von Ewa, war mit Araldit angeklebt. Nur keine Kurzschlussaktionen jetzt. Sie hatte immer einen Weg gefunden. Manchmal ging etwas schief. Anderes wurde verpasst, doch all die kleinen Katastrophen waren letztlich Teil eines ganz normalen Miteinanders. Mit den Füßen ordnete sie die Teppichfransen. Dann schrubbte sie die Badewanne. Sogar die intimsten Geschäfte hielten sich ans Ablaufschema. Darmentleerung pünktlich nach dem Apfel.

Am späten Nachmittag wischte Yana den Vorplatz. Zeitgleich mit ihr mühte sich Liz Zündli mit ihrem Vorplatz ab. Es war die heikelste Zeit des Tages. Die Hohls kamen vom Großeinkauf heim. Zwei Walkerinnen stocherten Richtung Fluh. Jan Zündli radelte im Renndress an. „Findest du etwas in den Rillen?", fragte er keuchend. „Findest du etwas?", wiederholte er direkt neben ihr. „Etwas von Interesse? – Entschuldigung, können wir nicht einfach mal in Ruhe ein paar Sätze wechseln unter Nachbarn?" Sie fand keine Worte. „Wie schwer bist du eigentlich?", fragte er weiter. „Mehr als fünfzig Kilo wiegst du nicht mehr. Als du hier einzogst, warst du richtig hübsch und nett."

„Es reicht!" Sie richtete den Besen auf ihn.

„Das ist dir in den falschen Hals geraten. Ich hab's nicht so gemeint!"

Mit kleinen Bewegungen wischte Yana den Vorplatzdreck der Woche auf ihre Schaufel. Jan ging ins Haus und kehrte umgehend mit einem Brief zurück. „48 Kilo, schätze ich", sagte er, „höchstens 49. – Kennst du diese Handschrift?"

Drei Sätze. Drei Zeilen. Der kürzeste Brief, der ihr je unter die Augen gekommen war.

Heute ist Hochzeitstag.

Eure Ehe hat nie funktioniert.

Herzlichen Glückwunsch zur friedlichen Nachbarschaft.

Grußlos ging er. Ja, die Schrift kannte sie. Woher hatte Victor das Datum? Nicht kapitulieren!

„Ich bete um ein Wunder", hörte sie Livia sagen, die Kleine der Zündlis, die mit ihrem Bruder Tim beim Sandhaufen spielte.

„Du hast ja einen Knall", meinte Tim.

„Wetten, dass du das Wunder auch willst, Tim!"

Geflüster, Gewisper, dann beide laut: „Lieber Gott, gib uns einen Bauernhof."

Die Kinder trauten Mama und Papa ganz und gar nicht und wandten sich lieber an den Vater im Himmel. Livia hatte Mutters Lippenstift benutzt und schön gestrichelte Brauen und Tim Reste von Rasierschaum am Hals. Tim runzelte die Stirn und kräuselte die Lippen wie ein Großer. Dann schlang er seine Arme um Livia und drückte sie an sich. Im Sandhaufen hatten sie sich einen kleinen Altar gebaut. Sie waren Mann und Frau. Beim kleinen Hochzeitsempfang, der jetzt folgte, bewegte Livia Tim zum Tanzen. Schon schwebte das Paar, das an Wunder glaubte, über den Wiesenboden. „Wir wohnen in einem Bauernhof mit einem Esel und einem grünen Traktor", riefen sie Yana zu. „Du darfst auch auf dem Bauernhof wohnen."

„In drei Minuten ist Abendessen", holte Jans Schwiegervater das Paar abrupt in den außerehelichen Alltag zurück.

Anfang Mai – und trotzdem kaum Licht. Der Wind schob Wolkenberge über den Himmel. Unbeirrbar läuteten die fernen Kirchenglocken zum Gottesdienst. Wie Yana ihren großen Garten liebte. Da war der Schuppen, das Reich der kleinen Mäuse, daneben die Lilien, dazwischen das Unkraut, das bei Sonnenschein genauso funkelte wie die Lilien, Löwenzahn, Sauerampfer, festgekrallt in den Rabatten, zugeflogen aus fremden Gärten, Räuber, die sich nicht an Reviere hielten. Die Lasur der Latten am Schopf war rissig und passte so gar nicht zum Glanz der Villa. Jan Zündli wanderte sein Grundstück ab, verharrte kurz an der Grenze bei den Rosensträuchern. Gab es einen idyllischeren Ort als dieses Tal? Konnte ein Zaun einen Riss durch alle Häuser treiben? Auch die Hohls drückten verstohlen die Klinken, huschten hinter orangen Vorhängen von Zimmer zu Zimmer, legten die gelesene Zeitung auf den Stapel im Wintergarten. Sie atmeten kaum hörbar in ihren Häusern. Und das Wasser in Zündlis Biopool plätscherte und plätscherte jahraus, jahrein. Und wenn Yana wollte, hörte sie den Saft des frischen Grases rauschen, Jans wilden Puls. Das war keine Kunst. Die Kunst bestand darin, in ihrem Zustand ein Buch zu lesen und nachher etwas zu wissen. Den ganzen Winter hatte sie kein einziges Buch geschafft. Hin und wieder tat sie so als ob – und verfiel spätestens nach der zweiten Seite den Gedanken und Geräuschen in ihrem Kopf.

Sie richtete sich auf. Alles für eine Stunde zurücklassen, Haus, Putzerei, Nachbarn. Die Kurven auskosten und so fahren, dass es wie tanzen war. Der Boden bebte. Geschmeidig rollte der kleine Geschäftswagen durchs Dorf und dann mit Tempo achtzig an den Apfelbäumen vorbei, immer in Kontakt mit der Erde. Weiter auf die Autobahn. Im Einkaufszentrum am Stadtrand entdeckte sie kurz vor Ladenschluss einen weichen Jerseyrock. Eine Minute später prallte sie im Sturzflug auf die Ladenkasse. Sie hatte kein Geld bei sich. Blackout. Als sie endlich einen Automaten fand, hatte sie den Code vergessen und irrte zu zwei weiteren Automaten, bis sie endgültig keinen Zugang mehr zu ihrem Reichtum hatte. Wenigstens erinnerte sie sich an den Notgroschen, den sie im Auto versteckt hatte. Auf der Autobahn merkte sie, dass das Benzin ausging. Sie nahm die nächste Ausfahrt und folgte mit blinkendem Benzinanzeiger ihrer Intuition. Bei einem Take Away fragte sie einen Mann, ob er ihr einen Liter Benzin verkaufen könne. Er hatte keines, bot ihr jedoch an, hinter ihr zur nahe gelegenen Tankstelle zu fahren. Dort verstand sie plötzlich wieder, wie ihre Karte funktionierte, und fuhr im Wissen um ihre kleinen Tragödien nach Hause. Sie aß eine halbe Tafel dunkle Waldschokolade, legte sich im neuen Jerseyrock aufs Sofa – und beschloss, dass heute der Wendepunkt ihres Lebens war, im seelischen Sinn. Einfach funktionieren, einfach arbeiten, sollte fortan die Devise lauten.

Sie griff zu einem englischen Bestseller, einer Liebesgeschichte, und aß die zweite Hälfte der Trostschokolade. Draußen schüttelte ein heftiger Windstoß die Plane auf der Holzbeige. Jan Zündli erschien an seiner Haustür. Er hielt ein Glas in der linken Hand, kein Zitronenwasser wohl. Ein winziger Speichelfaden rann Yana aus dem Mund. Sie hörte ein Summen wie von schwer beladenen Bienen, entfernte den Faden mit der Kuppe des kleinsten Fingers. Es klopfte im Kopf. Jan hatte recht. Sie war daran, schrumplig zu werden. Wenn sie so weitermachte, endete sie wie ein gefallener, wurmstichiger Apfel auf einer Herbstwiese, Wespenfutter.

„Machen wir eine Feierabendfahrt ins Blaue?", fragte sie, als Victor unerwartet aus der Versenkung auftauchte. „Mit dem Motorrad, es hellt auf, der Frühling ist im Anmarsch."

„Wohin?"

„Einfach irgendwo hinauf."

Zu ihrem ersten Geburtstag in der Schweiz hatte er ihr einen Lederdress samt Helm geschenkt, doch bislang waren sie noch nie auf der Kawasaki ausgefahren. Oh Wunder, er nickte.

Sie fuhren Richtung Pfaffenhöhe. Sofort übertrug sich die Kraft der Maschine auf sie beide. Tempo war die beste Medizin. Auf dem Rücksitz war sie eine Windsbraut, beladen mit allerlei Wahrheiten ohne Gewicht. Die Kawasaki triumphierte über die Landschaft und sie schämte sich nicht über den Lärm, den sie machte. Aschgrau und flüchtig alles. Auf dem Parkplatz stellte Vic sich mit verschränkten Armen neben die anderen Motorräder. „Ich lade dich ein", sagte sie. Er bestellte einen Wurst-, sie einen Käsesalat. „Hast du Kummer, Vic?", fragte sie. „Komm, raus mit der Sprache. Ich sehe dir ja auf hundert Meter an, dass etwas nicht ist, wie es sein sollte."

„Wenn ein geschasster Chefbuchhalter auf Erschleichung einer falschen Bewilligung klagt, kann mir das egal sein. Für Anwälte und Journalisten hingegen ist das ein gefundenes Fressen. Rache am Boss. Im Fußball würde man sagen: eine Standardsituation. Nichts belegt. Nichts belegbar. Zum Glück fällt die Staatsanwaltschaft nicht auf Wildwestmethoden herein." Er trommelte mit den Fingerspitzen auf dem Tisch herum. „Nerven brauchst du trotzdem. Ich habe dem Mann zu viel Macht gegeben. Dank dem Rausschmiss ist klar, dass ich nicht zu den Deppen gehöre."

Rasch wechselte sie das Thema, als sie seinen Blick sah. „Ich möchte einmal im Leben mit einem Wesen zu tun haben, das einen geschützten Anfang hatte. Was hältst du von einem Hündlein? – Wir könnten das Spielhaus als Hundehütte verwenden."

Er sperrte den Kiefer auf. „Ich schlage mich mit meinem Chefbuchhalter herum und du kommst mir mit einem Hund!"

„Ich brauche keinen adligen Kulthund. Ein normaler freundlicher Hund tut's auch." So perplex hatte sie ihn noch nie erlebt. Er vergaß zu kauen und zu schlucken. „Im Wald habe ich einen Förster getroffen. Er hat vier Hündlein auf seinem Forsthof. Man muss vor allem auf die Augen achten, hat er gesagt. Auf den Bildern, die er mir gezeigt hat, sind die Augen meines Favoriten tiefblau, fast schwarz." Das winzige Geschöpf war ihr nicht aus dem Kopf gegangen. Es war so keck, das kleinste aus dem Wurf, aber das vorwitzigste. Mit ihm könnte sie spazieren, einfach im Wald spazieren und über den Gang der Dinge sinnieren.

„Wir haben tausend Optionen, Yana, bitte, was sollen wir noch mit einem kläffenden Köter?"

„Du bist doch ein Optimist. In einer optimistischen Weltsicht hat ein kleiner Hund bestimmt Platz."

„Wir haben alles, was wir brauchen."

„Ich habe die schönsten Tage meines Lebens mit dir verbracht. Die lasse ich mir nicht nehmen. Doch für mich ist es wichtig zu sehen, wie ich hineingesogen werde in deine Strategien. Das erste Jahr war mein Probejahr. Jetzt, in unserem zweiten Jahr, gilt es für mich ernst." Sie würde seine Visionen weiterhin ins Russische und Englische übersetzen, sich neben ihm ins Blitzlichtgewitter stellen und zu Hause nach Kräften staubwedeln. Aber da musste doch noch ein bisschen Platz sein für mehr. Als Mann hatte Victor sich bislang verweigert. Liebe im Hier und Jetzt war die größte Bedrohung, die ihm passieren konnte. „Mir ist alles zu laut um dich, Vic, bis auf dein Motorrad. Ich liebe alles an dir, was du dir verbietest."

Er schwieg. Das ukrainische Temperament, dachte er wohl. Der erste unkontrollierte Ausbruch seiner braven Frau. Höhenkoller auf der Pfaffenhöhe. Hatte er ihn nicht kommen sehen?

„Du leidest", sagte sie, „ich bin Teil deines Stresses, nicht?"

Dem war aus seiner Sicht nichts beizufügen. Kein Dessert. Kein Kaffee. Auf dem kürzesten Weg brauste er nach Hause. Sie duschte lange. Was sie so in Panik versetzte, war Vics Panik. Im Großen war er maßlos. Es ging um winzige Dinge. Schmutzpartikel, Zaunhöhen, ein kleiner Hund. Ihre Maßstäbe waren Leben und Tod. Und sie meinte dann immer, es gehe um Leben und Tod. Victor lebte – in ihren Augen – weit unter seiner männlichen Würde. Und wenn etwas für sie noch kostbarer war als Liebe, so war es die menschliche Würde.

Ihr Kopf war eine einzige Achterbahn. Im Stillen bat sie Victor bereits wieder um Verzeihung für die Härte ihm gegenüber. Sie musste sich das Herz herausreißen. Verstockt und hässlich war sie geworden, und ihre Fehler gegen ihn rächten sich bitter. Er, der Inbegriff von Sauberkeit, durfte triumphieren. Der Dreck in ihrem Leben hatte damit zu tun, dass sie sich nicht gegen den Dreck in fremden Leben abgrenzen konnte. Das wollte sie jetzt lernen. Sie musste einen Weg finden, um zwei Leben zu führen, eines in der Gesellschaft und eines fürs Glück.

18

Venus und Mars leuchteten im Westen blass zwischen rosa Wolkenschlieren. Eine Häherfeder schwamm im Weiher, ein Schimmer von Himmel. Yana war mit dem ersten Morgenruf einer Amsel aufgestanden. Heute wollte sie große Wäsche machen. Sie hatte solche Anfälle meist sonntags. Doch zuerst gab es einen Kaffee.

Wenn ich mich jeder Tür und jedem Wäschestück stelle, fragte sie sich und schenkte sich nach, weiß ich am Ende, wer ich bin? Ist es wie im Krieg? Wenn du einen Krieg überstehst, hast du mehr über dich erfahren als in Zeiten des Friedens. Der Krieg schärft die Sinne. Das Haus tut es auch. Sie ging in das Schlafzimmer von Vics Mutter und entfernte die seit ihrem Einzug unberührten Bettbezüge und das Leintuch. Ihr kam es vor, als würde die Verstorbene auch jetzt noch neben dem Bett vor dem in seinem Leiden erstarrten Gekreuzigten beten. „Lieber Gott", brach es aus ihr heraus, „ich schaff es nicht, verwandle mich in einen Baum oder in ein Tier, saug mich aus diesem Haus und leg mich in eine Lichtung, lass mich ein Kristall werden in einer Höhle, ein Kristall, den eines Tages ein Kind findet, oder lass mich das Kind sein, lass mich ein Duft sein und auf der Fluh verströmen, gib mir einen neuen Namen, einen neuen Anfang, lass mich Gefallen finden an mir, schenk mir die Gabe, nicht mehr mit mir zu sprechen."

Rückfälle auf Schritt und Tritt. Immer wieder Anlauf nehmen gegen alle Erfahrung des Scheiterns. Sie hängte die Wäsche im Garten auf, sah den Spatzen zu, wie sie sich in den Kuhlen der Gartenbeete wälzten, federleichtes Glück. Ja, Glück konnte einem auch im größten Jammer widerfahren. Je größer die Liebe, desto höher der Preis?

War das die Formel? Die Spatzen hatten es einfacher. Sie badeten und pickten und stritten manchmal ein bisschen. Aber sie wurden nie von jähen Gefühlen überwältigt. Ein paar Flügelschläge genügten, um den Frust abzuschütteln und alles zu vergessen. Yana steckte ihre Nase in eine Blüte und beschloss: Heute will ich um ein einen Duft reicher und reifer werden. Sie verrieb ein Blütenblatt zwischen Zeigefinger und Daumen. Düfte konnten heilen. Auch Töne konnten heilen. Es gab Tonfolgen, die mit tröstlicher Präzision das benannten, wozu keine Sprache der Welt in der Lage war, das Unaussprechliche eben, dass man sich in jedem Menschen erkennen konnte, in Jesus wie im größten Gauner. Erstmals griff sie zum Cello, ließ den Bogen einfach über die Saiten gleiten, wiegte sich in den Tönen, ließ sich mit geschlossenen Augen durchströmen wie Seegras im Wasser. Was waren Worte dagegen?

Victor hatte allein und hastig gefrühstückt und war sofort im Büro verschwunden. In der Eile hatte er einen Brief von Anwalt Moosimann an die Zündlis auf dem Küchentisch zurückgelassen, der in einer Forderung in der Höhe von zweitausend Franken für Baugesuchsaufwendungen, Gartenreparaturen und sonstige Umtriebe endete. Harte Bruchlandung. Konnte man sich in einem Menschen derart täuschen? Das war nicht ihr Victor, nicht der großzügige, weltoffene Mann, dem sie in Moskau begegnet war. Sie klopfte an seine Bürotür: „Kann ich kurz mit dir sprechen?"

„Ich habe Termine."

„Kann ich auch einen Termin haben?"

„Geht nicht."

„Bitte!"

Die Tür blieb zu. Mit dem Bestseller in der Hand ging sie in den Garten. Kaum lag sie auf dem altersschwachen Liegestuhl von Vics Mutter, krachte dieser unter ihr zusammen. Notdürftig fixierte sie ihn mit zwei Nägeln aus dem Schuppen und griff erneut nach dem Buch, als ein Schuss hinter dem Liegestuhl einschlug. Sie schrak auf. Ein Kinderstreich? Meter um Meter suchte sie den Boden ab. Ein Projektil fand sie nicht.

Diesmal trat sie ohne anzuklopfen ins Büro. „Glaubst du, jemand schießt mit dem Luftgewehr auf mich?"

„Vorstellbar ist alles", sagte er, ohne aufzublicken.

„Kommst du mit auf eine kleine Sonntagsrunde? Einfach ein bisschen Luft tanken. Erinnerst du dich an deine 1. August-Rede? Wir waren noch nie auf der Fluh."

„Ich muss zweihundert Seiten Katalog durchackern, fahre morgen auf eine Auktion nach Zürich. Außerdem will ich nächste Woche das Schlösschen in Zipfwil ersteigern."

„Dann mach ich mich auch ans Vorbereiten. Du weißt, am Mittwoch habe ich erstmals eine Schar Schüler bei mir, samt und sonders Fremdsprachige." Ein Brückenangebot der Klöttinger Primarschule. Zähneknirschend hatte Victor vor Monaten zugestimmt. Die Planung hatte gedauert. „Nach dem ersten Beschnuppern gehen wir in den Wald, um die Umgebung kennenzulernen. – Ich bin am frühen Nachmittag zurück. Der Kühlschrank ist voll." Sie steckte die Haare hoch, flockig, flauschig, frei. Würde sie es schaffen, eines Tages doch noch für ihn attraktiv zu sein, bevor er sie niederstreckte wie ein altersschwaches Reh? Auf Mittwoch um halb vier war sie mit den Schülern beim Förster Camenisch angemeldet, dem Mann mit den jungen Hunden. Sie hatte das Treffen eingefädelt, als sie sich telefonisch nach den Hündchen erkundigt hatte. Ob der Förster bereit war, den Besuch der Kinder kurz vorzubesprechen?

Der Wald dampfte in der Morgensonne. Ein Baumstrunk verwandelte sich zurück aus nebligem Urgrau, atmete und trieb, empfing Besuch von einem goldgrünen Käfer. Die Natur war einfach. Warum brauchte es auf der Welt ein paar tausend Sprachen, um Botschaften unter den Menschen auszutauschen? Und warum gelang Kommunikation so selten? Welchen Nutzen hatten Übersetzungen? Weshalb erloschen viele Wörter wie Sternschnuppen, sobald Menschen sie verwendeten? Und wieso konnte ein einziger Blick mehr bewirken als tausend Worte? Trotzdem waren die Wörter das, was den um die Sonne kreisenden Menschen von anderen Lebewesen unterschied.

Der Förster war auf der Lichtung vor dem ehemaligen Bauernhaus am Holzspalten. Er bot ihr sogleich das Du an: „Ich bin Gian."

„Yana. – Mein Mann ist leider nicht begeistert, einen Hund im Haus zu haben", sagte sie. „Ich hätte so gern ein Hündlein übernommen." Doch sie komme ja wie am Telefon angedroht wegen etwas anderem. „Ich werde mit meinen Schülern am Mittwoch ..."

„... Du wirst es noch bereuen", fiel er ihr ins Wort. „Ich bin ein miserabler Lehrer."

„Ich habe auch keinerlei Erfahrung."

Sechs Ster Holz hatte er letzten Winter in seinem Ofen verbrannt. Also benötigte er erneut sechs Ster. So simpel war das. Eine Rechnung, die sogar Yanas Schüler verstehen würden. Vor Kurzem hatte er sich mit etwas Verspätung zum 40. Geburtstag einen Waldarbeiterwagen mit neuen Reifen und Reflektoren auf den Schmutzfängern geschenkt, den er ihr stolz zeigte.

„Warum wurdest du Förster?"

„Keine einfache Geschichte. Weil ich Rätoromane bin, ein Mikromigrant aus wirtschaftlichen Gründen?" Noch heute hallten ihm die Worte des damaligen Erziehungs-

direktors nach, wonach Graubünden tüchtige Berufsleu-
te brauche, aber bitte keine Akademiker, Graubünden sei
Werkplatz, nicht Denkspaß. Rasch habe ihm gedämmert,
dass es für ihn als angehenden Geschichtsstudenten
schwierig werden könnte im Kanton der Skilifte. „Zum
Glück gilt innerhalb der Schweiz seit 1848 der freie Per-
sonenverkehr." So habe die erste Etappe seiner Migration
knapp hundert Kilometer von Chur nach Zürich geführt.
„Dort war ich der lustige Bergler, der Erinnerungen an die
letzten Skiferien weckte. In Zürich wurde ich zum Rä-
toromanen." Trotzdem habe er das Geschichtsstudium
abgebrochen und sei nach Bern weitergewandert, habe
Forstingenieur studiert und sich verlobt. Er schmunzelte.
„Der helvetische Holzalltag wies mich dann in die Nord-
westschweiz. Danach war Schluss mit Mikromigration
und mit Verlobung." Um die Trennung zu überwinden
und um sich nicht nur zwischen Bäumen zu bewegen, sei
er dem Fußballclub beigetreten, und weil zwischen den
Pfosten am meisten Not herrschte, sei er Torhüter geworden. „Daneben beschäftige ich mich mit kleinen Dingen."
Er führe Tagebuch über Schönwetterwolken, Tiere und
Bäume. Vor dem zum Hundezwinger umfunktionierten
Stall habe am frühen Morgen ein toter Maulwurf gelegen.
Seine Augen seien nicht größer als Mohnkörner gewesen
und auch im Leben fast blind.

Im Stall balgten sich die vier Hündchen auf einem
Stapel Kartoffelsäcke. Gian legte Yana das vorwitzigste
kleinste in den Schoß. Sie wäre am liebsten so verharrt.
„Ich habe es nicht übers Herz gebracht, sie schon nach
acht, zwölf Wochen wegzugeben", sagte er, „wollte sie
hier auf dem Hof in Freiheit bis zur Pubertät bringen.
Jetzt kommen sie aber bald zu ihren neuen Besitzern."

Daheim war sie noch voller Wald. „Ich werde mir eine
farben- und formenfrohe Garderobe aufbauen", sagte

sie Victor beim Abendessen und wies auf ihren Jersey-rock. „Hast du ihn überhaupt bemerkt? – Ich glaube, dass Neuanfänge möglich sind, wenn sie einfach sind. So wie damals, als du mich in Moskau auf der Tanzbühne fast ausgezogen hast."

„Du kommst immer mit den gleichen alten Geschichten."

Sie wünschte, er würde sie sanft umarmen. Sie brauchte Berührung und Hautkontakt. „Willst du, dass ich dich verlasse, Victor?"

„Spinnst du?"

„Ich werde es tun, sobald es mir möglich ist."

„Du zerdenkst und zerredest alles, Yana, so machst du noch das Einfachste kompliziert." Er schüttelte sie. Sie schluchzte los. Sie war nicht imstande, die Erwartungen zu erfüllen, die er in sie gesetzt hatte, bei Weitem nicht, sie war grandios uninspiriert und brauchte sich nicht zu wundern, wenn er auf Distanz ging.

Hatte sie Liebe nicht immer da gesucht und gegeben, wo sie nicht war? Da machte man sich schmutzig. Auf einmal verstand sie ihre Hilflosigkeit bei allen Dreck- und Ordnungsfragen. Sie ging vom Kern ihrer Angst aus, überflüssig zu sein, keinen Ort zu haben, wo sie hingehörte. Die saubere Schweiz war eine Täuschung.

Übergangslos schlug ihre Trauer um in Wut. Entweder Victor schwieg – oder er machte genau das, was er ihr vorwarf, und wiederholte die immer gleichen Phrasen. Viele seiner Sätze an sie waren leeres Gewäsch, Waschweiber-sprache. Sie wünschte, dass er es schaffte zu merken, wo seine Gaben wirklich geschätzt wurden.

„Du achtest weder deine Bedürfnisse noch deine An-triebskräfte, Vic. Das Einzige, was für dich zählt, ist, was nach außen wirkt. Und deine Mutter. Sie ist dein Los. Je mehr sie dich vom Himmel aus quält, desto lebendiger fühlst du dich hier in der Hölle. Je weniger Zeit und Freiheit du erlebst, desto mehr glaubst du an deine Existenz." Sie ließ das Geschirr stehen. Wahrscheinlich hatte Victor ihr gar nicht zugehört. Im Dunkeln ging sie in den Garten. Einer der kleinen Fußpfade verlief leicht ansteigend in Richtung Rebberg. Es gab dort, versteckt in einer windgeschützten Mulde, einen Feigenbaum. Der Boden war leicht sandig. Auf einer Kalkplatte stand eine kleine Holzbank. Unter der Bank träumte ein schwarzer Kochkessel vor sich hin. Er hatte Ränder, die offenbar von einer vor vielen Jahren gekochten Suppe herrührten. Der Kessel hatte sich erfolgreich dem Putzen entzogen. Er gefiel ihr besser als sämtliches Geschirr im Haus.

Der Himmel war sternenüberzuckert. Irgendwann wollte sie mit ihrer neuen Klasse eine Nachtwanderung unternehmen. Mond und Sterne hatten sie schon als Jugendliche fasziniert. Am Gymnasium hatte ihr Physiklehrer auf dem Flachdach ein kleines Observatorium eingerichtet. Oft hatte sie dort mit Ewa den Himmel beobachtet, den Sternenatlas in der Hand. Hell leuchtete die Venus unterhalb der Plejaden. Bald würde sie zusammen mit dem Mond die Hornspitzen des großen Himmelsstiers markieren. Mars, der Rote, stand unter dem mächtigen Himmelslöwen. Die sieben Sterne des Großen Wagens funkelten hoch im Nordosten. Folgte man dem Schwung der Wagendeichsel nach unten, stieß man auf den hellen Arktus im Bootes. Und führte sie den Bogen über Arktus hinaus nach unten weiter, gelangte sie in der Jungfrau zur Spica. Links von ihr: Saturn, der Ringplanet. Über dem Südhorizont die feine Kette der Wasserschlange, der Becher, das kleine Viereck des Raben. So viel Sternenklang, Milchstraßenlicht, 65 Millionen Lichtjahre unterwegs.

Als Yana sich umwandte, stand ein Reh im Mondlicht am Zaun. Es lehrt mich Abstand wahren, dachte sie. Ein

Schritt zu viel und mein Reh dreht sich auch um und ist weg. Sie war ziemlich sicher, dass Victor sie die ganze Zeit mit dem Fernglas beobachtet hatte. In der Vergrößerung versuchte er zu verstehen, was er in normaler Größe nicht verstand. Es war trotzdem ein schöner Sonntag gewesen. Sie schlief im Gästezimmer, versuchte vielmehr zu schlafen. Wenn Ewa und sie nicht schlafen konnten, hatten sie unter der Bettdecke mit ihren augenlosen Puppen gespielt und Kieselsteine durch die Augenhöhlen in die Puppenbäuche gerollt. Für jeden Kieselstein durften die Puppen einen bösen Gedanken loswerden.

Morgens um drei war die Dunkelheit im Haus vollkommen. Mit bloßen Füßen tastete Yana den Boden ab, die Holzfaserungen, die zum Bad wiesen, die Bastmatte unter dem Lavabo. Sie trank Wasser, vierzehn Schluck, ihr Ritual gegen die Schlaflosigkeit, fing den letzten Tropfen mit der Zunge auf und vermied jedes Geräusch. Als sie sich aufrichtete, stieß ihre Schulter an seine. Sie roch seinen Atem. Das Zifferblatt seiner Uhr schimmerte kalt wie die Augen der Königin. Wortlos schlurfte er davon. Im Gang begann er zu summen. Bestimmt lächelte er jetzt. War es dieses Lächeln, dem sie damals gefolgt war? Bei Bedarf konnte er seine Strahlkraft verdoppeln. Sie fror. Hatte Victor ihr je etwas Persönliches gesagt? In diesem Augenblick kam er ihr vor wie ein Nicht-Mensch an einem Nicht-Ort. Das Brummen des Kühlschranks war das Lebendigste im Haus.

19

Eine Wandergruppe, die Kapuzen der Regencapes eng um den Kopf gezogen, marschierte in einer Zweierkolonne vorbei Richtung Fluh, die nebelverhangen und wie eingesunken war. Zwei Frauen zeigten aufgeregt auf die Villa und redeten wohl von der Verrückten aus Osteuropa. Jan Zündli stemmte sich gegen den Regen. Unermüdlich schaufelte er Reisig vom Haufen seines Häckselguts in den Holzwolf. Pausenlos packte er Holzhäufchen, steckte sie ins Loch, ohne dass das laute Fräsen je unterbrochen wurde. Yana stieg ins Auto. Sie hatte sich gewundert, dass Victor sie am heutigen Tag dabeihaben wollte. Um seinen CEO mit weiblichem Charme weichzukriegen? Um in Zipfwil den glücklichen Ehemann und verlässlichen Investor abzugeben? War sie zu nichts gut außer zum Übersetzen und – zumindest in seinen Augen – zum Repräsentieren? Das war ein unerträglicher, wiederkehrender Gedanke. Es war kein Wunder, dass sie kaum mehr aus dem Bett kam. Sie wurde bestraft mit einer Kraftlosigkeit, die in kein Kleid mehr passte. Die Wellen in ihrem Haar wurden flacher und flacher.

„Ein guter Verkäufer verkauft nicht einfach Entkalkungsgeräte. Ein guter Verkäufer verkauft ein Lebensgefühl. Es gibt Vertreter, die schon vor neun Uhr morgens aus der Spur geraten", warnte Victor gleich zu Beginn der Aussprache den CEO, dessen pockennarbiges Gesicht überpudert war, als stehe er vor einem Auftritt beim Fernsehen. Er wirkte wie ein schmächtiger, schlaksiger Konfirmand in Anzug und Krawatte, der Mund bekümmert nach unten abgewinkelt angesichts der drohenden Predigt. Warum nur hatte er eines schönen Tages die Abzweigung in die Calgex genommen? Yana sah ihm auf hundert Meter an, dass er sich nicht wohlfühlte. Bestimmt waren seine Arme unter dem veilchenblauen Hemd tätowiert. Sie fühlte eine geheime Verbundenheit. „Mehrmals wurden unsere Leute von der Konkurrenz weggeputzt", rügte ihn Victor. „Lesen Sie den letzten Jahresbericht. Es wundert nicht, dass Gerüchte die Runde machen." Calgex sei die Nummer eins in der Welt des Kalks – und wolle es bleiben. Unprofessionelles Verhalten sei ansteckend. Viel zu vieles werde verharmlost. Zudem erkälteten sich die eigenen Vertreter schon beim geringsten Lüftchen und brauchten ewig, um sich zu kurieren. „Wie soll ein solcher Betrieb funktionieren?" Victor drückte dem CEO die Hand und lächelte aufmunternd. „Denken Sie an unser Leitbild." Die Vorgaben waren in jedem Büro eingerahmt. Gepflegte Erscheinung, Flexibilität, Belastbarkeit, Pflichtbewusstsein, Kollegialität, Zusammenarbeit mit Vorgesetzten, Kritik- und Konfliktfähigkeit, Sauberkeit, Pünktlichkeit. Offenbar gebe es Faulenzer, die keinen Kontrollgang durch den eigenen Kopf machten und groben Unrat nicht beseitigten, bevor sie zum nächsten Kunden fuhren. „Das hat es nicht gegeben, als ich noch die operative Leitung der Calgex innehatte." Das fünfminütige Treffen war beendet, ohne dass der CEO mehr als zwei Verlegenheitssätze von sich gegeben hatte. „Vergessen Sie Ihre Führungsinstrumente nicht", sagte Victor auf der Türschwelle. „Gehen Sie mit gutem Beispiel voran."

Sie fuhren auf direktem Weg nach Zipfwil. „Als du ihn zum CEO befördert hast, konntest du ihn nicht genug loben", sagte Yana.

„Ihm fehlt die Übersicht. Zur Not muss man einen militärischen Ton anschlagen. Gewisse Leute brauchen das. Zu viele Fehler wirken sich bei der Jahresendbeurteilung fatal aus. Davon hängt der Lohn ab. Das muss man den

Leuten in deren eigenem Interesse in den Schädel trichtern." Er lächelte sie im Rückspiegel an. In all den Jahren war er unbesiegt geblieben, schadlos durch alle Stürme gekommen trotz hohem Kaderverschleiß. Einem halben Dutzend höheren Angestellten hatte er allein in diesem Jahr gekündigt.

„Haben die Leute nicht Angst?", fragte Yana.

„Ach was, jeder denkt, ihm könne das nicht passieren. Und dann passiert es eben doch." Das Muster der Freistellungen schien ihr immer gleich. Alle wähnten sich bis zum Bruch in einem absoluten Vertrauensverhältnis. Von einem Moment auf den andern durften sie sich nicht mehr an den Computer setzen. Danke und tschüss. Details erfuhr nie jemand, aus Gründen des Persönlichkeitsschutzes. Es gab eine großzügige Abfindung. Und allen hielt Victor zum Abschied die Hand hin. „Wir haben kaum Nachwuchs, auf den Verlass ist", sagte er achselzuckend, „aber ich bin ja ein Menschenfreund, ich mag die Leute und vertraue ihnen immer wieder." Er parkte im Ortskern von Zipfwil. Das kleine, denkmalgeschützte Schloss mit Türmchen und Erkern war zur Zwangsversteigerung ausgeschrieben, zwölf Zimmer auf über dreihundert Quadratmetern Wohnfläche, die Räume mit Stuckdecken, Kronglasscheiben und Parkettböden ausgestattet. „Das Gebäude gibt einen repräsentativen Firmensitz ab für ein regionales Unternehmen", meinte er auf dem Weg zum Gemeindesaal. „Nebenbei lässt sich auf dem Areal ein gediegenes Mehrfamilienhaus bauen."

Im Saal stand die Luft. Rund dreißig Personen waren zusammengeströmt. Auf die Frage des Auktionars, wer ein Angebot mache, folgte Stille. „Will niemand bieten?"

„Eine Million", rief jemand in der vordersten Sitzreihe. Rasch trennte sich die Spreu der Mitbieter vom Weizen.

Nach 1,5 Millionen ging es Schlag auf Schlag. Ein jüngeres Paar blieb neben Victor übrig.

„1,75 Millionen zum Dritten." Yana sah es Vic an: Er hätte noch eine halbe Million mehr geboten. Aber das Paar aus der Ostschweiz konnte nicht mithalten.

„Eine verrückte Angelegenheit", sagte der Betreibungsbeamte. Der Vermögensverwalter der Schlossbesitzerin sei von seiner Bank freigestellt worden und habe sich selbständig gemacht. Seine einzige Kundin, die reiche Dame, habe dem weltgewandten Berater blind vertraut. Er habe es geschafft, ihre Millionen im Laufe weniger Jahre in Luft aufzulösen. Als die Frau mit 95 starb, sei das Desaster ans Licht gekommen. „Systematische Plünderung, als wäre sie der persönliche Bankautomat dieses Manns gewesen. Und der wurde, kein Witz, unlängst noch in den Gemeinderat gewählt und als Finanzchef vereidigt." Der Auktionar wandte sich Yana zu. „Sie sind aus Russland, nicht?" Er kam ins Schwärmen. Mit seiner Frau habe er eine Flussfahrt die Wolga hinunter gemacht. „So liebe Leute, so viel Gastfreundschaft. Davon könnten wir uns hier ein Stück abschneiden." Victor drängte darauf, die Formalitäten zu erledigen.

Drei Dörfer weiter bestellten sie im „Sternen" einen Fitnessteller. Im Herbst wollte Victor in Witheim bauen, zwölf attraktive Eigentumswohnungen. Die Profilstangen standen. Es ging einzig noch um die Parkplätze. „Im Grunde ist es schade um das Restaurant. Aber an dieser Ecke hat es keine Zukunft." Bevor sie den Heimweg in Angriff nahmen, bot Vic dem Wirt eine Stelle als Hauswart an.

Was hatte ihr der Tag bis jetzt gebracht? Sie hatte ein paarmal mit dem Kopf genickt, mehr nicht. Ewa hatte ihr geraten, sich nicht über Kleinigkeiten aufzuregen, die nichts als Streit brachten, und lieber zu schweigen. Also blieb sie still. Ihre Liebe hatte sich nur verkrochen, zerbrochen war sie nicht.

Die Zeit wurde knapp. Duschen, umziehen und weg. In der Galerie umarmte Victor den mit Verspätung aus Schabo angereisten Sergej und übergab ihm den vergoldeten Schlüssel zum Salon Chagall, der Künstlerwohnung neben der Galerie. Ungläubig schüttelte Sergej den Kopf. „Für mich?" „Für dich!" Die erste internationale Ausstellung in Kubus 1 stand. Sergejs Trophäen entfalteten sich auf 1.400 Quadratmetern. Emsige Hände wischten im Ausstellungsraum die Böden und rückten Stühle. Der Techniker nahm den Soundcheck vor. Yana spielte Empfangsdame. Nach und nach hatte sie gelernt, sich in langen Abendkleidern zu bewegen und – ungewollt – Mittelpunkt zu sein. Ein pausbäckiger Besucher um die fünfzig versuchte es noch auf der Schwelle mit einem raschen Flirt. Kurz spielte sie mit. Wie ein kleines Wetterleuchten war das. Es genügte vollauf, um die leise Sehnsucht nach einem gebenden Körper zu stillen. Der Blitz brauchte nicht einzuschlagen. Andere Frauen waren nicht glücklicher. Sie fütterten sich mit Hormonen, damit sie jung, leistungsfähig und in der Scheide schön feucht blieben.

„Es läuft wie am Schnürchen", strahlte Vic. „Ich habe mich in meinem Kurator nicht getäuscht." Sergejs monumentale Trophäenbilder hingen Kopf an Kopf, doch die Luft war noch wassergeschwängert. Luftentfeuchter trockneten den eigens für die Ausstellung in die ukrainischen Nationalfarben getauchten Raum bis zum letztmöglichen Moment. Die Staatsanwältin trug orangefarbene Pumps mit silbernen Stacheln. Ihre Lebensgefährtin kombinierte astronautensilbrige Turnschuhe mit grünen Socken und einem rosa Röcklein. Victor trug Mutters zaubergelbe Krawatte. Während der Auktion in Zipfwil

hatte er sich Stichworte notiert: Vielschichtigkeit, Variati-
on, Ausdruckskraft, Freiheitsdrang, Getriebenheit, Grenz-
überschreitung, Eigenwilligkeit. Nun wippte er mit den
Handflächen und dankte „meiner innig geliebten Yana"
als Erstes von ganzem Herzen für die akkurate Überset-
zung des Katalogs, dankte dem international erfahrenen
Kurator, Kunsthändler, Manager und Gutachter, der in
seinem Auftrag die Sammlung Muff kompetent und ko-
härent betreute, überreichte Gemeindeverwalter Röti für
seine Heimatgemeinde Klöttingen eine von Sergejs ein-
drücklichsten Trophäen, einen Einhornkopf, und brachte die Stichworte für den hierzulande noch unbekannten
Künstler aus der Ukraine zielsicher unter. „Kunst war
immer mit Geld verbunden", schloss er. Darum gebe es in
Venedig oder Holland fantastische Kunst und in Russland
oder in der Ukraine eben nicht. Das ändere sich ab heute.
Der internationale Markt brauche Frischfleisch.

Welche Muskeln machten ein Lächeln ehrlich? Glaubte Vic an die Kunst, wie Yana an die Liebe glauben wollte,
an die Begegnung über große Räume und Zeiten hinweg?
Für sie wäre das die gute Nachricht gewesen. Die Vorstellung, dass in der Kunst nur die Stärksten überlebten,
war für sie die schlechte Nachricht. Die Phantasie der
Gesellschaft ging aber in diese Richtung. Ihr kam es vor,
als präsentiere Victor seine Gefühle auf Powerpoints, wie
aus einem Textprogramm. Meine Damen und Herren, ich
bin der glücklichste Mensch der Welt. Warum musste
man denn rund um die Uhr glücklich sein, warum war es
nicht auch einmal einfach gut? Schaute Vic wirklich hin?
Yana hatte ihn noch nie staunen und verweilen sehen. Sie
glaubte ihm kein Wort mehr, glaubte nur an das Darunter,
an das, was er noch niemandem gezeigt hatte, am wenigsten ihr. Vor einem Löwenkopf unterhielt er sich leise mit
der Staatsanwältin. Kunstkunden waren wie Bankkun-

den. Über Geld wurde nicht laut geredet. Yana schnappte Begriffe wie notification, declaration, clearance auf,
Universalbegriffe, die nach keiner deutschen Entspre-
chung verlangten. „This artist is, ehm, how do you say?
Oh, okay, you understand German, sehr handwerklich,
also ich meine natürlich handwerklich im künstlerisch
gemeinten Sinn", schwärmte vor ihr ein kleiner Mann mit
Zwirbelschnurrbart. Yana fand handwerklich im künst-
lerischen Sinn eine sehr akzeptable Beschreibung für
die Serie dreier Pferdeköpfe mit den vielsagenden Titeln
„Eraser head", „Petris brain" und „Fiftyfive eyes". Einer
der Köpfe war im unteren Teil geknickt, einer hatte an
diversen Stellen würfelförmige Aussparungen, durch die
eine Art Armierung sichtbar wurde, und der dritte war
teilweise mit Wandfliesen überzogen. Sah man von diesen
Details ab, glichen die Köpfe drei gewöhnlichen Beton-
säulen mit den oben herausragenden Armierungseisen,
wie sie auf jeder Baustelle vorkamen. Was sie zur Kunst
machte, musste also wohl ihre Einbettung in einen unge-
wohnten Kontext sein.

Yanas Unbehagen wuchs mit jedem Schritt. Und sie
hatte den ganzen Katalog übersetzt. Lange hatte sie Übersetzerin für einen noblen Beruf gehalten. Mittlerweile war
ihr klar: Das Eigentliche im Leben ließ sich nicht mittei-
len, schon gar nicht übersetzen. Und trotzdem versuchten
die Menschen genau das ununterbrochen. Die Sprache
war voller Unrat und voller Rätsel, weil der Mensch so
war. Sie musste in den Wald gehen, um wenigstens einmal
am Tag etwas Wahres, Wahrhaftiges zu erleben. Neben ihrem heiligen Baum, wie sie die junge Buche auf der Kuppe
für sich nannte, hatte sie ein Ameisennest entdeckt. Die
Arbeiterinnen schleppten Raupen und tote Tiere ins Nest,
die ihr Körpergewicht um ein Vielfaches übertrafen. Sie
waren die eigentlichen Heldinnen. Im Wald schrumpfte

die Königin auf das, was sie war. Hin und wieder begegnete sie auf ihren Spaziergängen Gian. Er pflegte sein Revier, als wäre jeder Baum ein Rosenbusch. Bei Eschen, Haseln, Birken und Weiden ließ er mitunter die Stümpfe stehen. Sie hatten die Fähigkeit neu auszuschlagen. Der junge Baum nutzte das Wurzelsystem der Vorgängergeneration und wuchs so schneller. Wurde dieser Baum dann wieder gefällt, begann der Zyklus von Neuem, wobei die Wurzel immer weiter wuchs. Gian hatte ihr eine Meisterin ihres Fachs gezeigt, eine uralte Birke. Birkenstümpfe konnten bis zu zweihundert Jahre lang neue Bäume ernähren, bis sie eingingen und verfaulten.

Zwei russische Akkordeonisten rissen sie aus ihren Gedanken. Reihum tippte Victor auf Schultern. Er zeigte sich erschüttert angesichts einer Plastik, legte Kunstpausen ein und klatschte begeistert. Selbst im Rückwärtsgehen ließ er keine Spur von Zögern erkennen. Sein energisches Kinn stand vor. Nur gegen den Schweiß unter den Achseln vermochte er sich nicht zu schützen. Mit einem Journalisten im Schlepptau, der unbedingt noch ein Foto von ihnen schießen wollte, kam er auf Yana zu. „Messen Sie den Wert eines Kunstwerks in erster Linie daran, wie viel Geld Sie dafür erhalten?", fragte der Reporter.

„Das sagen Sie!", gab Victor zurück.

„Dann mache ich jetzt das Foto."

Der Journalist dirigierte sie vor den Kaffernbüffelkopf. Yana spürte, wie es in Victor brodelte. Noblesse oblige, hieß sein Motto. Türsteher und Liftboys bewegten sich in Livree, an der Decke hing Kristall. Da kam ihm dieser vorwitzige Schreiberling schlecht rüber. „Die zarte Yana hat andauernd Hunger", lachte er, als sie sich den Teller füllte. „Das Kleid steht dir perfekt." Sein Blick sagte etwas anderes: Nach wie vor kommst du nicht ganz zurecht mit der Schweiz.

20

Die neun Kinder saßen auf dem Sternenteppich, den Yana für sie gekauft hatte. Sie hatte die Eingangshalle als Unterrichtsraum ausgewählt. Ein paar zusammenklappbare, im Kreis angeordnete Gartentische und -stühle sowie eine große Schiefertafel aus dem Bestand der Schule vervollständigten das Inventar. Pünktlich um halb Eins hatte sie die Kinder in Empfang genommen, nachdem sie in der Schule noch zusammengegessen hatten.

Ich bin viel zu ernst, dachte sie, als sie in die Runde blickte. Die fröhlich aufgeregten Schüler werden mir helfen, aus meiner Weltfremdheit zu kommen. Umgekehrt kann ich sie von ihrer Lernbockstarrigkeit erlösen.

„Erzählen Sie von Ihrem Mann", bat Jelena, die Vorwitzigste. „Kommt er von hier? Haben Sie am Wochenende abgetanzt?"

„Geht dich das denn etwas an?"

„Klar", riefen alle im Chor, als kennten sie Yana schon ewig.

Also erzählte sie, dass Victor dieselben Augen hatte wie Jelena, fast schwarz mit einem schiefergrauen Einschlag, und dass sie das auf den ersten Blick gesehen hatte.

„Und ich?"

„Und ich?"

Sie kamen allesamt aus östlichen Ländern und hatten viel Nachholbedarf in Deutsch, aber auch in allen andern Fächern. Doch nicht Deutsch war der erste Schritt für die Integration, sondern Geborgenheit.

„Sind Sie eine Hexe?", fragte Jelena.

„Alle klugen Frauen sind Hexen. Hexen haben ein drittes Auge." Sie zog das Bild aus dem Portemonnaie, das sie als Fünfjährige zeigte. Ewa hatte ihr mit Lippenstift ein drittes, violettes Auge auf die Stirn gemalt.

„Das sind Sie?"

„Ja, da staunt ihr!"

„Ein so schmales Gesicht", rief Anif. „Der Mund ist ein Schnitz!"

„So große Augen!"

„So blau!"

„Und die Haare ... wie von einem Engel, so lang und blond, fast weiß!"

„Bin ich jetzt ein Engel oder eine Hexe?"

„Warum lachen Sie nicht?"

„Muss man auf Fotos immer lachen?"

„Warum haben Sie auf dem Bild das Knie so angezogen, fast bis unters Kinn?"

„Weil ich oft fror. Als ich so alt war wie ihr, war ich mit meiner Großmutter mal in Sibirien. Dort war es fünfmal kälter als im Kühlschrank."

„Da stirbt man."

Nicht wenn man ein drittes Auge hatte und eine Hexe war. Großmutter wollte ihr zeigen, wohin man ihren Vater im Krieg gebracht hatte. Am zweitletzten Tag war Yana allein unterwegs um einzukaufen. Auf dem Rückweg hatte sie Eiszapfen an der Nase, an den Augenbrauen, ihr Gesicht war wie zugefroren. Sie hätte in den Schnee sinken und sterben können – und hatte sich doch zu Großmutter zurückgeschleppt. Im Zimmer fiel sie der Länge nach aufs Bett und schlief sofort ein. „Meine Haut wurde in der Kälte schwarz. Wenn ihr genau hinschaut, seht ihr ganz feine Narben in meinem Gesicht."

„Die machen Sie schön!"

„Hört ihr, ich kann doch lachen! Bin ich schön?"

„Zauberschön."

„Ihr seid ja alle auch schön."

„Nur wenn Sie aufgeregt sind, haben Sie ein, zwei, nein, sogar drei – wie sagt man ...?"

„Runzeln?"

„... ja, Runzeln auf der Stirn."

„Dann bin ich nicht mehr schön? Bin ich dann eine alte Schachtel?"

„Auch alte Menschen können schön sein."

„Wirklich?"

„Wie alt sind Sie überhaupt?"

„Achtundzwanzig. Ururalt."

„Wer sind Ihre Großeltern?"

„Großvater ist schon lange tot. Ich hab ihn nicht gekannt. Er war so lieb und so weich, sagt meine Großmutter, man hätte ihn aufs Brot schmieren können. Meine Großmutter ist streng. Sie lebt weit weg von hier, in einem Dorf namens Schabo, am Schwarzen Meer. Jeden Frühling nahm sie mich zur Schneiderin. Großmutter wollte, dass es mir gut geht, und dass ich die Leute grüße. Weil es keinen Wald gibt, hat sie fürs Feuer Kuhmist zu kleinen Ziegeln geformt und Weinreben, Stroh und Schilf hinzugegeben. Aber das interessiert euch sicher nicht!"

„Doch, doch! Hat die Großmutter ein Haus?"

„Ein einfaches Haus, ja. Das Wasser musste sie früher draußen holen und im Winter das Eis zerschlagen, bevor sie sich waschen konnte."

„Hatten Sie ein Geheimversteck?"

„Hinter dem Apfelbaum beim Zaun. Dort hatte ich einen Puppenkopf. Dem haben meine Zwillingsschwester und ich die Augen ausgerissen und im Innern des Kopfes ein kleines Licht montiert. Den Kopf mit den leuchtenden Augen haben wir nachts auf die Straße gehalten und die Leute erschreckt."

„Uii"

„Huu"

„Ne-ein!"

Yana hatte noch nie so viel freiwillig am Stück gesprochen, seit sie in der Schweiz war. Sie merkte, dass es genug war. Auf dem Teppich wurde es unruhig. „Serben hasse ich noch mehr als Albaner", sagte Ivana. Ihr kurzer Pony stand wie eine Bürste ab. Der Blick aus den grünen Augen stach, forderte, taxierte die ganze Runde – und verharrte auf dem dünnen Novak. „Die riechen so komisch. Könnte ich abmurksen und aus dem Fenster werfen."

Würde es schon am ersten Nachmittag Ärger geben? Ivana war klein, blond und aus Stahl. Yana griff nicht ein. Sie, die Zugezogene aus dem Osten, wollte Donnerschläge und entblößte Herzen zulassen als Zeichen von Gemeinschaft, die täglich neu erprobt sein wollte. Bereits ging Novak auf Ivana los. „Bestimmt kriege ich von dir Warzen", heulte Ivana auf. „Du bist ein Krüppel, ein Wicht." Novak sagte nichts. Aber sein Körper schrie. Er, der Kleine, Schwache, kämpfte seinen aussichtslosen Kampf gegen das durchtrainierte Monster vom andern Geschlecht, nicht größer als er. Und der Kampf war im Handumdrehen vorbei. Der arme Novak lag flach am Boden. Ivana kniete auf ihm. Alle waren Zeugen und schauten ihre neue Hilfslehrerin an. Die spinnt, dachten sie, und der Gedanke entzückte Yana. „Verfluchter Hurensohn", brüllte Ivana. „Ich will, dass du heimgehst." Dann ließ sie ihn los. Novak war erledigt. Die Gruppe würde nur noch notgedrungen Notiz nehmen von einem, der gegen ein Mädchen verloren hatte.

Alle drängten sich um Yana und wollten Zeugenaussagen machen. Doch die Zuschauer mussten weg. Zuschauer waren sowieso Lügner. Yana schickte sie in den Garten. „Sucht runde Dinge", sagte sie, „unser erstes Thema lautet: runden." Ivana und Novak behielt sie im Raum. „Wer hat wem was gemacht?", fragte sie. Schweigen. „Schubs mich mal, wie du Novak geschubst hast", forderte sie Ivana auf. Dann bat sie Novak, sie zu schubsen, wie er Ivana geschubst hatte. „Ist das jetzt fest?", fragte sie. „Ich erinnere mich an ein Fußballspiel in Odessa: Die größten Fußballer foulten einander ganz brutal. He, ihr seid so etwas von normal, so etwas von langweilig. So – und jetzt geht ihr auch etwas Rundes suchen, hopp", ermahnte sie die beiden. Sie staunte über sich selbst.

Wieder zurück, gab Ivana Novak die Hand: „Frieden!" Während die andern Zahlen auf 10, 100, 1.000 rundeten, erzählte ihr Novak im Wintergarten, wie sein Stiefvater ihn übers Wochenende geplagt hatte.

„Wenn du weißt, wie es weh tut", fragte sie ihn spontan, „könntest du nicht unser Friedensengel sein?"

„Ja", sagte er nach einigem Überlegen. Und dann: „Sie sind wirklich wunderschön, Frau Muff."

Yana holte die Waage vom Badezimmer runter. „Nun runden wir unser Gewicht auf ein Kilogramm genau."

Goran stieg als Erster auf die Waage. Ein Raunen ging durch die Runde. Alle sahen die Zahl. Niemand sagte etwas, bis Katja in die Stille rief: „Eh, das ist ja mehr als mein Vater."

Während der kurzen Pause stellte Yana Novak einen Porzellanengel von Vics Mutter auf sein Tischchen. Schon nach wenigen Minuten fiel er Novak auf den Boden und ein Flügel zerbrach. „Auch mit einem Flügel kann man ein guter Friedensengel sein", ermunterte sie Novak. „So, jetzt machen wir unser erstes Diktat." Neun Sätze für den Anfang, für jedes Kind einen. Sie schwitzten und seufzten. Ist doch irr, ging es Yana durch den Kopf: Ich erhalte laufend Anregungen, was meine Lebenstauglichkeit betrifft. „Bevor wir in den Wald gehen, malen wir Häuschen aus. Wer schafft am meisten? Und möglichst schöne Muster?"

Yana bat Novak an die Wandtafel. Er war so dünn. Man sah seine Rippen. Für eine Zahl brauchte er gerade mal knapp ein Drittel eines Häuschens. Also verwandelte sie ihn in einen Mann, der an der Tafel eine schöne große Männerschrift hinkriegte. Dann zogen sie ihre Jacken an. Unterwegs beantworteten die Kinder Naturkundefragen. Doch es ging vor allem um Sprache. Sieben von ihnen sprachen nur gebrochen Deutsch. Wie ist der Pilz aufgebaut: aus Hut und Stängel. Das mussten sie mehrmals sagen. Was bildet das Moos auf dem Waldboden: Teppiche und Polster. Wie heißen die drei ältesten Pflanzenarten: Farne, Moose und Schachtelhalme. Wie pflanzen sie sich fort? Mittels Sporen. Sag mir ein anderes Wort für Blattgrün. Jeder sprach Chlorophyll anders aus. Sie lachten viel.

Bei einem Moosteppich zählten sie Käfer, Asseln und Spinnen. Sie säuberten den Waldweg von zurückgelassenen Lebenszeichen, einem Zigarettenstummel, einer Rasierklinge, einem rosaroten, schon leicht von Moos umfassten Gummiband, einem Bauern aus einem Schachspiel, einem verdreckten, aber nicht defekten Solarradio, aus dem leise Schlagermusik rieselte. Ein Schnabel klopfte in eine Föhre. Der Buntspecht lachte. Die Sonne zerfloss in flimmerndes Weiß.

Bei Gian gab es frischen Apfelmost. Yana hatte Blätter und Farbstifte mitgebracht. „Wir zeichnen Bäume."

„Das kann ich nicht", sagte Anif. „Ich zeichne einen Lollipop." Und dann konnte sie es doch, als Yana darauf bestand, und hatte Freude an ihrem bunten Baum. Das Selbstvertrauen aller stieg im Verlauf einer halben Stunde.

Novak machte auf abstrakt. „Du musst wie die andern malen", sagte Yana, „es ist wunderbar, wenn du das so machst, weil du dann dazugehörst."

Nach den Bäumen wollten die Jungs auch den Traktor abzeichnen. Yana sagte ihnen, dass nächste Woche noch ein weiteres Mädchen zu ihnen stoßen würde. „Nein, nicht noch ein Mädchen", riefen sie entsetzt.

„Je mehr Mädchen, desto wertvoller sind die Buben", gab sie zurück.

Gian kümmerte sich unterdessen um die beiden wildesten Mädchen. Er ließ sie um die Wette Holz spalten. Wenn sie es nicht schafften, ein Scheit mit einem einzigen Hieb zu spalten, mussten sie einander auslachen. Also spalteten sie mit höchster Konzentration und lachten mit größter Freude und bald war die ganze Klasse am Spalten. Vom Beil gingen sie über zur Säge. Sie fraß sich ins Holz. „Flieder", sagte Gian. Sie folgten der Maserung, einer leicht violetten Linie, konnten sich nicht satt riechen. Das Pflaumenholz roch leicht säuerlich, der Kirschbaum nach Vanille. All die Hölzer in der Scheune. Steineiche und Nussbaum, Birke, Erlen- und Eibenholz. Sie schmirgelten und schliffen, strichen mit den Fingern drüber und spürten, dass es dem Holz guttat. Und wenn sie die Wut anfiel, hauten sie in der Metall-Werkstatt mit dem Hammer auf den Amboss. „Mut und Wut", sagte Gian, „so kleine große Wörter."

Zuletzt standen sie vor den jungen Hunden. „Dreimal vier Hündchen von drei Hündinnen wie Zora: Wie viele Junge hätten wir dann?" Sie waren immer noch konzentriert. Jeder in der Gruppe hätte dann ein Hündchen, mitsamt der Lehrerin. Und für Gian bliebe auch noch eines. Dem sagte man wunderbare Vermehrung oder heile Welt oder Mathematik fürs Herz.

Mit Gian redete Yana kaum. Die Hündin gehöre seiner jüngeren Schwester, die in Chur wohne, und werde in zwei, drei Monaten auch dorthin zurückkehren. Das Mehrfamilienhaus sei für den Nachwuchs nichts geeignet. Zora solle einmal Muttergefühle entwickeln dürfen, bevor sie kastriert werde.

Die Zeit war schon fortgeschritten, doch die Kinder wollten unbedingt noch die Welpen zeichnen.

„Und du. Was machst du am liebsten?", fragte sie Gian.

„Fliegen", sagte er, „abheben, ich habe das Gleitschirm-brevet. Willst du mal erleben, wie blau der Himmel über der Schweiz ist?"

„Bist du sicher?"

„Ganz sicher!"

Ich bin im Kern temperamentvoll und galoppiere oft davon, dachte Yana. Die wirklich guten Reiter sind nicht schreckhaft – der letzte Satz, der ihr in den Sinn kam, bevor sie ihre Schüler kurz nach sechs bei der Kirche ein paar Minuten zu spät in die Obhut ihrer Eltern entließ. Sie hatte viel zu viel unternommen an diesem ersten Nachmittag. Aber das Gefühl war gut. Spontan betrat sie den Coiffeursalon gegenüber der Kirche. Sie hatte Glück. Der Salon schloss erst um sieben und niemand wartete. „Ich möchte meine Haare wieder wachsen lassen", sagte sie und streckte der jungen Coiffeuse das Foto entgegen, das sie der Klasse gezeigt hatte. Damals, als Fünfjährige, hatte sie fast hüftlanges Haar.

Neustart! Sie würde sich ab sofort auch um Putz- und Sauberkeitsfragen kümmern, zumal Irinas Rückreise aus der Ukraine sich weiter verzögerte, da ihre krebskranke Mutter operiert worden war, ohne Aussicht auf baldige Genesung. Im Hintergrund liefen italienischen Schlager. Yana fiel auf, dass sie erstmals, seit sie sich erinnerte, um diese Zeit keinen Hunger hatte. Ihre Mutter hatte sie einmal, als sie zu viel Alkohol getrunken hatte, fast einen Tag lang nicht gestillt. Deswegen hatte Yana gemäß ihrer Großmutter im ersten Lebensjahr wochenlang geschrien und geweint. Sie hatte gleich zu Beginn ihres Lebens Hunger erlebt und sich ganz ausgeliefert gefühlt, und die Erfahrung war, dass keiner sie hörte. So konnte sie bis auf den heutigen Tag keine Minute Hunger haben ohne Panik.

Der erste Morgen in der Schweiz kam ihr in den Sinn. Bis der Gugelhopf auf den Tisch kam, war sie mehr als einen kleinen Hungertod gestorben.

Die kreisenden Finger der Coiffeuse taten gut. Yana lehnte sich tief ins Kopfpolster zurück. Im Geist redete sie mit Großmutter. Wenn ihre Babuschka ihr sonntags die Zöpfe flocht, erzählte sie meist von früher und versuchte im Erzählen zu verstehen. Großmutters Fingerkuppen waren so rau gewesen, dass man sie als Schmirgelpapier hätte gebrauchen können. „Hinten muss ich stärker ausgleichen", sagte die Coiffeuse mit leicht italienischem Akzent, „damit Ihr Haar gut fällt." Sie nahm sich Zeit, ein kleiner Schritt vorwärts, ein kleiner Schritt zurück, da ein letzter Schnitt, dort einer. „Ich glaube, jetzt sind wir da". Sie hielt Yana den Spiegel hin. „War gar nicht so leicht. Sie haben eigenwilliges Haar. Aber nun sehen Sie fünf Jahre jünger aus!"

„Vielleicht bin ich jetzt bald normal, das Herz hat Zeit gebraucht." Die Frau schaute sie groß an.

21

Victor hatte bei laufendem Motor im Auto gewartet. „Ich freue mich auf den Sommer", sagte Yana, als sie einstieg, „die erste rote Kirsche gibt den andern das Zeichen. Wenn alle bereit sind, fängt er an." Morgens und abends war es in der Augenweide jetzt bereits spürbar wärmer. Noch lief die Heizung. Yana schlief meist mit einer zusätzlichen Decke. Gian hatte ihren Schülern im Forsthaus gezeigt, wie man ein sparsames Ofenfeuer machte. Er feuerte von oben an, worauf sich die Flammen langsam nach unten fraßen. Ein solches Feuer brauchte im Minimum zwei Scheite. Die Wärme des einen zog die Rauchgase aus dem zweiten und die Flammen nährten sich gegenseitig. Bei perfekter Feuerung wurden alle Rauchgase und Rußpartikel verbrannt. Jede Verunreinigung wurde in Wärme umgewandelt. Der Ofen im Forsthaus war so gebaut, dass er die Wärme für die Nacht in alle Zimmer abgeben konnte.

Durch eine Ebene mit ausgedehnten Baumanlagen fuhren sie nach Zipfwil. Vics Mundwinkel kräuselten sich, als sie ausstiegen. Vor dem Schloss hatte er zwei Calgexleute eine Lounge aufbauen lassen. Das Volk trank auf Kosten des Schlossherrn Cüpli, Bier und Weißwein und aß Cervelats und Bratwürste vom Quartiermetzger. Neunzig, hundert Leute hörten sich Vics Geschichte an. Er hatte Dutzende giftige Mails und Briefe erhalten, man hatte ihn verzeigt und ein Bauverbot über das Schlösschen verhängt. „Der Muff gilt als Querulant", begann Victor seine Rede, „dabei will ich das Gebäude für euch alle retten. Es gehört zu euch." Er habe das alte Schlösschen aus reinem Goodwill ersteigert. Zum Dank habe er nun eine Horde Feuerpolizisten und Denkmalpfleger am Hals und schlage sich mit der Baurekurskommission und dem Verwaltungsgericht herum. Großes Kopfnicken.

„Der Mann hat das Schloss vor dem Zerfall bewahrt“, sagte ein Anwohner anerkennend. Das war der Tenor an diesem Mittag im Mai. Man bewunderte Victors Mut und wünschte ihm Durchhaltewillen.

„Kürzlich habe ich mich mit dem russischen Botschafter über Bürokratie unterhalten“, sagte er einem älteren Ehepaar. „Fazit des Botschafters: In Russland geht sie langsam zurück. In der Schweiz nimmt sie rasch zu.“ In einer ruhigen Minute rief er Marvullo an. Die Kuben 2 bis 7 wankten. Es hagle Einsprachen. Der Erschließungsnachweis sei nicht erbracht, das Verkehrsaufkommen zu groß. „Find einen Weg“, forderte er Marvullo auf. „Vor Zugpferden wie mir hat man Angst.“

Nach dem Kaffee lud er alle Anwesenden ein, das Schloss von innen zu besichtigen. Prachtvoll war es – wenn man die verschimmelten Wände und die vergammelten Böden übersah. Manch einer schüttelte den Kopf. Yana schaute sich um. Was wollte ein Denkmalpfleger gegen all diese Leute? Hier drin hatte es früher gespukt. Äpfel waren herumgeflogen, Möbel hatten sich von allein bewegt, eine weiße Gestalt war herumgegeistert. Victor würde dem Spuk auf seine eigene, zupackende Art ein Ende setzen. Und den Geistern in ihrer Ehe? Sie fühlte sich fehl am Platz. Außer beim Vorstellen hatte er kein Wort an sie gerichtet. Ein Hochzeitsbild kam ihr in den Sinn. Vic beugte sich von hinten über sie, die im Innenhof der Kirche auf einer Bank saß. Beide lachten sie. Aber die Gesichter hatten sie voneinander abgewandt. Sein Gesicht war von der Sonne beschienen, ihres lag im Schatten. Im Hintergrund bliesen zwei Kinder für sie Seifenblasen in die Luft, kleine, durchsichtige Glücksballone.

Eine dicke Fliege brummte hochtourig durch den Saal. Yana öffnete ein Fenster sperrangelweit. Draußen hatte sintflutartiger Regen eingesetzt. Statt das Weite zu suchen, trieb sich der Brummer nun im Zickzack über dem höchsten Kasten herum, unerreichbar für Yanas Gewedel.

„Warum hast du mich mitgenommen?", fragte sie im Wagen. „Ich stand ja nur im Weg herum." Er gab Gas. Fontänen spritzten hoch. In der Nebelsuppe überholte er eine Reihe dahinschleichender Autos, ließ die seitlichen Scheiben runter, weil sich die Frontscheibe von innen her beschlug. Der Regen traf sie voll ins Gesicht. „Sag, warum?", insistierte sie. Wortlos brauste er ins Nichts. Am Spiegel baumelte der geschnitzte Jesus am Kreuz. Sie verspürte keine Angst. Sie würden nicht verunfallen. Victor konnte nicht sterben. Er war nicht hier. Sogar sein Lächeln war verschwunden. Neben ihr saß eine Attrappe. Nie hätte sie das bemerkt, wenn sie diesen Ausflug ins Geisterschloss nicht gemacht hätten. Die Welt war eine graue Leinwand. Sie war daheim in einem Bild der Leere.

Auf einer Kuppe trat er hart auf die Bremse. Vor Jahren habe er Mutter versprochen, sie zur Kapelle mit der kopflosen Madonna zu fahren. „Sie ist gestorben, bevor ich es geschafft habe." Einen Moment blieb Yana wie blind im Regen stehen. „Du freust dich nicht, dass wir da sind?", fragte er. „Mutter hätte sich gefreut!" Es gurgelte zwischen den Kieseln. Er packte ihre Hand und zog sie am ganzen Körper zitternd den steilen Treppenweg hinauf.

„Meinetwegen musst du Mutter nicht vergessen", sagte sie vor dem Altar.

„Solchen Quatsch kannst nur du sagen."

„Erinnerst du dich an das, was du mir vor dem Traualtar gesagt hast? Wir führen keine Beziehung mehr, Vic, wir verwalten sie nur noch, und deine Tätigkeiten kommen mir zunehmend riskant und zweifelhaft vor. Du bist ein Großwildjäger, der sorglos und getrieben von abenteuerlichen Vorstellungen in Tierparks wildert, ohne die

Welt und die erlegten Tiere wirklich wahrzunehmen, begleitet von einem Tross Gleichgesinnter. Sobald dir jemand nicht mehr passt, wendest du dich von ihm ab. In diesem Reservat, in dem die Hemmungslosesten die Erfolgreichsten sind, ist Liebe fehl am Platz."

„He, unsere Ehe funktioniert einwandfrei! Man muss nicht immer von Neuem ansetzen, wenn etwas funktioniert, nicht aus allem ein Problem machen. Du bist ganz besessen davon." Er küsste sie. „Du bist wunderschön, wenn du bös bist!" Ihre Freude über das Kompliment hielt sich in Grenzen. Aus seinem offenen Mund ragten die Zähne wie Zaunstangen. „Ich liebe dich", sagte er.

„Ja, du. Eine Liebesgeschichte ist ein langes Gespräch, hat ein Regisseur einmal gesagt, der fünfmal verheiratet war und sieben Kinder hatte. Wenn sich zwei nichts mehr zu sagen haben, ist die Liebe vorbei."

Liebe Ewa, schrieb sie am Abend ihrer Schwester eine Mail, *wahrscheinlich ist die Liebe nichts für mich oder besser: Ich bin nichts für die Liebe. Und doch wünsche ich mich nicht in mein altes Leben zurück. Und natürlich weiß ich, dass ich ein weiteres neues Leben nicht zugute habe, auch wenn mir solche Träumereien manchmal durchs Hirn geistern. Wo hält mein Herz sich auf? Wo der Verstand? In verschiedenen Ländern? Ich lausche den Stimmen der Kinder in der Eingangshalle nach, wie sie in der Weite des Raums wie Wellen verrauschen. Einmal gerieten die Glasteilchen des Lusters darob in derart heftige Schwingung, dass sich daraus eine Melodie ergab.*

Am folgenden Morgen war Victor wie ausgewechselt. Er ließ Yana keinen Schritt von sich, als finge er an, sie wirklich von Grund auf zu lieben. Das bist nicht du, dachte sie. Im Auto klappte er mitten am Tag die Sitzlehnen nach hinten und umarmte sie. Eine kurze Seligkeit, auf die sie sich wie im Traum einließ, während der Regen aufs Dach klopfte. „Du gehörst doch zu mir." Er schnaufte wie ein Seehund. „Du gehörst zu mir. Du gehörst ganz mir."

„Ja?"

„Glaubst du denn, ich hole dich in die Schweiz, wenn ich dich nicht liebe?"

„Ich habe mich seither verändert. – Du hast mich verändert."

„Ich habe was aus dir gemacht."

„Ich habe alles hinter mir gelassen, Vic."

„Du hattest nichts."

Sie war wieder auf dem Boden. Das Leben aushalten, das Haus, das Land. Sie wollte ihn nicht quälen. Die Königin hatte über ihr Schicksal entschieden, nicht er. In ihrer Welt hatte es nur Wörter gegeben, keine Gefühle. Das Problem beim Übersetzen war, dass Yana Wörter für bare Münzen genommen hatte. Hier bei Victor hatte sie mit der Zeit begriffen, dass sie Gefühle erst lernen musste, und dass das etwas anderes war als Wörter zu lernen. Gefühle waren nicht Mittel zum Zweck. Eine Liebkosung durfte nicht harte Arbeit sein. Es schüttelte sie. Ihre größte Dummheit war, ihm immer wieder zu glauben.

Wo er nur wieder steckte? Yana fiel in sich zusammen, saß schlaff auf dem Küchenstuhl, ein Häuflein Mensch, das vor lauter Warten unfähig war, den Tisch zu decken. Konnte es sein, dass ihm am Anfang die Dinge an ihr gefallen hatten, die ihm jetzt auf die Nerven gingen? Bestimmt war er froh, wenn er sie nicht sehen musste. Er rief nie an. Er vermisste sie nicht. Wollte er sie loswerden? Sie konnte es ihm nicht verargen. Ihre Beziehung blieb diffus, wie alle Beziehungen, die sie in ihrem Leben gehabt hatte, womit bewiesen war, dass sie beziehungsunfähig war, misstrauisch, nervtötend, qualvoll langsam im Geist, ohne jedes Talent zu Fröhlichkeit und Unbeschwertheit, zögerlich und orientierungslos im Bett. Sogar die Art, wie sie den Löffel hielt, war hilflos. Kein Wunder, dass sie in seinem Leben fast nicht mehr vorkam. Ohne sie konnte er sich glänzend amüsieren. Mit ihr war er nichts als frustriert. Sie leckte sich eine Träne von der Wange. Sie würde abreisen, zurück nach Moskau, bevor sie durchdrehte.

Liebe Ewa, jetzt bin ich schon den zweiten Sommer in diesem Haus, aber offen gestanden kommt es mir immer fremder vor, wie überhaupt mein ganzes Leben. Heute hat eine Krähe in einen Fensterladen gehackt. Ich stapfe durch die Zimmer wie durch knietiefen Schnee. Zu allem habe ich die Schlüssel, bis auf Victors Pult und den Tresor. Wenn das so weitergeht, kenne ich mich in einem halben Jahr überhaupt nicht mehr mit mir aus. Alarm- und Gegensprechanlage funktionieren tadellos. Die Spiegel sind frisch geputzt. Ich bin knochendürr, todmüde und zehn Jahre älter als auf meinem Geburtsschein steht. Mit Victor rede ich zwei, drei kurze Sätze beim Aufstehen. Die langen Sätze spart er sich für Kunst und Kunden. Manchmal frage ich mich, wie so lange Sätze mit einem Schlag so kurz werden, wenn es um die Bedeutung geht. Am Abend schweigen wir meist.

Die Zeit stand in den Räumen, die sich wie Berge aneinander reihten, unveränderlich, ewig, nach einer Ordnung, die sich Yana verschloss. Das Leben spielte sich weit draußen vor der Tür ab.

„Vergiss ihn", skypte ihr Ewa noch am selben Morgen. „Hol dir dein Leben zurück."

„Das ist alles?"

„Ja – und hör auf, über ihn nachzudenken."

„Ich finde den rechten Ton nicht."

„Sei einfach ganz frei, dann kommt er von selbst. Stell dir jeden Tag eine Aufgabe, um auf andere Gedanken zu kommen."

Täglich eine Aufgabe! Spontan zog sie ein kariertes Baumwollhemd, eine dunkelbraune Manchesterhose und ihre Trekkingschuhe an. Wer nicht genau hinschaute, verwechselte sie wohl mit einem Jungen, einem Pfadfinder. Nach und nach würde sie sämtliche Parks und Museen der Stadt besuchen, das Natur-, das Völkerkunde-, das Kunstmuseum, die kleinen, verborgenen Museen, Schatz- und Schutzkammern gegen das Alltagsgewusel und -geschiebe. Sie begann mit dem Völkerkundemuseum. Da gab es bemalte Boote, Karten mit Grenzen, die längst ausradiert waren, die Mumie einer Frau mit Kind, wie sitzen geblieben in gebückter Haltung am vorbeiziehenden nimmermüden Strom des Lebens.

Vor der Heimfahrt hielt sie sich eine Viertelstunde mit geradem Rücken in der Bahnhofshalle auf, zählte Passanten mit Sommerhüten und Tüten, studierte die Bewegungen, mit denen sie einander aus dem Weg gingen, und entdeckte in jedem Menschen, der auf sie zukam, etwas von sich selbst. Zurück im Garten, freute sie sich an den Säulen der Königskerzen, den Wasserlilien, eingewickelt in grüne Seide. In kleinen Schritten würde sie vorwärts gehen. Der Himmel war ihre blaue Schürze. Sie pflückte Lavendel, Rosmarin, Salbei, Himbeeren und nahm den Sommer ins Haus.

Im Juli besuchte sie einen Intensivkurs mit Jazztanz und Klassischem Ballett an der städtischen Dance Factory – ohne Victor. Die Sehnsucht nach dem Kind hatte sie losgelassen. Sie sah viele verschiedene Arten, fruchtbar zu sein. Dass sie wiederholt zu essen vergaß, stimmte sie heiter. Tanzen, singen und musizieren wären ihre nächsten Schritte in ein erfülltes Leben. Der frühe Abend gehörte dem Wald. Traf sie auf Gian, war sein Haar meist von einem Sägemehlflaum bedeckt. Er und sie freuten sich an denselben Dingen. Der Nachwuchs der Hündin war mittlerweile in gute Hände gekommen. Einmal war der Abendhimmel wie leuchtendes Glas. Aus einer Eingebung heraus lud sie Gian zur um 20 Uhr beginnenden Vernissage ein. Zu ihrem Erstaunen nahm er die Einladung an.

Kein Mensch interessierte sich dafür, dass sie sich die ganze Zeit mit dem Förster unterhielt. Victor ging im Schlepptau einer fülligen Journalistin von Bild zu Bild. Der Künstler spielte Souffleur. Gian hatte einen feinen Humor. Er konnte Grillen, Lerchen, Pieper und Spötter nachahmen und hatte in seinem Wald über hundert verschiedene Bienenarten gefunden. „Bleiben wir oder gehen wir?", fragte sie, als ein junges Paar mit gefüllten Gläsern neben sie trat. Er warf den Kopf leicht hoch, was gehen bedeutete.

23

Der Weiher lag im Halbdunkeln, das Wasser kräuselte sich oliv, zu den Rändern hin ocker. Am Ufer ragte der kleine Krater eines frischen Maulwurfhaufens auf. Die Blätter des Magnolienbaums glänzten. Ein ständiges Rauschen war im Geäst, eine Art Rufen. Yana kauerte mit dem Regenschirm und der Zeitung unter dem Arm beim Stamm. Ameisen zogen in einer langen Prozession vor ihr durch. Machten sie es den Menschen nicht vor? Längst hatten sie herausgefunden, dass es sich in stadtartigen Nestern am effizientesten leben ließ. Ameisenpolitik funktionierte besser als Menschenpolitik. Die erfolgreichsten Insektenkolonien waren Monarchien, die von einer Königin regiert wurden, einer Königin, die den ganzen Tag Eier legte und letztlich zwar nichts zu sagen hatte, aber viel Prestige besaß. So betrachtet, konnte sich Yana mit Vics Lieblingswerk und mit seinen Kuben versöhnen. Was er baute, hatte System und Zukunft. Es wirkte stabilisierend auf einem Planeten, der immer mehr verstädterte. Fehlten nur noch menschliche Systeme des Zusammenlebens, die sich von Liebe speisten statt von Angst und auf diese leise Stimme im Kopf hörten, die doch bei jedem Menschen am Anfang da war.

Sie schob eine Locke hinters Ohr. Ihr Haar war in der Stille gewachsen. Der Hund der Zündlis saß vor der Hintertür zum Garten, eine reglose Statue. Wie der Rücken eines Dinosauriers hob sich der Wald gegen den Wolkenschiefer ab. „Kommst du rasch?", rief Victor aus dem Wintergarten. „Ich brauche dich. Die Kundschaft knausert wegen der tiefen Ölpreise." Immerhin habe er einem Chinesen, der sich vom Taxifahrer zum Milliardär emporgearbeitet habe, einen kapitalen Franz West weiterverkaufen können. Doch der Mann sei mit der Zahlung im

Verzug. Er setze ihm eine letzte Frist. Moosimann habe einen Brief entworfen. „Kannst du ihn bis Mittag übersetzen? Der Mann hat ein Maul wie ein Tellereisen, das beim Essen kräftig und grausam zupackt. Und jetzt ist er plötzlich mucksmäuschenstill."

„Ich habe zu tun", sagte sie, „am Nachmittag kommen die Schüler."

„Du schaffst den Brief in einer Viertelstunde, nur ein paar Zeilen." Victor wirkte erschöpft. Vor Jahren habe er in einem stillgelegten Altbau der Calgex ein Bed and Breakfast für Kurzaufenthalter einrichten lassen, stöhnte er, komfortable Zimmer mit Service – in der Gewerbezone. Das Bauinspektorat habe alles abgesegnet. Dass es Leute gebe, die sich in die Appartements verliebten und lange blieben, sei nicht sein Problem. Dass da ein Pole eingezogen sein solle, der eine Scheinfirma vortäusche: Wie hätte er das erkennen sollen? Er schaute auf die Uhr, griff zum Regenschirm und zur Mappe. „Es gibt keine Vorschriften, wie lange ein Gast bleiben darf", sagte er im Hinausgehen. „Hingegen bedeutet das heimliche Betreten des Gebäudes durch Beamte Hausfriedensbruch. Heute bin ich für niemanden erreichbar. Du lässt niemanden zu mir durch und leitest kein Telefonat weiter." Er habe einen Termin auf der Bank. Hinter Kubus 1 klaffe ein Riesenloch im Boden. Er werde das Projekt verkaufen. „Warum sich mit Dilettanten herumschlagen? Warum nicht ins nächste Flugzeug steigen und am Schwarzen Meer mit Sergej angeln gehen?"

Als Victor am frühen Nachmittag heimkam, erzählte ein Junge in der Eingangshalle gerade den ungeheuerlichsten Mutter-Witz. Yana und die Kinder lachten auf dem Sternenteppich Tränen. „Nennst du das Unterricht?", knurrte Victor. „Ich sage dem Chaos. Was du da anrichtest, steht in keinem Lehrplan." An den Kindern vorbei zog er sich in sein Büro zurück.

„Pssst", machte Yana und blinzelte der Gruppe zu. Die kleine silberne, mit Erdnüssen gefüllte Ente flog quer durch die Eingangshalle, ausgerechnet jetzt. Goran hatte sie ohne erkennbaren Grund durch den Raum gepfeffert. Die neu zu ihnen gestoßene Kroatin Lanja meinte, dass Novak es irgendwie mochte, geschlagen zu werden, dass er so lange provozierte, bis man das fast tun musste.

„Sonnenklar", sagte Yana, „du willst geschlagen werden." Und dass sie es nicht tun sollten. Zu Novak gewandt, er solle endlich aufhören mit seinen ordinären Sprüchen. Und dieser fing wieder an, sich mit Tränen zu schmücken und wie eine Heulsuse zu präsentieren – und die Muff befahl ihm, damit auf der Stelle aufzuhören.

Sie waren einmal mehr sehr gut beisammen, wobei gegen die Pause hin die Schüler, die im Wintergarten arbeiteten, noch mit der Muff plaudern wollten, bis Yana fragte, „sagt einmal, steht mir denn auf die Stirn geschrieben, dass ihr mir jedes kleinste Detail aus eurem Leben berichten sollt?" Und schon begannen sie ihr aufzuzählen, was heute im Unterricht alles nicht gemacht worden war. Und als sie fragte: „Steht denn auf meiner Stirn geschrieben, dass ihr alles loswerden müsst, was ihr nicht könnt oder was nicht richtig läuft?", sagte Jelena lachend: „Ja, mit zwei Totenköpfen nebendran."

Die Stimmung blieb gehoben und Yana hatte mit zwei Jungs, die ihr nicht gehorchen wollten, im Garten einen lustigen Kampf. Nach der Pause machte sie eine Deutschprüfung zum Thema Jahreszeiten. Die war zu schwierig. Danach zeigte ihr Goran, der viel schlanker geworden war und seinen Körper nicht mehr als Plastikpellerine empfand, wie er mit dem Hula-Hoop-Reifen den Durchbruch geschafft hatte und den Reifen jetzt zwanzig Mal um seinen Bauch kreisen lassen konnte. Beim abschließenden Armdrücken hatte er gegen Yana jedoch nicht den Hauch einer Chance. Bevor sie die Gruppe nach Hause entließ, sangen sie zusammen am Weiher ein ukrainisches Hirtenlied. Yanas Stimme hatte noch nie so mühelos getragen. Sie hatte Tränen in den Augen, als alle winkend hinter der Wegbiegung verschwanden.

Kaum war sie wieder im Haus, klingelte das Telefon. Entgegen Vics Anweisung nahm sie den Hörer ab. Ein entnervter Jan Zündli brüllte auf sie ein, „als er mich vorhin im Garten sah, rief er: Du fauler Kerl, arbeitest ja nie, schaust nur vor dem Computer Sexfilme an."

Yana redete mit Zündli wie mit einem Schüler. „Ein Männerspruch", sagte sie, „beim nächsten Mal nur doppelt so laut zurückgeben!"

Sie aß ein Honigjoghurt. Danach gönnte sie sich eine heiße Dusche. Ein Schmutzring erinnerte an den Pegelstand von Victors letztem Badewannenbesuch. Der Schmutz hatte nichts mit ihr zu tun. Sie würde die Wanne nicht schrubben. Hals und Wangen schmerzten. Sie hatte so viel gelacht mit den Kindern, dass sie einen Muskelkater bekommen hatte. Das Hirtenlied summend, ging sie nach unten. Victor stand im Wohnzimmer, wie festgenagelt, wie gekreuzigt – und starrte auf seine Königin. „Die Kopie ist so gut wie das Original", sagte er, ohne den Kopf zu wenden.

Wenn du wüsstest, dachte sie, dann würdest du hier auf der Stelle einen Panzerschrank aus Glas um deine werte Königin bauen. War Vic nicht auch eine Kopie? Kein einziges Wort, das er sagte, war wirklich von ihm, kein Pinselstrich. Aber als Kopie gab er alles. Und die meisten Menschen waren beeindruckt und hielten ihn für das Original. Für Yana war er einer, der Panzer baute, Panzer um Panzer. Eines Tages würde er die Schutzhüllen fallen lassen. Das wünschte sie ihm jedenfalls.

„Ich plane einen Wettbewerb mit der Königin als Schutzpatronin", sagte er und startete eine kleine Charmeattacke. „Wir stellen die Ausschreibung auch auf Englisch, Russisch und Chinesisch ins Netz. Es gibt Arbeit, Yana." Sein Gesicht hatte etwas Starres, Maskenhaftes. Die Gefühle darin waren mit dicker Farbe aufgepinselt.

Sie schüttelte den Kopf. „Du stürzt dich in ein Abenteuer nach dem andern, kennst Preis und Marktwert deiner Errungenschaften bis auf die Stellen nach dem Komma und hast nicht den Hauch einer Vorstellung, was die Werke dir sagen wollen. Ich mache da nicht mehr mit, Vic. Mein Leben ist bis vor Kurzem ganz zerbrechlich gewesen. Aber seit ich mit den Kindern singe, besitze ich eine eigene Stimme." Er zuckte mit den Schultern – und schwieg. Was sie als Stärke und Könnerschaft an ihm bewundert hatte, verwandelte sich nun in Schwäche und Dilettantismus. Victor war ein Schaumschläger unter Schaumschlägern. Seine Suche nach Kunst war nichts als Sucht nach Anerkennung. Er konnte nicht wertschätzen und genießen, obwohl er ununterbrochen so tat als ob. „Du warst mein Fels in der Brandung, Victor. Als Felsen brauche ich dich nicht mehr. Von mir aus hast du die Erlaubnis, lebendiges Wasser, ein schöpferischer Strom, ein potenter Mann zu werden, wo, wie, wann auch immer." Ein böiger Wind aus schwefeligen Wolken rüttelte an den Fensterläden. Victor machte eine abwertende Handbewegung. Gut, dass er in die Distanz zu ihr gefunden hatte, dass ihm ihre Schüler egal waren. Dann spürte er vielleicht, dass sie gar nichts mehr von ihm wollte. „Ich will dir nichts tun, Vic, doch wenn es dir guttut: Schieß." Das Schlimmste, das er je zu ihr gesagt hatte: Sie sei eine Hyäne, sie komme immer zu dem, was sie wolle, aber versteckt. Er war viel bescheidener und wollte nichts von ihr außer hin und wieder ihre präzise Übersetzersprache und ihr Strahlen in der Menge. „Deine erste Reaktion war, dass ich dich irritierte“, sagte sie. „Und ich glaube, es war, weil ich auch im größten Elend Licht ausstrahlen kann.“ Sie versuchte nun, aufzugeben ihm gegenüber, zu kapitulieren als Frau. Sie hatte ihre Schüler, ihre Arbeit, den Wald. Bald würde sie sich auf die Musik einlassen. „Trink Schlüsselblumentee, Vic. Er gibt dem Herz seine Stimme zurück und den Augen ihren Blick. Was mich anbelangt, bist du ganz frei, und ich beginne nun zu leben.“

24

Es hatte geklingelt. Sie war aufgeschreckt. Selten kam jemand auf die Idee zu läuten. Meist war es der Briefträger. Noch seltener blickte sie bei der Wohnungstür durch den Spion. Immerhin funktionierte die Gegensprechanlage stets einwandfrei. Der Mann stellte sich vor als Beamter der kantonalen Fachstelle Lärmschutz. Wenn man einem Menschen bewusst den Schlaf raube, foltere man ihn, hatte Victor sich an die Fachstelle gewandt. Solche Methoden würden in kriegerischen Ländern und an Kriminellen angewandt. Nun führte der untersetzte Mann im Schlafzimmer eine Schallpegelmessung durch. Sie ergab einen Mittelungspegel von 36 Dezibel, wie er sich in seinem Beamtenjargon ausdrückte. In der eidgenössischen Lärmschutzverordnung gebe es für Geräuschquellen wie Weiher, Biotope, Brunnen keine gesetzlich verankerten Belastungs- beziehungsweise Immissionsgrenzwerte. Trotzdem sei der Biopool gemäß Umweltschutzgesetz im engeren Sinn eine Anlage. Demzufolge seien die Immissionsgrenzwerte so festzulegen, dass nach dem Stand der Wissenschaft oder Erfahrung Immissionen innerhalb dieser Werte die Wohnnachbarschaft in ihrem Wohlbefinden nicht erheblich störten. „Ihr Mann leidet offensichtlich unter dem nächtlichen Wasserplätschern sehr." Aus diesem Grund seien Maßnahmen an der Geräuschquelle vorzunehmen, sei es, dass die Fallhöhe des Wassers durch Abstufung verkürzt oder der Wassereinlauf mit einer Zeitschaltuhr gesteuert werde. Die Maßnahme werde dem Verursacher überlassen – in der Hoffnung auf dessen Entgegenkommen. Den angebotenen Kaffee lehnte der Mann dankend ab.

Yana informierte Victor telefonisch. Für einmal kam er früher als geplant nach Hause. Sie war am Blumengießen. Er parkte den Mercedes auf dem Vorplatz, öffnete die Vordertüren und drehte die Musik voll auf. Das kurze Begrüßungswuff von Zündlis Husky quittierte er mit einem „Scheißhund". Wie ein Affe tanzte er um den Wagen herum. Noch vor dem Nachtessen schaltete er Moosimann ein. Der Anwalt solle das Ehepaar Zündli wegen Lärmbelästigung verklagen und eine Umtriebsentschädigung von fünftausend Franken verlangen.

War Victor krank? Konnten sie in diesem Zustand noch in die Ferien gehen? Sie hatten sich für je eine Woche Moskau und Schabo entschieden. Victor wollte eine Spur weiterverfolgen, die ihn seit dem Galaabend im Museum nicht mehr losließ. Wenn sie sich als richtig erwies, woran er nicht zweifelte, war er ein direkter Nachfahre des Schriftstellers Puschkin, dem Namensgeber des Museums. Kein Wunder, dass er sich dem Osten verbunden fühlte.

Alles zurücklassen, dachte Yana anderntags im Flugzeug. Für sie war es die Reise der letzten Chance. Wenigstens eine Beziehung in Freundschaft musste doch möglich sein. Sie wollte reden, er schlafen. „Ich bin todmüde", sagte er.

„Mit Betonung auf tot", sagte sie. „Was ich dir noch geben kann, ohne dass du dein Selbstbild ändern musst, ist Sterbehilfe."

Er schaute sie groß an. „Ausgerechnet jetzt, in den Ferien, fängst du wieder an zu streiten!"

„Spiel nicht das Lied vom Tod, vom Jammern, spiel dein eigenes, Victor. Ich glaube, im Erwachen nach dem Zweiten Weltkrieg haben sich die Menschen an dieses kleine, gemeine Wort ‚muss' geklammert und Menschen gezeugt, die immer müssen. Dein Vater. Deine Mutter. Muss-Menschen." Für Yana gab es eine Grausamkeit in diesem *müssen*, die ihr körperlich weh tat. Es war ein Gebot der Menschlichkeit, zu dürfen, zu können, beweglich zu bleiben, außer man war der Hohepriester einer starren Religion. – Sie musste nicht mehr. Sie wollte Formen finden, ihre Weiblichkeit zu leben. „Wie lange habe ich versucht, mit dir zu reden? Hechelnd bin ich neben dir hergelaufen in der Hoffnung, dass du mich eines Tages anhören wirst. – Es kann sein, dass ich einem Mann begegnet bin, den ich näher kennenlernen möchte. Es kann auch sein, dass ich nie jemand anderen werde lieben können. Alles ist möglich. Vielleicht gibt es eine Art von Beziehung, die eines Tages für dich und mich stimmt, Geschäftspartner mit Heiterkeit und Distanz."

„Amen."

„Du hast dir seit unserer Heirat mit System Mühe gegeben, mich für dich hassenswert zu machen. Es ist dir gelungen. Du bist der Familienheilige und alles ist so, wie es sein soll. Dein Licht wird weiter gegen außen erstrahlen. Mich braucht es dazu nicht mehr."

„Warum hockst du dann neben mir im Flugzeug?"

„Ja, warum? Das ist ein Geisterflieger. Du hast mich umgebracht. Du hast dich umgebracht. Du bist ein Täter. Ein Verräter. Ich wünsche dir Bunker, Vic. Deine Kuben als Bunker. Kunst als Bunker. Reisen als Bunker. Die ewige Flucht als Bunker."

Er rang die Hände und versuchte es mit Streicheln.

„Gib dir keine Mühe."

„Warum reist du denn mit einem Verräter in die Ferien?"

„Ich bin auferstanden. Schutzengel kann man nicht wegschicken."

„Schutzengel?" Er schnaubte.

Die Stewardess brachte die Zwischenverpflegung. Yana starb gerade wieder einmal vor Hunger.

25

In der Bibliothek der Lomonossow-Universität von Moskau übersetzte Yana, ohne zu verstehen, was Victor wirklich wollte. Russland gebe ihm ein Gefühl von Dauer, ließ er verlauten, als sie einmal mehr über einer Genealogie Puschkins brüteten. Ihr schienen die gesammelten Notizen und Zeichen eher aus Traumwelten als aus der Wirklichkeit zu stammen. Er erkannte darin Signale „des für uns nicht immer sichtbaren, doch sehr wohl spürbaren Lebens." „Ausgerechnet du?" Sie konnte sich ein Lachen nicht verkneifen. Er genoss das Abtauchen in eine künstlerische Vergangenheit, er, der Meister der Zukunft. Jeden Abend lud er sie zum Essen ein, danach zum Tanz im Club Moskva und sagte filmreife Sätze. Sie hängte sich bei ihm ein. Nachts lagen sie Kopf an Kopf. Das Hotelzimmer war lachsfarben gestrichen und die Bettwäsche roch, als sei sie nie ganz trocken geworden. In der letzten Nacht spürte sie, dass seine Hände unter der Decke leicht zitterten. Eine ungemeine Lust auf Berührung überkam sie. Warum nicht einmal die Sicherung rausschrauben, frech und mutig? Das Wort Schwanz hatte sie nie in den Mund genommen. Nun wünschte sie sich ganz verwundert einen wunden Schwanz. Weg vom Dasein als Ehenonne! Sie küsste seine Finger, einen nach dem andern, sein Schlüsselbein, rieb den Kopf an seinen Achseln, setzte sich auf ihn, spürte sein Glied auf ihrer Scham, atmete tief ein, ließ das Becken kreisen, atmete aus, griff mit der Hand nach dem Penis, drückte, quetschte ihn, schrie, er blieb vollkommen still und reglos. Sie roch das Gel in seinem Haar, richtete sich auf, verschwitzt, traktierte seine Brust mit den Fäusten, stieg von ihm herunter, griff nach der Bluse, dem Büstenhalter, dem Slip, wusch Gesicht und Scham mit warmem Wasser. Das Blut rauschte. In ihr wimmerte und fluchte es abwechslungsweise. Schluss. Aus. Etwas war für immer gerissen. Der Himmel streute Sprühregen aus.

Sie hörte, wie er sich über dem Lavabo erbrach, öffnete das Fenster. Sofort wurde es wieder klarer im Kopf. Wie verlebt war doch dieser Körper, Fettringe an Bauch und Hüften, Arme und Beine schlaff, blutleere Augenlider, erste Altersflecken, er war ihr bis zur Unkenntlichkeit fremd. Am fremdesten aber war, dass er sich durch einen milden Filter sah, der ausschloss, was ihm nicht passte. Weit weg von jeder objektiven Wahrheit tätschelte er ununterbrochen sich selbst, mit einem Gesichtsausdruck wie ein Stürmer, der aus jeder Position jeden Ball versenkt. Wann hatten sie es das erste Mal versucht? Sie wollte mit niemandem andern schlafen, nicht einmal in der Phantasie. Aber ihre Körper blieben tote Hüllen. Die Freiheit musste damit beginnen, dass sie das annahm und nicht mehr haderte.

Die zweite Woche logierten sie im Aleksandrovskiy. Ewa führte das Hotel seit Anfang des Jahres. Sie hatte weder Ausbildung noch Erfahrung, doch sie konnte meisterhaft improvisieren. Im Gartenrestaurant skizzierte Victor bei einem Bier den Umbau des Betriebs zu einem 4-Stern-Motel mit sechzig Plätzen und Swimmingpool auf internationalem Niveau, mit eigener Tankstelle. Er erwarte bald viel Durchgangsverkehr und wolle für die Partner seiner geplanten Joint Ventures eine Erholungsstätte errichten, außerdem einen Imbissteil und Schnellbedienung für diejenigen, die in Eile seien. Die Zeichen stünden auf Sieg.

Yana ging allein an den Strand. Gab es überhaupt etwas Gemeinsames außer ihrer gleichzeitigen Anwesenheit? Victor interessierte, was käuflich war. Die Sonne war es nicht, ein Bild mit Sonne schon. Wie viele seiner Ideen hatte er verwirklicht? Wie viele waren versandet? Nahm das Vermögen zu oder schmolz es? Es gab Leute mit Restless Legs, die Tag und Nacht gehen mussten, Victor, der Kopffüßler, hatte einen Restless Head. Er schlitterte durch ein Leben, in dem das passierte, was er sich ausgedacht hatte, ohne zu merken, was wirklich passierte. Sie setzte sich auf einen mit Tang verklebten Fels und wünschte sich ihren heiligen Baum herbei. Seine Wurzeln bohrten sich nicht wie Korkenzieher in die warzige, buckelige Erde, dazu hatte die Erde auf der Kuppe zu viele Steine. Sie verteilten sich in der Fläche. Auf diesem Fundament erhob sich ein Dom aus Blättern, glühendes Grün. Oft saß sie einfach dort, gänzlich unnütz. Auf der dem Wind zugewandten Seite bildete sich im Winter ein weißer Pelz aus Schnee. Im Sommer krochen bei Regen die Schnecken hoch. Aus einem Impuls heraus schrieb sie Gian eine SMS. *Picknick beim Baum, nächsten Donnerstag, 18 Uhr?*

Werde pünktlich sein, antwortete er nach wenigen Minuten, *ist übrigens Vollmond.*

Auch wenn die Blechwände an den neuen Schuppen schepperten, nachts um zehn die Ampeln bereits gelb blinkten und bis auf die Tankstelle und die Videothek alles ausgestorben schien: Victor entzückte sich im Beisein Sergejs, mit dem er Material für seine Kunstwerke sammelte, an Autos mit durchgerosteten Böden, an einem Fuchs, der auf dem Hintersitz einer Limousine schlief, an den übergewichtigen Glatzköpfen in ihren dunklen Lederjacken, die in der Lounge seines Hotels neben einer überdimensionierten Plastikpflanze in den Fernseher starrten. Er verstand, dass Yana den Ort verlassen hatte. Zurück blieben die Kraftlosen. Genau das aber war die

Chance: die Brache, die Leere. Und Yana verstand, dass je nach Umständen Gerümpel und Elend für Victor nicht bedrohlich waren.

Mit Großmutter besuchte sie die Chorprobe in der zum Dorfclub umfunktionierten ehemaligen Kirche. Eine kleine Gruppe von Frauen und Männern sang alte ukrainische Lieder. Die Kirche war das Herz der Schweizer Kolonie gewesen. Als die Sowjets einmarschiert waren, hatten sie das Gebäude in ein Getreidelager und später in ein Kino umgewandelt. Damals musste der Kirchturm wie alle religiösen Zeichen weichen.

„Einrichten muss man sich, hier wie dort", sagte Großmutter. „Oft erfährt man den Sinn erst spät. – Solltest du Mutter und Vater nicht mal in die Schweiz einladen?"

„Leben sie überhaupt noch? Ich würde sie gar nicht mehr erkennen."

„Ich auch nicht. Das ist doch nicht normal."

Yana schneuzte sich. Was war normal an ihrem Leben? Dass sie in der Schweiz gelandet war? Dass sie Ehescheine, Urkunden, Diplome, Zeugnisse aller Art übersetzen konnte, Geschäftsverträge, Businesspläne? Eine Normzeile war 55 Anschläge lang, inklusive Leerschläge. Dass sie zu kompensieren versucht hatte, was sie als kleines Kind nicht bekommen hatte? Andere gingen dafür viel weitere Wege.

Am Abend vor der Rückreise machte Yana bei Großmutter mit aus der Schweiz mitgebrachtem Greyerzer Raclette. Ewa servierte draußen. Großmutter rieb mit den Daumen ununterbrochen die Innenseiten ihrer Hände, als ob die Erinnerungen dort in den Lebenslinien gespeichert wären. Nach dem Essen fuhren Sergej und Victor auf Oligarchenbesuch. Sperlinge balgten sich vor der Küche um einen Zipfel Brot. Die Sonnenblume in der Rabatte hatte zwei Blüten. Der dritte Trieb war verdorrt. Ewa schenkte Tee nach. Die Scheibe des Küchenfensters war beinahe blind. Großmutter redete wie ein Buch. Ihrer Babuschka tat das Erzählen gut. Sie lebte in einem vergessenen, stickigen Stollen. Zu dritt hatten sie ihn einst geteilt.

Bevor es zum Flughafen ging, gab es Stachelbeerkuchen. Die Männer tranken den Wein, den ihnen der Oligarch mitgegeben hatte. Mit dem Wein sind wir geboren, sang Sergej, mit dem Wein sterben wir und wir werden bestattet von einem trunkenen Popen. Freund, schenk ein. Der Herrgott weiß, was uns die Zukunft bringen wird.

Nach einem längeren Abschiedspalaver brachte Sergej sie zum Flughafen. Die Luft in der Abflughalle stand. Viele Passagiere umklammerten ihr Handgepäck, als stecke darin all ihre Hoffnung. Unruhig trat Victor von einem Bein aufs andere.

Der Flug hatte Verspätung. Als es dann doch losging, die Maschine abhob, in einen Vorhang aus Licht eintauchte, freute sich Yana unbändig auf ihre Schüler – und auf ihr Picknick im Wald.

26

Mitten im August serbelte der Feigenbaum. Die Blätter welkten. Yana wollte den Wurzeln mehr Luft geben und Dünger um den Baum beimischen. Als sie die Erde mit der Harke lockerte, stieß sie auf eine große, weiße Chlortablette. Solche Tabletten wurden zur Reinigung des Wassers in Schwimmbädern verwendet. Wie ein verlorener Eishockey-Puck lag das faustgroße Ding unter dem Erdreich. Jemand musste die Tablette vergraben haben, jemand, dem der Baum oder sein Besitzer ein Dorn im Auge war. Die Zündlis waren die einzigen Schwimmbadbesitzer im Tal. Konnten Menschen so plump vorgehen? Am Nachmittag hatten Victor und sie ein Aufgebot vor dem Friedensrichter, der sie ausdrücklich als Paar eingeladen hatte. Sie würde Vic nichts von der Chlorattacke erzählen, um nicht zusätzlich Öl ins Feuer zu gießen.

Die Fahrt verlief in Schweigen. Erst ganz am Ende kam die Sprache zurück. Die Alarmanlage müsse dringend überprüft werden, meinte Vic. Außerdem sei den Zündlis jetzt ein für allemal der Riegel vorzuschieben. Er war gereizt und sprach von Verdrehung, Vertrauensverlust, verlorener Heimat. „Heimat ist dort, wo du deinen Ärger hast, hat euer verehrter Schriftsteller Peter Bichsel unlängst in einem Zeitungsinterview gemeint", sagte sie.

„Ein Roter", knurrte er und klemmte beim Aussteigen seine Ledermappe unter den Arm.

„Wir haben einen Ehevertrag, Victor, vergiss das nicht. Indem du dich mit Lappalien lächerlich machst, machst du auch mich lächerlich. Indem du dich ruinierst, ruinierst du auch mich."

Jan Zündli machte gleich zu Beginn der Verhandlung geltend, beim Wassereinlauf in seinem Biopool gehe es darum, genügend Sauerstoff zuzuführen. Alle modernen Pools hätten eine solche Umwälzpumpe. Victor beharrte zusätzlich zur Schadenersatzforderung auf einer Umtriebsentschädigung für ärztliche Behandlung und Medikamente gegen Schlaflosigkeit. Der Friedensrichter war sehr darauf bedacht, nicht in Schwarz-Weiß-Malerei zu verfallen. Es gebe keinen Beweis, dass jemand bewusst und wider besseres Wissen dem andern schaden wolle. Deshalb sei von unterschiedlichen Sichtweisen des gleichen Sachverhalts auszugehen. Die Wahrheit liege wohl in der Mitte. Nach langen Beschwörungen des Friedensrichters verpflichteten sich die Zündlis, an ihrer Anlage eine Zeituhr zu montieren.

Yana hielt die Spannung kaum mehr aus. Wahrscheinlich ist Wahnsinn der ganz normale Zustand der Welt, dachte sie, etwas anderes zu erwarten nur die Folge von Blindheit. Umso dankbarer musste man sein, dass der Bach ruhig floss und dass es Fliegen gab, die einfach flogen, hin und wieder nach Luft schnappten, bis sie starben, ohne je an den Tod zu denken.

Kaum zurück, wurde Victor von Fieberkrämpfen geschüttelt. Schweißausbrüche, Schwindel, 39,2 Grad. Da halfen selbst Mutters Essigsocken nichts, die Yana ihm auf sein Geheiß überstreifte. Er blieb liegen. Yana stellte ihm eine Kanne Schlüsselblumentee ans Bett. „Trink, für dich, nicht für mich – ich habe einen Dolmetscheinsatz im Durchgangszentrum." Sie leistete solche Einsätze nur noch selten und ausschließlich, wenn Minderjährige betroffen waren.

Das Fieber ging bis zum Abend zurück, doch Victor beschwerte sich bei Yanas Heimkehr über die Blütenreste im Tee und die Kalkränder am Krug.

„Da beklagst du dich am besten bei deiner Calgex", ereiferte sie sich. Sie liebte die mundartlichen Schimpfwörter: Löli, Dubel, Halbschue, Pflock, Schofseckel, Gopfridstutz, Gopfertelli, Gopfertori, Gopferdammi, Himmelherrgttstärnechäib – und ließ eine ganze Kaskade auf Victor niederprasseln. Es tat dem Gemüt extrem gut.

„Hauptsache, du bist ein perfekter Mensch", sagte er höhnisch. Seine Stimme kratzte wie ein morscher Ast.

„Du bist mit deiner Kunst am Ende, Vic, im Grunde warst du gar nie im Bild. Leute wie du sind Auslaufmodelle. Gegen außen willst du immer Großes und gibst dich großzügig und im Innersten bist du so etwas von kleinlich, schmürzelig bis zum Gehtnichtmehr. Hör auf mit deinem selbstmitleidigen Gejammer."

„Wer hat hier Mitleid mit sich selbst?"

„Ich habe deine Fratzen so satt, von mir aus musst du den Mund nicht weiter verziehen, ich kenne sie in- und auswendig. Du bist dauernd in Bewegung und trittst doch an Ort und Stelle. Ein richtiger Bünzli, ein Tüpflischisser. Ich aber sehe mangelnde Entwicklung als Bequemlichkeit und Geiz. Menschen, die innerlich stehen bleiben, senden negative Energien aus – und werden krank. Den Beweis hast du eben geliefert."

„Brüll nicht so!"

„Ich brülle gern." Für sie war das eine neue Erfahrung, die sie ihren Schülern verdankte. Victor war nicht wirklich ein Mann, als sie ihn kennengelernt hatte. Sie hatte das in ihrer Verliebtheit übersehen. Was war er jetzt? Nach der Rückkehr aus den Ferien war sie so weit gewesen, dass sie Angst hatte vor einem Herzinfarkt oder Hirnschlag. Sie drehte sich um. „Ich bin dann mal weg, brauche dringend frische Luft."

Victor richtete sich im Bett auf und schlug sich mit der Hand auf die Stirn. „Meine Güte, wie du wieder atmest und bis in die Ohren glühst. Manchmal überkommen mich Zweifel am Menschen an sich. Die sogenannt schönen Frauen sind die schlimmsten. Die sogenannt schönen Frauen mit ihrem glänzenden Haar, ihren weichen Hüften. Ich kann mich am Riemen reißen. Das ist's. Die meisten Männer machen sich lächerlich. Man hat miteinander Verkehr. Man macht Verkehrslärm. Immer und überall wird gelärmt. Dumme, verwöhnte Kuh, hängst an meinem Tropf und verdrehst alles."

In den Wipfeln leuchtete das Blattgrün in den letzten Abendsonnenstrahlen. Es summte auf der kleinen Lichtung. Die Kohlweißlinge trugen leichtes Gepäck. Einige Wolken hatten es eiliger als andere. Gian hatte eine Wolldecke auf dem Grasteppich ausgebreitet. Er streckte Yana zwei Eier entgegen. „Machen wir Eiertätsch?" Sie nahm das braune – und gewann.

„Erzähl vom Wald", bat sie.

„Die Bäume können das viel besser", sagte er.

„Tu nicht so." Sie drehte sich zur Seite, stützte den Kopf auf dem Ellenbogen ab. „Schieß los!"

„Als ich elf war, hat mich hinten im Val S-charl beinahe eine Tanne erschlagen."

Sie stupfte ihn mit einem Ästchen. „Und?"

„Der Baum war außen schön und mächtig und im Kern faul, doch das konnte der Pfadfinder Igel nicht wissen, als er das Seil für die Seilbrücke ausgerechnet an diesem Stamm spannte."

„Und dann?"

„Stürzte der Baum unter markerschütterndem Ächzen auf ihn zu und der Pfadfinder Igel lief in der Falllinie um sein Leben. Sekunden später lagen beide erstarrt nebeneinander und der Igel brauchte Minuten, bis er seine Stacheln langsam wieder ausfuhr." Sie lachte schallend. „Lange hatte der Wald für mich danach etwas Todbringendes. Und gleichzeitig wurde das Val S-charl der Ort, an dem ich das erste Mal ein kleiner Held war." Er grinste spitzbübisch. „Neun Jahre später robbte der Rekrut Camenisch mit dem Gewehr durch die Gräben im Val Sinestra, suchte Deckung hinter Bäumen und stürmte die Hügelflanken." Er wies mit der Hand Richtung Fluh. „Auf einer solchen Hochebene habe ich meine erste Übungsgranate in eine Doline geschmissen. Da ist mir der Wald zum Unort geworden." Er drückte Yana eine Tomate in die Hand. „Iss, ich will nichts wieder heimschleppen." Eine tote Weißtanne ragte wie ein löchriger Mahnfinger in den Abendhimmel. Der Boden war mit Brombeersträuchern überwuchert. „Viele Spaziergänger finden diese Lichtung eine unschöne Sauerei", sagte Gian, „doch wenn ich ein solches Stück Wald sehe, schlägt mein Herz höher." Zwischen den Brombeersträuchern legte er kleine Rot- und Weißtannen frei, auch ein paar Eschen waren da, Bergahorn und Buchen. Sie waren gewachsen, ohne dass er fremde Hölzer pflanzen musste. „Schau." Ein Schwarzspecht hatte die tote Weißtanne förmlich durchlöchert, als er Insekten im Holz suchte. „Nun nistet ein Trauerschnäpper im größten Loch." Käfer und Pilze taten sich am Totholz gütlich. In drei bis vier Generationen würde der weiße Baumfinger nicht mehr zu sehen sein und die nachgewachsenen Bäume konnten geerntet werden. „Es hat hier auch Heidelerchen. Bei deren Gesang läuft mir immer ein Schauer über den Rücken. – Wenn du lächelst, Yana, erscheint ein Halbmond auf jeder Wange", sagte er. „Ich liebe diese Mondgrübchen."

Ein milchiger Schimmer lag inzwischen auf der Lichtung. Die Mondsichel hatte sich in die Fluh eingehakt. „Dort oben möchte ich mal ein Feuer machen", sagte Yana. „Darf ich dich küssen, Gian?"

27

Die flaumige Haut der Quitten am prallvollen Baum erinnerte Yana an Gian. Er war kein Gutmensch, kein Schwärmer, auch kein Verkopfter. Es gab in seinen Augen Menschen, die mehr Möglichkeiten hatten als er und weniger Fehler machten. Er hatte Forstingenieur studiert und zog es vor, Förster zu sein. Wichtiger als Ideen waren ihm Taten. Gian baute nicht am perfekten Wald, doch er versuchte Bäume nachzuziehen, die dem Klimawandel trotzten. Lieber als von Fortschritt redete er von Veränderung. Als Torhüter versuchte er das Spiel zu lesen und auch während des Trainings musste es kribbeln. In der Kabine sitzen und Abrakadabra sagen brachte nichts. Ihr Überfall hatte sie beide glücklich gemacht. Was für ein stürmischer Kuss. Wie warm und vertraulich und ewig. Sie hatte ganz schnell und laut geredet, entschuldige, ich spinn, das darf nicht sein, mich reitet der Teufel – und immer wieder den Kopf geschüttelt. Was hatte die Nacht mit ihnen gemacht oder besser: sie beide mit ihr? Sie hatte Schmuseflecken, von der Unterlippe abwärts, links und rechts, und keine Ahnung, wie man so etwas wegretouchierte, zwei kleine Blutergüsse, die stündlich farbiger und größer wurden. Wie blutige Vampirzähnchen standen sie ab.

Kohlmeisen pickten an den Ästen der Magnolie. Am liebsten hätte sie mit Gian ein Mitternachtsfeuer gemacht und sich mit ihm unter ein dickes Fell gelegt. Eine junge Mutter, flankiert von zwei älteren Leuten, offenbar ihren Eltern, stieß einen Kinderwagen den Talweg hinauf. Yanas eigene Eltern hatten sich längst in innere Stimmen verwandelt, ferne Einflüsterer, die sie nie ganz loswurde. Doch sie wurden leiser, manchmal konnte sie sogar über sie lachen. Immerhin hatten sie ihr ein Leben geschenkt, keine Kindheit, die diesen Namen verdiente, kein Geld, aber einen geraden Rücken. Ein altes Kinderlied auf den Lippen ging sie in ihr neu eingerichtetes Musikzimmer neben der Bibliothek und holte das Cello aus dem Kasten. Sie folgte ihrer inneren Stimme, spielte keine feste Melodie, ließ die Töne sich dehnen, durchs offene Fenster ins Tal hinaus, ließ sie einswerden mit den Amselstimmen im Garten, ihren langen, wehmütigen Weisen, die urplötzlich in trillernden Jubel übergingen.

Kaum hatte sie begonnen, stürmte Victor ins Zimmer. Er kratzte sich am Kopf und konnte es nicht fassen. „Ein improvisierter Zeltplatz. Die Plachen sind unsachgemäß befestigt. Sie können Passanten verletzen." Die Augenweide werde massiv abgewertet durch solche Verschandelungen. Dazu das ganze Geplärr. Mit Sonnensegel und Zeltplachen hatten die Zündlis einen Sichtschutz gegen die Augenweide hin errichtet. Yana war er kaum aufgefallen. Die Nachbarskinder balgten sich dahinter in der ebenfalls neu erbauten Baumhütte. „Wie soll man sich noch konzentrieren, wenn die Mutter ihre Kinder auf den Baum schickt, um ihre Ruhe zu haben? Heutzutage müssen Mütter aus irgendeinem Grund immer ihre Ruhe haben. Und wir müssen zusehen, wie die Kleinen dort oben den Verstand verlieren. Nicht auszumalen, was passiert, wenn ein Sturm durchs Tal fegt und die Kinder sich in der Hütte befinden."

„Orkan bläst Kinder aus Baumhütte", prustete Yana los. „Ich habe gar nicht gewusst, dass du so viel Phantasie hast."

„Die beiden haben mich von oben mit Tannzapfen beschossen. Das kann dramatisch enden. Da schnappt einer auf der Straße nach Luft, da verfärbt sich sein Gesicht. Dann verstummt das Gejohle im Baum, das Jubelgebrüll geht über in Zittern. Das wollen wir doch nicht. Wir wollen glücklich sein hier. Dafür muss man allerdings ein paar Dinge richtig machen. Dann darf man sich am Sonntag ein gekochtes Frühstücksei gönnen."

„Du bist ja gar nie im Garten. Wenn sich jemand ärgern müsste, dann doch ich, aber mich stören Segel und Hütte nicht." Die Sonne schälte sich aus den regenverschleierten Wolken. An den Magnolienblättern zeigten sich noch immer die Bissspuren des Aprilfrosts. „Ich möchte musizieren, Vic", sagte sie. „Geh bitte. Kaum über der Schwelle, verwandelst du dich vom großen Boss und edlen Mäzen in den kleinen, kleinlichen Bünzli. Ich weiß, dein Jammern rührt dich. Aber ich habs dir schon mehrmals gesagt: Verlang von mir kein Mitleid, komm ja nicht auf die Idee, mich noch einmal mit deinen Kleinigkeiten und Nichtigkeiten zu belangen."

Nach Einbruch der Dunkelheit griff Victor zum Fernglas. „Was die so alles in sich hineinstopfen vor dem Kühlschrank, wie diese Liz vor dem Spiegel mit ihren schlappen Brüsten spielt." Yana war entsetzt. „Und was sich alles im Badezimmer stapelt, Gurkenscheiben, ein angefressener Apfel, die halbe Küche. Dazwischen liegt ein Bademantel am Boden und auf dem Bademantel der geifernde Hund. Und so etwas nennt sich Ehe. Nicht dass mich das sonderlich interessiert. Wichtiger ist die Frage, wie man solchen Menschen helfen kann, dass sie normal funktionierende soziale Wesen werden."

Der Kaffee in der Tasse wurde kalt. Als Victor an den Tisch trat, blickte er zur Seite. „Du bist vielleicht gar nicht so mutig, wie du dich immer gibst", sagte sie. „Mutige Männer blicken ihren Frauen ins Gesicht." Er lachte, wie feige Männer lachten. Solche Männer konnten auch nicht weinen. Sie gab sich einen Ruck. „Ich gehe schlafen", sagte sie. „Ängstliche Männer haben auch keinen Humor."

„So kannst du nicht ins Bett gehen", sagte er hämisch. Seine Augen waren rot unterlaufen.

„Und ob."

Sie knallte die Türe zu und öffnete im Gästezimmer das Fenster. Kaltes Bett, keine Hand, nach der sie greifen konnte. Wie brachte man Körper, Seele, Geist zusammen? Wahrscheinlich war Victor gar nicht so beschränkt und kompliziert. Nur sie war so grenzenlos blöd. Blöde Menschen sahen das Schlechte gesetzmäßig stets im andern.

Der Holunder an der Nordwand des Schuppens, der Schattenblüher, duftete im Dunkeln aus den letzten vollen Dolden. Kein Hauch von Schlaf.

In dieser Nacht war die Königin unterwegs. Yana hörte ihre Tastfühler. Die Königin inspizierte ihr Reich. Wie gelähmt hörte Yana der Schlafräuberin zu. Sie wühlte mit ihren Zangen und raubte ihr alles, vor allem den Glauben an eine Zukunft. Yana stand auf und spielte im Musikzimmer auf dem Cello ganz leise und aus der Erinnerung heraus. *Bayuskhi Bayu.*

Frühmorgens warfen die Wolken erlösende Schattenteppiche in den Garten, flüchtige Gebilde. Der Tag konnte behelfsmäßig flicken, was die Nacht zerstört hatte. Gegen Mittag ballte sich das Gewölk zu Türmen. Es war schwül wie einst im sommerlichen Schabo, wenn Yana wochenlang nicht wusste, wo sie besser atmen konnte, drinnen oder draußen. *Vermisse dich fest, Gian. Heute Abend bin ich allein zu Hause. Hast du Lust auf ein Glas Wein? Sei du stark, wenn du es nicht richtig findest. In Gedanken bist du sowieso da. Schick dir mein schönstes Leuchten voller Vorfreude.*

Als Gian dann kurz vor Mitternacht gegangen war, setzte sie sich auf den Stuhl, auf dem er gesessen hatte, schloss die Augen und war durchflutet von warmen, weichen Gianwellen. Sie hatte intensive, farbige, schillernde Sehnsüchte und zeigte sie ohne Angst, zurückgewiesen zu werden. Zusammen die gleiche Luft atmen, schon das war erotisch, ohne Vorstellungen, wie es sein musste, entdecken, tasten, spielen, hingucken und sich immer nur freuen, den lieben langen Abend miteinander reden, streicheln, küssen, umarmen. Es hätte ewig so weitergehen können. *Hab tausendmal Dank. Als du mich an der Hand nahmst, war ich verloren. Obwohl bestimmt auch Sünde im Spiel ist: Ich bin einfach voll von dir. Schlaf gut. In Gedanken gehör ich dir.*

Sie war nicht sicher, ob sie die nächste Woche überleben würde, ohne ihn, der in der Innerschweiz einen Kurs für Forstlehrlinge leitete. *Falls du vor deiner Abreise noch vorbeischauen möchtest, nur für einen Augenblick: Am Samstagmorgen ist Victor weg. Es gibt Kaffee und einen kuchensüßen Kuss.* Klar war das dreist, aber sie schaffte den Entzug nicht. *Stelle mir vor, wie du mit deinen Fingerspitzen über meine Schulter zum Bauchnabel wanderst.*

28

An Victors vierzigstem Geburtstag, er fiel auf einen Sonntag, weckte ein markerschütternder Schrei sie beide aus dem Schlaf. Im Pyjama taumelte Yana ans Fenster und rieb sich die Augen. Hemmungslos heulend beugte sich Liz Zündli im Nachbargarten über ihren Hund. Victor hatte bereits das Fernglas geholt. „Ein Vogel hat einen Kotfleck auf seinem Hals hinterlassen", sagte er nüchtern, „wie ein Knutschfleck sieht das aus." Etliche Talbewohner standen in Zündlis Garten, als wollten sie Victor ein Geburtstagsständchen zur Augenweide hinaufschmettern. Doch niemand machte Anstalten zu singen. Die Männer versteckten die Hände in den Hosentaschen. Alles rückte ein bisschen näher in der Sonntagsstille, die Menschen, die Häuser, der Waldrand, die Fluh. Der Hund war mucksmäuschenstill, so still, dass selbst dem frühen Spaziergänger sofort klar wurde, dass da etwas nicht in Ordnung war. Er gleicht einem kleinen Eisbär mit seinem weißen Fell, dachte Yana. Manchmal hatte er Luftsprünge zum Zaun hin gemacht. Er hatte sich überall berühren lassen und nicht viel gebellt. Hin und wieder hatte er es aus purer Lebensfreude getan.

Schulter an Schulter, vom Sonnensegel über der Hecke gegen die Augenweide hin etwas abgeschirmt, standen die Nachbarn um das Tier, das mit ausgestreckten Vorderpfoten neben dem Gartengrill auf dem nassen, leicht vermoosten Rasen lag, eine frühe Sonntagskonferenz, ein reg- und verständnisloses Quartierkränzchen. Die Häuser verschummerten in einem grauen, salzigen Dunst.

Yana empfand Mitleid mit den Zündlis. Aber es war der falsche Moment. Erstmals in ihrem Leben hatte sie Brot gebacken, mit dem Anfängermehl Roggen, ihr eigenes Brot, mit einer Kruste, die zwischen den Zähnen krachte. In ihrem Mund war es beim Probieren des Anschnitts süß, salzig, fruchtig geworden. „Happy birthday", gratulierte sie Vic, „ich habe dir ein spezielles Brot und einen speziellen Gugelhopf aus dem Ofen gezaubert. Kannst du vierzig Kerzen aufs Mal ausblasen?" Sie kicherte. „Wer, wenn nicht du?" Verdattert rettete er sich in die Dusche. Ganz selbstlos war ihre Aktion nicht. Sie wollte den Tag nutzen, um reinen Tisch zu machen. Das Herz war die ganze Zeit bei Gian. *Möchte nochmals deine Finger auf meinen Brüsten spüren, auch wenn ich alles nicht schönreden kann fürs Gewissen. Habe heut Nacht von dir geträumt, war leider nicht schön, musste dich verstecken vor Victors Mutter.* Den Tisch im Wintergarten hatte sie bereits am Vorabend gedeckt. „Lass es dir schmecken", sagte sie, als Victor wieder auftauchte, und zündete die Kerzen an. „Bescherung ist nachher."

Er öffnete das Fenster. „Es war Gift", rief Jan Zündli fast hysterisch in die Runde, „auch wenn es dafür keinen Grund gibt, Snow hat sein Geschäft nie in fremden Gärten verrichtet. Rattengift, verpackt in etwas Gutes, Mettwurst oder so, rasch über den Zaun geworfen. Oder noch einfacher: Schokolade." Kakao enthalte Theobromin. Eine Tafel Blockschokolade töte zwölf Kilogramm Hund. Sie hätten Snow nie Schokolade gegeben, die Kinder auch nicht. Das hätten sie ihnen eingeimpft.

„Ich mag das nicht hören", sagte Yana, „jetzt nicht. Besonders für die Kinder muss das fürchterlich sein. Aber ändern können wir ja nichts mehr." Das Fenster blieb geöffnet. Victor war nicht nach Feiern zumute. Lustlos blies er eine Kerze aus und legte sich ein Stück Gugelhopf auf den Teller. Die restlichen Kerzen ließ er brennen. „Du bist ein Muff", sagte sie, „die machen nichts, was sich nicht lohnt. Nicht einmal feiern tun sie, wenn es niemand sieht."

„Was die nicht alles wissen", murmelte er. „Jetzt kommen sie aber in Fahrt dort unten."

„Meine Bilanz ist trotz allem sehr positiv", fuhr Yana unbeirrt weiter. „Ich meinte auf der Welt zu landen am schönsten Ort der Welt, in deinen Armen. Meine Lektion. Ich habe verstanden, dass man für Blindheit einen sehr hohen Preis zu zahlen hat, und dass sie sich auf keinen Fall lohnt."

„Hundert Meter hinter ihren Köpfen sirrt die Hochspannungsleitung", sinnierte Victor, ohne ihr zuzuhören. „Deshalb stehen sie hier alle unter Strom."

„Du hörst mir nicht zu, Victor. Ich muss dir etwas Wichtiges sagen. Du hast noch immer keine Ahnung von meinem Leben, selbst mein Aussehen könntest du nicht beschreiben. Ich bin nichts als ein bisschen Schattentheater vor deinem Licht."

„Was für ein Jammertal", sagte er. „Am schlimmsten sind die bodenebenen Fensterfronten."

Über dem Bach stand ein Falke mit ausgebreiteten Flügeln reglos im Wind. Ein wohlgenährter weißer Krabbelwurm quetschte sich auf kurzen Beinchen über den Sims. Liz Zündli drehte sich um die Schaukel und wankte zum Komposthaufen. „Arschloch, Arschloch, Arschloch!", schrie sie und erbrach sich über dem Kompost.

Wenn ich könnte, würde ich die Zeit gestern Nacht um 23 Uhr rückwirkend anhalten, Gian. Zieh die Reißleine, indem du einfach nicht antwortest. Dann bin ich auch still. Fühle mich unglaublich unsittlich und unglaublich glücklich. Geht das überhaupt? Würde gern mit dir in einer warmen Badewanne sitzen. Du würdest den Klumpen im Bauch im Nu lösen. Sag nicht, ich sei kein guter Mensch, ich sag es ja schon selbst.

29

Yana fixierte ihr Cello mit den Oberschenkeln. Die Schüler saßen im Kreis auf dem Sternenteppich. Seit einer Woche übte sie täglich. Sie hatte sich für einen Onlinekurs entschieden, da Irina in der Ukraine weiterhin ihre Mutter pflegte. Ihr Ideal für die erste Stunde sollte Mozarts Leichtigkeit sein. Also fing sie leise an, mit Tönen einen durch und durch trostlosen Menschen zu erschaffen, der allein in der Wahrnehmung und der Natur eine Existenzberechtigung fühlte. Sie spielte aus dem Bauch heraus und begann ganz schlimm: mit der Todesstarre. Nur dann konnte die Auferstehung auch gefeiert werden. Nach diesem Auftakt schwebten sie alle ein bisschen. Zusammen übten sie einen Tanz für das Schulhaus-Schlussfest. Der Kroate Marin spielte DJ und sein bester Freund Taulent, der Kosovare, schaute zu, weil er als Superspitzenfußballer nicht tanzen wollte. Yana stand bei den beiden – Marin, strahlend, gut aussehend, stolz, geheilt von früheren Gewaltausbrüchen, und Taulent, immer in Bewegung, immer am Plappern, immer gehört und angebetet zu Hause, absolut liebenswert, ganz außergewöhnlich sozial begabt und freundlich. In einem Anflug von Glück strahlte Taulent Marin an und sagte Yana, wie sehr sich doch Mari verändert habe. Und sie sagte, „na, jetzt müssen wir den Mari nur noch dazu bringen, ab und zu ruhig zu sein", und Taulent nahm seinen Marin, einen Kopf größer und ein Drittel leichter als er, in die Arme und sagte, „nein, nein, Mari ist genau richtig so", und beide strahlten sie an, „wir sind Brüder".

Zum Ausklang der Musikstunde, die immer auch eine kleine Deutschstunde war, spielte sie erstmals das La-le-lu-Lied. *La le lu, nur der Mann im Mond schaut zu, wenn die kleinen Babys schlafen, drum schlaf auch du.* Niemand lachte dumm oder verlegen. In Kinderliedern war die gleiche Macht wie in Märchen und in den biblischen Erzählungen – dass das schlimmste Erleben in das größte Versprechen verwandelt wird, dass nämlich Leiden Bedeutung hat und Sinn. Zuerst sollte es die Zuhörer aber durchschütteln.

Die sogenannten Tolpatsche mit den zwei linken Händen und Füßen hatten es Yana besonders angetan. Sie mussten nach dem Singen viel gehen. Und schon wurde ihre Schrift leserlicher. Also war ihre Klasse auch eine Nomadenklasse. Sie fingen, warfen, traten, sprangen, hüpften, pfiffen, bliesen, saugten, kneteten, klebten, schnitten, malten und verlängerten ihre Arme. Sie wussten, dass es draußen im All Millionen von erdähnlichen Planeten gab, auch wenn sie das nicht fassen konnten. Gern hätten sie einen Zwillingsplaneten zur Erde gefunden, weil sich ihre Sonne irgendwann in den Ruhestand zurückziehen würde, in ein paar hundert Millionen Jahren, dann war Schluss mit Schule auf der Erde. Yana dachte an Gian – und an Victor. Hier auf dem Teppich hätte sie Vic vielleicht in die Arme nehmen können.

Sie hatte als Erstes erlebt, fehl am Platz zu sein und sich als kleines Kind tot gestellt, um sich nicht zu verraten. Und dann hatte sie irgendwann die Reise angetreten, einen Ort zu finden, wo sie hingehörte. Dafür war sie ihren Schülern am meisten dankbar. In vieler Hinsicht war sie in einem Leben angelangt, wo sie erwünscht und willkommen war. Als Schule lebte die Augenweide. Andere Orte testete sie langsam aus – wie ein Reh eine Lichtung und immer noch mit der Panik, dass plötzlich wieder jemand ihr zu verstehen gab, nicht dazuzugehören.

Umständlich erklärte ihr Novak, warum er nächste Woche nicht in den Stützunterricht kommen konnte. Er trug einen rund zehn Zentimeter hohen Hahnenkamm aus pechschwarzem Haar. Nun wollte er das Schläfenhaar beim Coiffeur auf den Seiten abrasieren lassen. „Blöd“, rutschte es ihr heraus. Ihr Musterschüler hatte wie Victor den Drang, bekannt zu werden. Den wollte sie nicht schmälern. Novaks größte Sehnsucht war es, jemanden zu finden, der ihn gern hatte und durchschaute.

„Ja, Boss“, sagte er, als er jetzt auf dem Teppich laut vor der Klasse las. Alle strahlten, denn er schaffte seine drei Sätze ohne Stolpern. Novak war von Glück umhüllt.

Wie immer entließ Yana die Kinder am Weiher. Allein blieb sie stehen und ihr flossen Tränen über die Wangen. Glück und Traurigkeit – alles eins. Ein Rudel Ameisen zerrte eine gelbschwarz gestreifte Raupe über den Gartenweg. Und zwischen den beiden Rebstöcken lag eine tote Maus, doch das Maus-mit-spitzen-Fingern-am Schwanz-Packen erübrigte sich, denn auch hier waren die Ameisen schneller. Häppchenweise schleppten sie die eiweißreiche Nahrung weg, um damit ihre Brut zu füttern.

In der Eingangshalle kam Victor ihr mit einem Koffer entgegen. Er hatte in aller Stille gepackt. „Ich gehe weg, einen Monat, fünf, sechs Wochen.“

„Einfach so?“

„Es steht viel auf dem Spiel in Schabo. Nach dem Umbau will ich in die Offensive.“

Sie sah es ihm an: Ganz egal, was sie sagen würde, er ließe sich nicht abhalten. „Ich habe gehofft, du würdest irgendwann vernünftig“, sagte sie. „Aber du hast deine eigene Vernunft, sie hat dich schon viel gekostet.“ Sie lehnte den Kopf gegen den großen Kachelofen. „Du kannst dir deine Vernunft ja auch leisten.“

„Stimmt!“

„Willst du auch dort der Beste sein, der sich aufopfert und sich schindet?“ Auf eine gloriose Art machte er sich kaputt. Ein wunderbares Geschenk für seine Frau. Und warum konnte er das? Weil Mama und Papa im Himmel alles zahlten und weil er mit Kunst spielte.

„Unsinn. Ich muss vor Ort sein! Von hier aus komme ich nicht weiter."

„Dir ist doch nicht die Polizei auf den Fersen?"

„Die ist ganz anderen Leuten auf den Fersen! Bringst du mich zum Bahnhof?"

Besser als sich hier anzuschweigen, dachte sie. Auch wenn sie einen fürchterlichen Verdacht hatte.

An der Stehbar trank sie einen Kaffee. Aufgeben. Einfach nur aufgeben, was Victor anbelangte. Annehmen, dass sie in ihrer komplizierten Verwundung wenigstens Gian gegenüber eine absolut kindliche Aufrichtigkeit leben musste, damit sie nicht den Halt verlor.

Als sie den Wagen vor der Augenweide parkte, bestieg Tim mit Livia gerade die Baumhütte im Nachbargarten. „Wir sind Adler", rief Tim, „wir essen hier oben."

„Sollten wir nicht für Snow beten?"

„Warum, er ist doch tot? Er hört es ja nicht!"

„Aber der liebe Gott hört es. Glaubst du, dass der liebe Gott ihn so liebt, dass er ihn im Himmel bei sich haben will?"

„Ja, das glaube ich."

„Ich nicht. Wenn der liebe Gott ihn liebt, lässt er ihn dort, wo es ihm gut geht."

„Und die kleinen Kinder, die sterben, he? Es gibt vielleicht gar keinen Himmel!"

„Wir haben ihn nicht beschützt. Darum wurde der liebe Gott wütend."

„Wenn du so tust, rede ich nie mehr ein Wort mit dir."

Die Baumhütte erinnerte Yana an ihr Spielzelt aus Tüchern. Einen Notvorrat aus Rosinen und Haselnüssen hatte es da gegeben, einen ausgebleichten Knochen vom

Fluss. Im Zelt war alles ganz nah beieinander, die Wände, ihre Körper, die Dinge um sie herum. Ewa und sie hatten nur sich. Das war trotzdem schon viel. Aneinander gekuschelt staunten sie stundenlang ins Kerzengeflacker. Und heute? Victor war nun vierzig – und weit weg. Er hörte sie nicht mehr. Hatte sie nie gehört.

Der Wald war ihre Brücke ins Leben. Er war so nah, an seinem Fuß die Weide mit den Kühen, den zwei alten Pferden, dem nicht minder alten Esel, zuoberst die Kuppe mit ihrem heiligen Baum. Die Kühe hatten die Farbe der Maulwurfshaufen, die den Hang übersäten. Für die Vögel gab es ein paar letzte windschiefe Bäume zum Zwischenlanden vor dem Abflug zu den hohen Buchen, auf denen die Bussarde horsteten. Yana mochte es, wenn die Kühe sie anstarrten, die Kiefer schräg bewegten und kauten, kauten, kauten – oder mit rauen Zungen am Stein neben der Tränke Salz leckten.

Oben auf der Lichtung äste ein Reh, schaute sie an und verschwand mit weiten Sprüngen im Unterholz. Mit der Zunge fuhr sie über die Rinde ihrer Buche, spürte zwischen den Sonnenflecken den Rissen und Narben nach. Der noch junge Baum hatte sie alle überlebt. Sie setzte sich, stützte den Rücken am Stamm ab. Tief im Waldesinnern fraß sich eine Säge heulend durchs Holz. Wie gern wäre sie dem Geräusch gefolgt. Aber schon setzte eine zweite ein. Bei der Arbeit war Gian selten allein.

Wieder daheim, führte sie ihr Cello zum Hals. Kühl fühlte es sich an. Ein Mozart-Konzert zum Anfang. Sie nahm sich die ersten zehn Takte aus dem zweiten Satz vor. Ein Rondo. Wenn sie ins Stolpern kam, begann sie wieder von vorne. Sie stolperte die ganze Zeit. Dabei stand das Rondo für Leichtigkeit. Ihre Finger aber sperrten sich und fanden nicht ins Schwebende, Schwerelose. An den Triolen scheiterten sie, ja, schon an den Zweiunddreißigsteln ganz zu Beginn. Es lag am Herzen. Es war verblitzt und verhagelt und voller Angst. Zwischen zwei Anläufen zog sie die unterste Pultschublade heraus. Matt schimmerte die Geheimbüchse aus Kindheitstagen, die in die Schweiz mitgereist war, auf dem dunklen Holz. Zuoberst lag die Feder vom Eichelhäher, darunter ein vergilbtes Kärtchen von Ewa mit Bemerkungen über ihr Benehmen, nicht so anständig, ein wenig schwierig, hihi. Mit kleiner Schrift, am Rand ergänzt: trotzdem eine echte Schwester. In Frieden aß sie eine halbe Trostschokolade. Sie legte das Büchlein mit Waldtierspuren aufs Pult, das Gian ihr geschenkt hatte. Mit ihren Schülern würde sie das Erkennen dieser Spuren üben. Am Rande ihres Blickfelds sah sie Jan Zündli im fahlen Schein der Straßenlampe den Kompost ausleeren. Wem zeigte er den Stinkefinger? Die Front verlief an der gemeinsamen Grenze und in den Umlaufbahnen der Gedanken. Hart werden bis auf die Knochen. War das die Formel? Sonderbar, was der Tag mit ihr angestellt hatte – oder sie mit dem Tag. Sie war allein zurückgeblieben, besser: wieder einmal verloren gegangen. Mit dem Staubsauger machte sie einen späten Putzdurchlauf, um sich abzulenken. Das Gästezimmer, das sie zum Schlafen benützte, wenn sie Victors Nähe nicht ertrug, ließ sie links liegen. In Vics Arbeitsraum war alles fein säuberlich aufgeräumt. Der Schlüssel der Pultschubladen war gezogen.

Sie öffnete das Badezimmerfenster. Satelliten geisterten über den Himmel. Durch die Baumhütte hüpfte ein Eichhörnchen. Yana legte ihre Arme symbolisch um ihren abwesenden Mann. Was war normal? Und wo begann der ganz normale Wahnsinn? Als Kind war Victor Oberministrant gewesen, weil er das Glöckchen klingeln und den Weihrauch schwenken wollte. Was hatte er ihr beschert? Erst ganz viel Freude und Hoffnung, dann eine

Tonne Leid. Zwischendurch hatte sie an seiner Seite Standing Ovations empfangen. Ihre erste Begegnung kam ihr in den Sinn. Es hat mich so glücklich gemacht, dass du mich angeschaut hast, Victor, so glücklich, in deine Augen zu sehen – und es hat mich so stolz gemacht, dass du es geschafft hast, anderntags rechtzeitig aus dem Hotel wegzugehen, einfach Adieu zu sagen und ins Café Puschkin zu gehen. Und das für mich, die kleine Dolmetscherin.

„Und du, Gian", sagte sie im Bett leise, „zeigst mir, dass es in einem Herzen Raum hat für mehr als einen Menschen." Sie fühlte sich so besonders, wenn sie in Gians Nähe war. Nach dem letzten Treffen waren die Spuren an Wangen und Hals unübersehbar gewesen. Sie hatte sie mit einem Seidentuch vor den Nachbarn überdeckt. Für den unvergesslichen Moment hätte sie die Wunden sofort nochmals in Kauf genommen.

Als sie vor dem Einschlafen eine letzte Zeile von ihm erhielt, fand sie rasch in einen tiefen Schlaf. Im Traum erschien ihr Ewa und stellte sie vor Victor bloß, so realistisch, dass das ganze Kartenhaus einstürzte, worauf sie aufwachte und nicht mehr wusste, wo sie sich befand.

30

Einmal abheben, über die Wipfel, über die Gipfel, sich trennen von Lärm und Gewicht, sich in einem Leben ohne abgesteckten Horizont finden. Als Kind war Yana mit Ewa manchmal auf die Zaunpfosten gestiegen. Sie hatten über die Köpfe der Passanten geblickt und sich wie Adler gefühlt.

Auf der Fahrt zum Start war ihr Chefpilot nicht besonders gesprächig. In der Gondel gab Gian ihr dann erste Instruktionen. Nach einem Kaffeehalt in der Bergstation ging es zu Fuß steil hangaufwärts. Die Herbstzeitlosen blühten. Die Fernsicht war grandios. In einer Mulde breitete Gian den Gleitschirm aus, reichte Yana einen Helm und verschlaufte die Tragriemen. Im Sturmschritt stampften sie den Hang hinunter, hoben nach wenigen Metern ab und flogen in engen Spiralen der Sonne zu. Gian zückte die Kamera und fotografierte seine Copilotin. Auf dem ersten Foto blinzelte sie noch keck unter dem Helm hervor. Sie wolle hoch hinauf, hatte sie in der Gondel gesagt, so hoch, dass sie das Meer sehe. „Geht's?", fragte er sie nach der dritten Spirale.

„Geht", sagte sie. Es war ihr letztes Wort. Die Navigation im Zwischenhirn stieg nach der vierten Spirale gründlich aus.

„Siehst du das Meer schon?", wollte er nach der siebten oder achten Spirale wissen. Schwach schüttelte sie den Kopf. Oben und unten vermochte sie nicht mehr zu unterscheiden. Es wirbelte und zwirbelte sie herum in diesem blauen Inferno. Warum sie nicht sofort hinabstachen auf die himmlisch ruhige Erde, war ihr schleierhaft. Offenbar hatte es mit der Thermik zu tun. Unter einem kontrollierten Sinkflug stellte sie sich jedenfalls etwas ganz anderes vor. Aber eigentlich konnte sie sich überhaupt nichts mehr vorstellen. Auf der Wiese hinter der Gondelstation, wo sie nach einer Ewigkeit landeten, überschlug sie sich vor einem Kuhfladen. Nebenan spielte der Clown eines kleinen Wanderzirkus auf seiner Trompete eine Sehnsuchtsmelodie.

Auf allen Vieren kroch sie dem Hang entlang zum Restaurant am Rand der Wiese. Dort bettete ein Kellner sie auf einen Liegestuhl und brachte ihr eine Cola, an der sie zwei Stunden lang nippte, bis sie nicht mehr sterben wollte. Zwischendurch ergriff Gian ihr Handgelenk und maß ihren Puls. „Unsere Himmelsstürmerin lebt ja noch!"

Eines wusste sie jetzt: dass man auch im blausten Schweizer Himmel das Meer nicht sah, die Wellen hingegen sehr spürte. Vorsichtig fuhr Gian seine auf jede Form von Rütteln und Schütteln anfällige Copilotin nach Hause. Kaum war sie ausgestiegen, fühlte sie ihre Lebensgeister wieder.

„Darf ich bei dir übernachten, Gian?"

„Bist du sicher?"

„Noch lieber auf der Fluh. Es ist wieder einmal Vollmond."

Ich bin ein seriöser Mensch, redete sie sich auf dem Zickzackweg hinauf zur Felswand ein, zu seriös. Ständig habe ich die Handbremse gezogen. Ich habe mein Leben buchstäblich verbremst. Da hilft nur Galgenhumor. Lieber zwischen Himmel und Hölle pendeln als in der Mitte verharren, eingeklemmt in einen Alltag, der mir materielle Sicherheit gibt, aber sonst? Ein Kraftkuss zum Einschlafen, das ist doch nicht zu viel verlangt.

Bei einer mächtigen Kiefer blieb Gian stehen und verrieb einen Tropfen Harz zwischen Daumen und Zeigefinger. „Da, riech: Gibt es ein edleres Parfum als jenes von Kiefer, außer Arve?" Victors Weihnachtsparfum kam ihr in den Sinn. Das hier war definitiv besser. „Ich muss dir unbedingt die Höhle zeigen, in der ich mit Großvater oft übernachtet habe", sagte Gian. „Sie ist eingerahmt von einer Zwergkiefer und einer uralten Arve, zwei Wächtern über der Waldgrenze. Großvater war ein Randulin, so wurden die Engadiner Emigranten genannt, eine Schwalbe, er kannte all die Tricks, um Zöllner zu übertölpeln, und hat in Florenz, Madrid, London und in den französischen Alpen gearbeitet, zuerst als Sans Papier, später legal, als Concierge, Kellner, Skilehrer, zuletzt als Direktor, und ist am Schluss doch in die Berge zurückgekehrt, in die heile Luft, wie er sagte."

„Und du? Willst du auch zurück?"

„Ich bin eine Kurzstreckenschwalbe. Mir reicht ein Tag in den Bergen, um wieder für Monate aufzutanken." Noch heute, wenn er das Jauchzen der Schwalben am Himmel höre, sei er der kleine Bub, der mit Großvater nach dem Aufstehen Wasser am Brunnen holte und später aus der Pfanne Polenta oder Plain in pigna aß, Kartoffelauflauf mit Trockenfleischwürfeln, bevor es hinauf in die Steinhalden ging, wo abends die Gämsen weideten. „Dort oben hatte Großvater seine Höhle zum Schutz vor Wind und Wetter. Dort aßen wir Brot und Käse, der auf der Zunge biss. Morgens stieg die Sonne über den Grat. Dann war da plötzlich ein Feuer, leuchtete der Berg und wenn der Bergwind blies, sicherten die Gämsen nach unten und du hast rasch erkannt, welches Kitz zu welcher Geiß gehörte."

Sie waren da. Im letzten Sonnenlicht verwandelte sich der Wald oberhalb der Felswand zur Kuppel aus vergoldeten und grün funkelnden Mosaiksteinen. Rundum hohe Fenster, durch die das Licht gefiltert fiel. Auf den Emporen flanierten Vögel, Käfer, Insekten. Der Wind spielte, eine sanfte Orgel, mehr Ahnung als Klang. Wie die Fluh das Licht hegte, die kleinen Flecken. Als ob sie das Unmerkliche herausheben wolle. Winzige silbrige Pilze hatten auf einem morschen Strunk ihre Lamellenschirme gespannt. Schirm schmiegte sich an Schirm.

„Ich möchte dich nackt sehen", sagte Yana.

„Ich dich auch."

„Und wenn jemand kommt?"

„Soll er kommen."

Sie zog ihre Jacke aus, den Pullover und öffnete die Knöpfe seines Hemds. Eine Amsel raschelte im Unterholz. In der Ferne versanken die Gipfel in pelzigem Dunst, davor die graugrünen Wellen der Jurahügel. Er legte den Kopf auf ihre Knie. Seine Finger streiften über ihre Rippenbogen. Im Spiel der Zungen wurde die Haut weich. Sie rochen die Sonne, die sich von den Felsen trennte, als sei sie frei. Die Dämmerung kittete Narben und Risse. Es tropfte im Geröll. Mit jedem Atemzug wuchs der Glaube ans Glück. Weite, unmöblierte Nacht, in die es Sterne schneite.

31

Ohne Schüler war die Augenweide ein verhängtes Haus voller Bilder und Tapeten, hinter denen Motten und Schaben zu Spielverderbern wurden. Die Räume waren betäubt, als hätte darin alles schon stattgefunden, als ließe sich das Stattgefundene im besten Fall wiederholen: die Bibliothek entstauben, Möbel und Kronleuchter polieren, Tischtücher nach Farben sortieren.

Bisweilen suchte Yana die Bibliothek nach Kraftbüchern ab, nach Lichtbüchern, die halfen, die Welt und sich selbst zu verstehen und anzunehmen, Bücher von Menschen, die ans Ende der Welt gegangen waren. Sie fand Sätze fürs Überleben, Sätze, die Berge und Meere überqueren konnten und die sie mit Victor nie teilen würde. Millionen Wörter waren in diesem Raum versammelt, umtanzt von Staubkörnern. Das Leben war schwer, der Tod noch schwerer.

Doch wenn die Kinder kamen, wurde das Leben für Stunden leicht. Yana faltete mit den Schülern Servietten zu Stofftieren, walzte am Küchentisch Teig aus und ließ es duften. In ihrer Moskauer Wohnung hatte sie einzig eine fahrbare Kleiderstange, einen Tisch, einen Stuhl und ein an der Wand hochklappbares Bett besessen. Hier nahmen sie das beste Geschirr, das glänzendste Besteck und spielten Schlaraffenland. Im Keller bastelten sie Drachen, hämmerten, feilten und klebten, verarbeiteten die Unterhemden der verstorbenen Schwiegermutter zu Seeräuberfahnen und veranstalteten in der Eingangshalle einen Maskenball mit ihren Röcken und Blusen. Dazwischen zählten sie die Porzellanengel und gaben ihnen klingende Namen.

Am folgenden Mittwoch schufen sie Kunstbilder, die sie an Schnüren unter den alten Porträts und Historien-

bildern aufhängten, Zauberbilder gegen die Fratzen. Novak fuhr mit seinen klebrigen Fingern über das Antlitz
der Königin, strich ihr über Mund und Augen, die nun
stumpf, aber immer noch streng ins Nichts starrten. Mit
Spucke und einem Papiertaschentuch verhalf ihnen Yana
notdürftig zum alten Funkeln. War die Skulptur jetzt eine
Million weniger wert, zwei? Und wenn schon. Der Villa
wuchs eine zweite Haut, unter der Schüler und Lehrerin
geschützt waren. Jedes Kind hatte ein Instrument mitgebracht, eine Rassel, eine Flöte, und stellte sich einzeln
in einen der vielen Räume zum abschließenden großen
Hauskonzert.

Yana nahm sich vor, ein Tagebuch zu beginnen. Was
sie mit den Schülern und Gian tat, geschah rein intuitiv.
Für Ehe und Haus brauchte sie eine Auslegeordnung.
Aber wie und wo anfangen? Sie zog Kringel, Striche. Es
blieb bei der Absicht und der Angst, aus dem Haus nicht
mehr wegzukommen. Waren die Schüler nicht da und
gab es nichts zu übersetzen, zog es sie mit aller Kraft zu
den Bäumen. Sie sammelte Eicheln für die Kinder, Buch-
eckern, Flechtengold, begegnete Fuchs, Dachs und Kauz.
Nur Gian konnte sie tagsüber kaum sehen, außer zu einem raschen Kaffee, einem Kuss, einem ich-vermisse-
dich.

Spät im Oktober entfernte sie im Garten dünne Wurzeln, die sich unterirdisch zu einem gewaltigen Netzwerk
zusammengeschlossen hatten, von dem der ganze Garten
unterwandert schien. Sie richtete sich die Wirbelsäule
gerade und wankte mit dem gefüllten Eimer zum Komposthaufen beim Zaun, wo sie den Deckel entfernte. Ihre
Küchenabfälle vom Vortag waren garniert von einer Art
Mus, das sich bei näherem Hinsehen als Haufen veren-
deter Nacktschnecken entpuppte. Ihr wurde übel. In der
Küche schluckte sie sieben Globuli. Indianer nahmen die

Kügelchen, bevor sie sich auf ihren Weg machten. Sie halfen, Altlasten abzulösen – und offen zu werden für die Gegenwart. Als sie mit Wasser nachspülte, tauchte Victor im Türrahmen auf, das Gesicht aufgedunsen.

„Du?", sagte sie. „Dich hab ich nicht erwartet. Geht es dir nicht gut? Hast du Heimweh? Du wolltest doch mindestens noch zwei Wochen in Schabo bleiben."

„Weißt du, wie ein nasser Hund stinkt?", rief er. Yana verkniff sich ein Lächeln. Hohls Hannibal schwamm tatsächlich durch ihren Weiher.

„Es ist unerträglich, der Köter riecht wie ein liegen gebliebener Lappen."

„Ich rieche nur deinen Alkohol, Victor, von wo kommst du denn?"

„Von da und dort."

„Wunderbar, also von den großen Orten, wo die großen Geschichten gemacht werden, der große Victor." Er überhörte den Satz. „Und dort hast du wieder alles Menschenunmögliche vollbracht. Das steht in deiner Mappe. Während ich hier einmal mehr meine Zeit vertrödelt habe, die kleine Yana, der Dreikäsehoch." Ihre Stimme kam ihr schrill vor, wie Grillenzirpen.

Victor ging in der Eingangshalle auf und ab. Er war unrasiert. Nach Luft schnappend zog er die Schuhe aus: „Hör auf zu meckern", schimpfte er.

„Ich meckere nicht", sagte sie mehr zu sich selbst als zu ihm.

„Dich reitet der Teufel", sagte er, „kein Mensch begreift dich. Man redet über dich." Er erhob sich, schien noch etwas sagen zu wollen, machte drei Schritte von ihr weg. „Ich halte es nicht aus, wie du mich ansiehst, du bist meine Frau, verdammt nochmal." Er stampfte in die Küche. „Was ist das?" Er zeigte auf das Foto vom Himmelsflug, das am Kühlschrank klebte.

Sie spürte die Wirkung der Indianerkügelchen und blickte in diese kalten, hypnotischen Augen, nicht Fisch, nicht Reptil. Victor hatte die Augen einer Ziege. „Ich bin geflogen, wie du, einfach nicht im Flugzeug."

„Das sieht man. Mit diesem Förster? – Wir waren glücklich, Yana."

„Ja? Wie es der Liebe in diesem Haus ergeht, hast du mir beigebracht, Victor. Heute ist ein wichtiger Neumond. Die Sternenlady im Radio sagt, was heute gespürt wird, gilt – weit über diesen Tag hinaus."

Er knallte die Zimmertür zu, kurze Zeit später die Haustür. Sie sah ihn die Straße hinunterlaufen. Von Westen her zogen schwere, schwarze Wolken auf. Sie ging ins Bad. Dann halt. Sie würde sich eine Welt aufbauen, die kostbar war. Alles war aufgegleist. Zum ersten Mal überhaupt waren alle ihre Schlüssel am gleichen Bund und mit ihrer meisterlichen Coiffeuse zusammen würde sie eine schöne Frisur bekommen. Sie aß eine ganze Waldschokolade aufs Mal. Der Druck im Kopf ließ nach, Gott sei Dank.

Kurz vor Mitternacht geisterte Victor erneut durchs Haus. „Du mieses, fieses Biest, du – hast – die – ganze – Zeit ..." Er taumelte ins Badezimmer, wo er sich erbrach.

Sie lag da und betete. „Mach, dass du rauskommst", rief sie, als er schwer atmend wieder neben ihr auftauchte.

„Ich habe halt eine Schwäche für dich!"

„Victor, ich will einfach nur schlafen."

„Was zum Teufel hab ich dir getan?"

„Geh, mach bitte die Tür zu."

Er riss sie an den Haaren aus dem Bett. Im Fallen packte sie ihn von unten am Hals, drückte zu, bis er nach Luft japste und die Augen verdrehte. Sie spürte keine Wut. Victor war ihr egal. Plötzlich lag er auf ihr, rammte ihr die Knie in die Oberarme. Wumm. Etwas explodierte im Kopf.

Sie presste die Hände auf den Bauch. Wie einen Sack Kartoffeln zog er sie quer durchs Wohnzimmer, sperrte sie auf die Terrasse und verriegelte die Tür von innen. „Schrei bloß nicht, Hure", höhnte er. „Was ich tue, ist gut für dich, genau in deinem Interesse, wie ich es ständig getan habe. Und heimlich hast du immer das Gegenteil gemacht und gemeint, ich gutmütiger Trottel merke nichts. Eine Qualität hast du immerhin: Du konntest unsere Ehe ruinieren. Ich bin der Einzige, der etwas aus dir hätte machen können. Schluss damit. Ich trage die ganze Last – und du willst mir das Rückgrat brechen."

Drei Uhr. Die Zeit, in der die meisten Menschen starben. Yana spürte keinen Schmerz und keinen Widerstand. Ein Teppich lag auf der Terrasse. In den dicken, kratzigen Stoff wickelte sie sich ein. Um viertel vor fünf fuhr der Zeitungsverträger auf seinem Motorrad vor. Sie hielt sich still. Später pinkelte sie aus Not in einen Blumentopf. Eine schwarze Regenwand hatte sich aufgebaut. Der Regen war warm und weich.

Sie wurde durch und durch gewaschen.

Kurz vor halb sieben riss Victor die Terrassentür auf. Sie hatte noch fünf Minuten Zeit, um die Spuren der Nacht aus ihrem Gesicht zu entfernen. Salbe auf die Wangen, etwas Puder, ein Glas Milch im Stehen. Abfallsack auf den Garagenplatz, ja nicht zu nah an den Straßenrand. Sie musste zum Frauenarzt. Leise sprach sie das Gebet, das sie von Großmutter gelernt hatte. Man konnte sich dazu am Schluss noch eigene Dinge ausdenken. Lieber Gott, mach, dass es lebt. Weit entfernt hörte sie eine Sirene.

32

Schon ging es auf die kurzen, kalten Tage zu. Früher hatte das Yana bekümmert. Heute jubelte sie innerlich. Sie setzte sich auf eine Granitplatte am Weiher und ließ sich an der noch immer schmerzenden Stirn von einem blauen Käfer befühlen. Ein Räuplein kroch ihr ins Ohr. Im Mittagslicht sorgten die letzten Kürbisse in den Gemüsebeeten für goldenes Funkeln. Rosenkohlchen badeten in einem späten Meer von Ringelblumen. Es waren Winzigkeiten, die sie irritierten: eine Schminkdose, die jemand über den Zaun geworfen hatte, ein junger Frosch mit ausgeweideten Innereien. Sterben war so etwas Besonderes, dass man es sich bis zum Schluss aufheben musste.

Bald würde sie beginnen, sich mit der ersten Faser von ihren Schülern zu lösen. Jede Woche würde es ein Fäserchen mehr werden, bis es nichts Selbstverständlicheres mehr gäbe, als der Schule den Rücken zuzuwenden. Sie wünschte sich, dies als eine Meisterin des Unterrichtens tun zu dürfen. Jeden Tag wollte sie ein Stück an ihrem neuen Leben bauen. Manche fingen spät an. Auf der Fluh oben blies einer das Alphorn. Der Morgenhimmel war dort rosiger als hier unten, so rosig wie die Wangen eines Kindes.

Victor nickte, als er neben sie trat: „Alles in Ordnung, Liebes?"

„Seit wann nennst du mich Liebes?"

„Aber du bist doch mein Liebes!"

Sie traute ihren Augen nicht. Er schien die nächtliche Szene vollständig vergessen zu haben. Ihr havariertes Gesicht sah er nicht.

„Wir sind im Bett zusammengestoßen. Und dann runtergepurzelt. Erinnerst du dich? Ich habe auf dem Balkon übernachtet, es hat gestürmt."

„Habe ich zu viel getrunken? Das kann jedem mal passieren. Deswegen bist du jetzt erst recht mein Liebes!"

„Du hast so viele Sätze für uns wie gegen uns gesagt, dass Sprache keinen Halt mehr gibt."

„Lass uns neu anfangen."

„Ich habe neu angefangen! Ich habe die Angst verloren, dich zu verlieren, Victor, du kannst jetzt ausprobieren, auf welcher Seite du stehst, Leben oder Tod." Sie wusste nicht, ob er eine winzige Ahnung davon bekommen hatte, wie gern sie ihn gehabt hatte – ohne Vergleich, ohne Maske, ohne Leistungen. Sie hatte den Mann über alles geliebt, der sich nie gezeigt hatte und nie zeigen würde. Manche waren zuerst jung und dann alt – und andere umgekehrt. Manche hatten viel Glück am Anfang des Lebens, manche spät. Und Victor? Oft war es so, als hätte er gar nicht gemerkt, dass sie da war. Sie war jetzt neunundzwanzig. Ihm glaubte sie kein Wort mehr, nur noch, dass er es schwer hatte. „Du wirst als Bettler enden und irgendwie froh sein, wenn es so weit ist. Aber einmal hast du mich ganz hell angestrahlt, danke."

„Du brichst mir das Herz!"

„Seit wann hast du ein Herz?"

Auf den Tannen am Talbach konferierten ein paar Krähen, ein monotones Palaver, das urplötzlich in heftiges, empörtes Gekrächze überging. Es wogte und tobte im Geäst unter den Gefühlsstürmen. Logen sie einander an dort oben in den Wipfeln? Je lauter, desto dreister? Waren Lügen manchmal nicht ehrlicher als die Wahrheit?

Sie ließ Victor stehen, lief mit Lichtgeschwindigkeit über das Herbstlaub hinweg hinauf zur Krete. Der Kopf stand Kopf. Vielleicht liebte sie den Wald so sehr, weil es dort keinen Horizont gab, kein Dahinter. Vielleicht fing am Horizont die Angst an, der Mensch. *Vermisse dich gerade ganz fest, Gian.* Scherbenhaufen, Sicherungen durchgebrannt. Als Kind hatte sie keine Anerkennung erfahren. Musste sie deswegen so unausstehlich anhänglich werden? Nur nicht wiederholen, was sie mit Victor gemacht hatte. Sie zählte jeden Tag, jede Begegnung, beim Baum, unterwegs, oben auf der Fluh. Nachher empfand sie alle Farben intensiver. Unendliche Dankbarkeit. Unfassbar, dass sie einem Menschen so nah sein konnte. Sie durften nicht übermütig werden, sonst war mit einem Schlag alles vorbei. Der Wald war nun beinahe kahl. Sichtschutz war kaum mehr vorhanden.

Am 21. November übernachtete Victor auswärts. Erstmals schlief Gian bei ihr. Nachher war sie durchflutet von so viel Liebe. Sie hielt es fast nicht aus, ihm noch nichts zu sagen, wollte ganz sicher sein, den nächsten Monat abwarten. Ob er sich ein Wochenende auswärts vorstellen konnte? Ein bisschen Arbeit mitnehmen, einen Vorwand liefern. Wilde Träume, Panikattacken. Nicht maßlos werden, sondern dankbar sein für das, was sie zusammen hatten. *Schick mir ein Foto, Gian, ich brauche etwas zum Anschauen, sonst überlebe ich die Tage nicht.*
   Schließlich wurde es ein Wochenende im Forstwagen, im Schlafsack chüderle, schmüsele, pfüsele, großartig, mit Kaffee und Gipfeli nebeneinander auf der Holzbank zum einzigen Fenster rausschauen, Glückstränen vom Gesicht lecken, sich im kalten Bach waschen. Gian war hin und weg. „Du benützt keinen Lippenstift, Yana, keine Wimperntusche, kein Puder, dein Rouge kommt von innen. Ich habe noch nie einen Menschen so gespürt, so glücklich zerzaust." Bis ans Lebensende hätten sie so liegen können.
   „Bleib, noch eine Minute, ich will dich nur noch einmal fest halten."
   „Ich dich auch."

Das Universum kümmert sich um uns, dachte sie beim Abschied an der Gabelung bei der Kirche. Eine Minute später – und Victor hätte sie in flagranti erwischt. Aber der Joker war verbraucht. Beim nächsten günstigen Moment wollte sie unbedingt reinen Tisch machen.

33

„Ausgerechnet die Brüder Guldimann haben Betreibungen gegen mich eingeleitet." Victor war außer sich. „Zwei Forderungen." Gegen beide habe er Rechtsvorschlag erhoben. „Die Guldimänner. Wahrlich keine unbeschriebenen Blätter. Wer auf Anstand Wert legt, macht einen großen Bogen um sie." Yana schenkte Kaffee nach und schwieg. Es ging um ein dreistöckiges Chalet in St. Moritz. Victor hatte den obersten Stock übernommen, die Oligarchengattin Balbukina das Erdgeschoß. „Du musst die Balbukina auf dem Laufenden halten, Yana, ich habe dir ein paar Stichwörter vorbereitet!" Sie hatte bis jetzt nichts von der Wohnung gewusst, obwohl die Bauarbeiten in vollem Gang waren. Victor weigerte sich zu zahlen, weil der Bauunternehmer Leistungsvereinbarungen nicht eingehalten hatte. Ein Baustopp drohe. Um ihn abzuwenden, hätten die Guldimänner die fehlenden 250.000 Franken notfallmäßig aus dem eigenen Sack eingeschossen. „Soll ich deswegen die fertiggestellte Wohnung nicht beziehen?" Das Treppenhaus sei sein Eigentum. Mit Aufgeboten und Sanktionen bringe man einen Victor Muff nicht in Verlegenheit. Moosimann sei ganz auf seiner Seite. Außerdem habe er ihn beauftragt, den Verkauf der Kuben einzuleiten. Da sei eine Bauleitung am Werk, die von ihrer in Konkurs gegangenen Vorgängerin die Baufehler übernommen habe und durchdrehe. Nun heiße es tief durchatmen, auf keinen Fall zum Bauernopfer werden. Bestimmt finde sich jemand mit dem nötigen Kleingeld, einer, der an einer großen Karriere bastle. „Doch vorher stelle ich alle Sünder einzeln an den Pranger." Er gönnte sich eine zweite Portion Müsli. Die Aussicht auf den Verkauf des Projekts beflügelte ihn. „Der neue Chefbuchhalter hat sich gleich dreimal gemeldet", mokierte er sich. Der Mann sei zu naiv, um gewisse Dinge zu kapieren, ein Gefangener seines Starrsinns. Da verlange einer eine Plastik zurück und frage, ob er nicht liquid sei. Es gebe weltweit nicht eine Handvoll Menschen, die den Kunstmarkt wirklich verstünden. „Wie oft habe ich selbst gewartet, bis versprochenes Geld auf meinem Konto war?"

„Du denkst immer zuerst ans Geld, Victor. Das hat für mich etwas Elitäres. Es ist die Aufgabe der Kunst, so wie ich sie gerne habe, Gemeinschaften zu ermöglichen, nicht Geld zu verschieben."

Er runzelte die Stirn. „Und du erdrückst mich mit deinem Gutmenschgesicht, in dem ständig kindliches Erschrecken steht. Ich habe stets das Beste gewollt, doch es ist schlecht ausgegangen, und zu allem Elend habe ich viel Kraft vergeudet." Er ergriff seine Mappe. „Bald bist du mich für eine ganze Weile los. Du brauchst Ruhe. Ich gehe wieder nach Schabo. In letzter Zeit bist du gealtert. Du versperrst dir alles. Such die Fehler ruhig weiter bei den andern." Er schenkte ihr ein nachsichtiges Lächeln. Sie musste selbst lächeln. Hatte sie ihm das nicht auch schon gesagt?

„Man wird kein anderer Mensch, wenn man den Ort wechselt, Vic. Ich habe das am eigenen Leib erfahren. Du bist hier ein Feigling und wirst auch dort einer sein."

Was für ein Kopfkino. Verrückt, was es ihr ins Hirn zauberte. Himmeltraurigschön. Streite mich mit meinem Mann und stolpere die ganze Zeit über deinen Geruch, Gian, vergrabe mich jetzt in meine Schulvorbereitungen. In aller Eile gestaltete sie ein Arbeitsblatt und korrigierte die Prüfung der Vorwoche, bevor sie Gian eine SMS schrieb: *Du fehlst mir. Bis Montag halt ich es nicht aus. Wenn es eine Minute Möglichkeit gibt, dich jetzt zu sehen, nehm ich die. Habe für dich gebacken. Du schreibst die Traktandenliste gegen das Durcheinander. Ich sorge für das Znüni, der Wald für das Laubtischtuch. Sonst bin ich ein starkes Mädchen. Kuss auf deine geschlossenen Augenlider, dein Laubkäfer.*

Komm einfach. Bin unter der Fluh am Holzen. Du hörst mich. Freu mich fest, kam die Antwort postwendend. Sie zog den Gugelhopf aus dem Ofen, packte den Rucksack und schnürte die Bergschuhe.

Nur nicht ausrutschen! Der Boden war morastig und bot ihr wenig Halt. Sie sah ihn weit oben am Hang. Er war gerade dabei, Benzin in die Motorsäge nachzufüllen. Als Angestellter der Gemeinde konnte er nicht wählerisch sein und musste zu jeder Jahreszeit loslegen, selbst jetzt, im späten, nasskalten November. Seine eigenen Bäume fällte er, wenn die Blattkeime die Größe von Mausohren hatten. Was vor Ostern gespalten und gestapelt war, garantierte im folgenden Winter am ehesten trockenes Holz. Bei richtig trockenem Holz ragten die Jahresringe leicht heraus.

Yana schaute ihm aus sicherer Deckung zu. Geduld war angesagt. Zuerst fällte er ein paar kleine Bäume, um an die große Birke heranzukommen. Im dichten Wald war sie gerade und hoch gewachsen auf der Suche nach Licht und hatte sich erst zuoberst gegabelt. Es pfiff in der Luft, als der Baum in die richtige Richtung fiel und doch seinen eigenen Willen zeigte, sich ganz am Schluss noch leicht verkeilte. Endlich schaltete er den Zweitakter aus. „Znüni!" Sie winkte ihn zu sich und legte zwei Stück Gugelhopf auf einen Teller. Wie ein Skifahrer wedelte er den Hang hinunter, öffnete das Schutzvisier und gab ihr einen Kuss. „Erstmals ist er richtig aufgegangen, Gian!" Sie konnte nicht warten und führte seine Hände auf ihren Bauch. „Ich hab es fast nicht ausgehalten!"

Er verstand sofort. „Es hat beim ersten Mal eingeschlagen, ist das nicht verrückt, dort oben auf der Fluh. Hörst du, wie mein Herz klopft? Lauter als der Buntspecht."

„Er freut sich mit uns!" Energisch drückte er sie an sich. Ewig hätte sie so stehen bleiben mögen. Aus dem besten Teil der Birke wollte er eine Wiege bauen. Sie kratzte mit den Fingern Kerben in seinen Körper. Mit weit gespannten Schwingen kreiste ein Milan über ihnen.

„Das war schön, aber kurz. Noch niemandem etwas sagen, versprochen", raunte sie ihm ins Ohr, als sie ihre Sachen zusammenpackte. „Ich habe eine Besprechung mit der Schulleitung. Und am Nachmittag kommen die Kinder."

„Frau Muff, Frau Muff", riefen die Schüler, „spielen Sie Cello?"

Yana war überrumpelt. Wie sollte sie sich noch konzentrieren? „Am Schluss", sagte sie, „doch nur, wenn wir mit dem Programm durchkommen." Sie war schlecht vorbereitet. Aber alle ihre Schüler waren glücklich. Sie hatten sich selber eine neue Sitzordnung schaffen dürfen. Jetzt gab es in der Eingangshalle drei Gruppen, drei Inseln aus Tischen, nach Freund und Feind geordnet. Liebe deinen Feind hieß in der Schule Augenweide nicht, dass man Tellerlein und Tässlein und alles teilen musste. Victor hatte diese Klarheit geschaffen, weil er sie so brutal an ihre versteckte Lebenskraft erinnert hatte. „Mir hat meine Großmutter verboten, Gitarre zu spielen", sagte sie den Kindern, die im Kreis saßen, „sie war nicht böse, es gehörte sich nicht. Mein Musiklehrer hat mich dann in den Cellounterricht geschickt. Er hat ein uraltes Instrument für mich aufgetrieben. Auch Fußball spielen durfte ich als Mädchen nicht. Ihr habt es besser."

„Nein", protestierte Anif, „ich darf auch nicht!"

Was war gut, was war bös? Der Unterschied war nicht so klar, wie Yana ihn gerne gehabt hätte. Manche Kinder wurden von Macht und Ohnmacht geschaffen, nicht von den Herzen ihrer Eltern. Sie selbst hatte wohl in der gleichen Abhängigkeit von ihrer Großmutter gestanden wie die meisten ihrer Schüler von ihren in die Schweiz eingereisten Eltern – in die Welt geworfen und fremd. Ihr erstes Leben hatte sie versteckt erlebt wie der kleine Novak, in ihrem Zimmer bei Großmutter, das sie mit Ewa teilte, lebendig nur in guten Schulnoten und in ihrer überbordenden Phantasie, später mit Juri in einer starren Beziehung ohne Kontakt zur Gesellschaft. Die Arbeit mit den Kindern war lange die einzige Möglichkeit gewesen, frei unter Menschen zu sein, und dieser Schritt war noch jetzt von Panikattacken begleitet: nur nicht wieder zurück auf Feld 1, nie wieder.

„Heute lese ich euch das Märchen vom neidischen Nachbarn vor", sagte sie. Der Text gehörte zu ihren Lieblingsgeschichten. Ein kinderloses Ehepaar trennte sich darin von seinem Hund, dem Schönsten und Besten in seinem Leben. Sogar Gold hatte der Hund im Garten gefunden, sodass der neidische Nachbar das Paar überredet hatte, ihm das Tier für eine gewisse Zeit in seine Obhut zu geben. Doch beim Nachbarn fand der Hund nur unnütze Sachen, worauf dieser ihn umbrachte. Im Traum bescherte der Hund seinen ursprünglichen Besitzern jedoch noch viel schönere Dinge als Gold.

Die Kinder wollten das Märchen selbst vorlesen, aber sie stolperten und verhedderten sich und verstanden gegenseitig kaum ein Wort. Sie waren alle noch nicht so gut im Lesen. „War jemand von euch schon neidisch?", fragte Yana. Alle streckten gleichzeitig die Hand auf. „Das Blöde am Neid ist, dass man das Gute an sich selbst nicht mehr sieht", fiel ihr ein. Sie würden nach den Weihnachtsferien noch viel lesen auf ihrem Sternenteppich, weil Lesen belebte. Zum Schluss gab sie das korrigierte Diktat von der Vorwoche zurück. Sie hatte die Fehler der Klasse zusammengezählt: 407, gut 45 pro Schüler. Jetzt machten sie es halt nochmals. Wenn sie zusammen weniger als 200 Fehler schafften, gab es in der Pause etwas Feines. Alle mochten Süßigkeiten. Die Aufregung war groß. Sie hatten geübt! Yana korrigierte vor ihren Augen. Jede und jeder sah die eigenen Fehler und jene der andern, zwischen 6 und 31. Hurra, 168 Fehler! Sie konnten, wenn sie wollten. Es gab Kinder, die sich einen Kick verschafften, indem sie alles falsch machten. Nicht bei ihr. Und es gab Eltern und Lehrpersonen, die so viel Drama um einen Fehler machten, dass er sich verfestigen musste.

In der Pause gingen sie in den Garten und feierten in der Kälte mit Gugelhopf. Alle kreisten sie auf ihren eigenen Planeten und wären doch so gern gewesen wären wie alle anderen auch. Frisch durchflutet werkten sie im Keller. Die Klasse hobelte, sägte, schliff die ganze Stunde still an ihren Holzbooten – mit Eschenholz von Gian. Für manches, was Yana mit den Kindern machte, brauche sie fast keine Worte. Dann plötzlich, wie ein Sturzbach, kamen ganz viele.

Zum Ausklang machten sie Reihen auf dem Teppich und schauten sogar die Potenzen an, 5 mal 5 gleich 5 hoch 2. „Ich komme draus", „ich komme noch nicht draus", tönte es reihum. Xherdan hatte sein Hemd bis zum Bauchnabel offen, damit man seine Silberkette gut sah. Ein letztes Mal probierte Jelena aus, ob man bei Yana während der Stunde aufs WC durfte.

„No chance", frischte sie die Frühenglischkenntnisse ihrer Kinder auf.

„Wollten Sie uns nicht Deutsch geben?", motzte Tomris.

„Ach ja", wunderte sich Yana, „aber jetzt bleiben wir bei den schönen Reihen." Katja fand es lustig, schneller zu sein als die Lehrerin. Yana auch. Die Kinder nahmen telepathisch auf, was sie wollte, und gaben sich schon selbst Aufgaben. Und zum Schluss durften sie sich ein Lied wünschen.

„Warum immer das gleiche?", störte Goran den großen Frieden.

„Wenn du nochmals fragst, musst du am Samstag ins Straflager", warnte sie ihn. Straflager hieß: Mit der jungen blonden Lehrerin, in die sie alle verknallt waren, den Vorplatz wischen. Straflager war die größte Belohnung für ihre Jungs. Die mussten sie sich schwer verdienen.

Sobald die Kinder gegangen waren, wurde es in der Augenweide gespenstisch ruhig. Willkommen in der Hölle. Yana fand den Moment nicht, um reinen Tisch zu machen. Sie kam sich dreist vor – und hatte gleichzeitig das Gefühl, nichts Verbotenes zu tun. Nach einer überstandenen Durststrecke von drei, vier Tagen war das Wiedersehen mit Gian jedes Mal ein Freudenfest. Blieb die bange Frage, wann auch sie sich erstmals auf die Nerven gehen würden. Würden sie je, in aller Offenheit, ein Paar?

Am Nikolaustag zeigte sie Gian in der Mittagspause ganz verfreudigt das erste Ultraschallbild. Man sah darauf schon die Arm- und Beinknospen. Gummibärchenstadium, hatte die Ärztin dazu gesagt. Eine kurze Seligkeit lagen sie nackt beieinander. Als sie nach Hause huschte, vergaß sie ihren Gürtel, wollte ihn sofort abholen – und vergaß ihn wieder. Ihr Körper entlud sich, sie lachte, heulte vor Wonne. Durfte Gian sie so erleben, gänzlich außer Kontrolle? Ja!

Beim Weiher schnitt sie den Pfeifenstrauch, um wieder auf den Boden zu kommen. Livia und Tim spielten auf dem Talweg Himmel und Hölle, als Victor im Mercedes anbrauste. Im allerletzten Moment bremste er scharf. Die Kinder weinten und waren untröstlich. Schimpfend ging Victor an Yana vorbei ins Haus.

„Wir waschen alles Böse ab und seifen uns fest ein", nahm Liz Zündli ihre heulenden Kinder in die Arme.

„Hast du auch Angst, Mama?"

„Nein. Ich glaube, Herr Muff ist ein Feigling."

„Was ist ein Feigling?"

„Einer, der nur so tut, als sei er stark, der selbst am meisten Angst hat. Einer, der abhaut, wenn du ihn ein bisschen am Arm packst."

„Warum tust du's nicht?"

„Was?"

„Ihn am Arm packen?"

„Dann kommt plötzlich noch die Polizei zu uns."

„Aber Herr Muff plagt ja auch alle."

„Stimmt."

„Warum verprügelt Papa ihn nicht?"

„Wir brauchen halt eine geniale Idee."

„Was ist genial, Mami?"

„Genial ist ... so gut, dass der andere null Ahnung hat, von wem die Idee stammt, und dass nachher für immer Schluss ist mit Plagen."

„Uiii."

Im Halbminutentakt hagelte es geniale Ideen: durch den Kamin einsteigen, mit dem Schlauch Wasser in den Kamin laufen lassen, einen Bluthund ausleihen und ...

Um die Nachtessenszeit ertönte auf dem Talweg die Glocke des Nikolaus. Er klingelte bei Zündlis. „Ob Roberto Marvullo in der roten Kutte steckt?", fragte sie Victor. „Erinnerst du dich ans Fest bei unserem Einzug in die Augenweide?" Er reagierte nicht. Wie in Trance stand er vor der Königin.

Die Skulptur, auf die er so stolz war, das Beste in seiner Welt gehörte nicht in ihre und war doch ständig da, die Königin und er gehörten auf eine Weise zusammen, die ihnen als Paar für immer versagt blieb. Hätte sie nie Deutsch gelernt, die Sprache ihrer Vorfahren, wäre sie nicht hier gelandet. Sie sah ihm direkt ins Gesicht. „Du hörst mich nicht. Du antwortest nicht. Kann beim Reden Schlimmeres herauskommen als die Erkenntnis, dass wir nicht zusammenpassen? Wie toll wäre es gewesen, ich wäre dir nie begegnet und du hättest deine Ruhe gehabt. Wie toll wäre es, ich könnte dir diese Ruhe schenken. Wie toll wird es sein, wenn ich auf einmal von heute auf morgen nicht mehr an dich denke. Ich gebe die Hoffnung nicht auf."

„Passt gut auf, das ist eine gefährliche Straße", rief Victor tags darauf den Kindern der Zündlis zu. „Da werden Kinder überfahren. Ihr müsst lachen, wenn ich eine Foto mache, sonst kommt der Polizist." Weinend liefen die Kinder ins Haus. Er brauste Richtung Dorf los. Yana schloss die Augen. Musste sie den eigenen Mann der Polizei überführen? Sie lief in die Küche, riss die Schubladen heraus, zertrümmerte Porzellanteller, Tassen, Schüsseln auf dem Boden, an der Kachelwand, riss die Geschirrtücher aus der Halterung, schleuderte Messer und Gabeln an die Lampe, deren Scherben sich flockig über den Rest legten, erbrach sich über allem, wimmerte, schrie, robbte auf allen Vieren auf den Flur, wo sie sich zusammenrollte, ein zuckendes Bündel. Geraume Zeit lag sie so da, während es aus einer Schnittwunde tropfte. Dann schleppte sie sich ins Bett und fiel sofort in einen tiefen Schlaf.

Als sie aufwachte, war es Mittag. Sie füllte mehrere Abfallsäcke mit Scherben. Pubertät hatte sie keine gehabt. Nun war sie im Reinen mit sich selbst. Ihr Körper hatte zur rechten Zeit genau das Richtige gemacht.

Was für eine Achterbahnfahrt. *Kommst du kurz zum Baum, Gian? Lieblanginnigzarter Kuss.*

So dumm, habe Sitzung auf der Gemeindeverwaltung. Gebe der Biene, die gerade am Fenster vorbeifliegt, einen mit Honig getränkten Kuss mit.

Am letzten Schulnachmittag vor Weihnachten stellte Victor sich in der Eingangshalle auf die Türschwelle, stützte die Hände an den Beckenknochen ab und schaute wortlos zu, wie die feuchten, aufgeregten Schülerhände Teig kneteten. „He, das schreibt man mit *eu*", rief er und zeigte auf die Wandtafel. Kein Kind schaute auf. Er, der allen Menschen unbedingt gefallen wollte, tat sich schwer mit ihren Schülern. An die Tafel hatte Novak das Wort *Fröide* geschrieben. Vics Mund schien fortwährend etwas zu mahlen. Erinnerte er sich an seine eigenen Hände, die vor vielen Jahren Ähnliches getan hatten, an Zimtsterne und Lebkuchen? Das jedenfalls schien sein Mund zu sagen, dachte Yana. „Singen wir noch das La-le-lu-Lied", bettelten die Kinder. Das Glück hing zum Glück nicht von der Rechtschreibung ab. Vic zottelte davon wie ein geprügelter Hund. Sie sangen aus voller Brust, nochmals und nochmals. Eine Flaumfeder, die sich im Haar eines Kindes verfangen hatte und nun wie ein Engel auf den Sternenteppich schwebte, entlockte ihnen ein kollektives „Aah". Am liebsten wäre Yana auf dem Teppich sitzen geblieben.

Frühmorgens kam die Königin Yana im Halbtraum auf dem Flur entgegen, aufrechter Gang, stechender, hypnotischer Blick auf ihren Nabel, kein Ausweichen, kein Höflichkeitsabstand. Die Königin bohrte sie an die Wand. Yana schreckte auf. „Was machst du denn da?"

Halbnackt stand Victor neben ihr. Er war dabei sich anzukleiden. Auf halb acht sei er bei Studer angemeldet.

„Studer hat mich schon als Kind behandelt, Masern, Röteln und so weiter."

Nach knapp einer Stunde war er zurück. Der Arzt habe ihm mehrere Röhrchen Blut abgezapft und ihn auf Herz und Nieren getestet. Keine Lungenentzündung, so viel sei sicher, kein Fieber. Er müsse die Ergebnisse der Bluttests abwarten. Der Doktor habe ihm ein starkes Schmerzmittel mitgegeben. Die erste Tablette habe er bereits im Bauch. Dazu etwas für die Nacht. „Schlaf ist wichtig." Wem sagte er das?

Die Weihnachtspost war wenig erfreulich. Zündli, Bauinspektorat, Gemeindeverwaltung. Aber die Kerzen flackerten abends am Baum, Kugeln und Lametta funkelten. Yana schenkte Victor einen samtweichen Pullover und eine flauschige Jacke. „Die Kleider, die ich dir kaufe, dürfen dich umarmen und können dir schmeicheln."

In der Drogerie neben der Kirche hatte er ihr ein Parfum erstanden. Der süße Duft irritierte Yana. So konnte und wollte sie auf keinen Fall unter die Leute gehen. Ihre Augen wurden feucht, vom Rauch der Kerzen? Sie hatte ein Heft mit Weihnachtsliedern gefunden und das Cello bereitgestellt. Doch ihm war nicht nach Singen. Er saß da, scheinbar ohne Schmerzen und bestimmt froh, dass sie ihn so sein ließ. Zuletzt juckte es sie halt doch: „Ein Weihnachtstänzchen, Victor?" Er schüttelte den Kopf. „Nur kurz um den Baum?" Sie fasste ihn an den Händen, zog ihn zu sich mit einer Kraft, die seine überstieg. „Ich muss dir noch etwas sagen, Vic, es passt zu Weihnachten, etwas Schönes und Wichtiges." Er riss sich von ihr los. Wie der Schein der Kerzen auf sein Gesicht fiel, trat seine Nase scharf hervor, bleich und schroff. Sie spürte, wie sie bereits wieder den Boden unter den Füßen verlor. Sie war so verkopft. Ununterbrochen wartete sie auf den idealen Moment, der nie kam, verknüpfte Freiheit und Angst, Glück und Verzweiflung, Leben und Tod. Gleichzeitig konnte sie ihren Ekel nicht unterdrücken. Selbst an Weihnachten hatte ihre Beziehung etwas Erbärmliches. Victor schrumpfte mit jeder Stunde. Je mürrischer und beleidigter er sich gab, desto mehr gestand auch sie sich Boshaftigkeit zu. „Du bleibst dir selbst am Heiligen Abend treu, Victor. Großtuer sind meist Katzbuckler. Dir ist doch klar, dass nicht nur deine Eltern dafür verantwortlich sind? Du bist deine eigene Mischung. Nun spielst du krank, weil es dir gerade so passt. Bei deiner Art, andere herumzukriegen, würde sogar deine Mutter flennen." Das Haus kam ihr vor wie ein offener Sarg. „Du glaubst wohl, deine Mama würde ohne mich noch leben?" Sein Blick war eingefroren. Sie wurde lauter. „Du hast mir nie getraut. Seitdem ich in dein Leben getreten bin, ist es im Eimer. Nur hast du das in deinem Betriebseifer am Anfang nicht bemerkt. Vorher ist immer alles aufgegangen. Vorher hattest du es richtig schön. Ich bin an allem Schuld, einzig wegen mir hast du keinen Freund, nur Geschäftspartner und Rotarier, nicht einmal eine geheime Geliebte hast du. Du bist kein Haberlieb. Selbst die Balbukina zockt dich ab. Du bist der einsamste Mensch auf Erden, ohne Intuition, ohne Bewusstsein, ohne Lebensplan. Du lebst nicht, du schlitterst durch ein Leben, in dem das passiert, was du dir ausgedacht hast, ohne zu merken, was wirklich passiert."

„Dumme Gans!"

„Hab ichs nicht gerade gesagt?" Auf dem Vorplatz hupte ein Auto dreimal kurz. Darauf hatte sie inständig gewartet. „Ich habe ein kleines Rendezvous", sagte sie, „mach es dir mit dir selbst gemütlich." Sie ergriff das Cello und trug es durch den Wintergarten nach draußen. Regen fiel, in den sich schwere Schneeflocken mischten.

Was war anständig? Warum sollten sie sich nicht treffen – im Wald, im Forsthaus, auf dem Vorplatz? Musste sie darüber Rechenschaft ablegen? Bis vor Kurzem hatten Gian und sie noch über Betrug und Verstellung geredet. Damit war sie jetzt im Reinen. Tat es nicht allen gut? Fast besessen hatte sie diesen Satz in den letzten Tagen wiederholt. Tat es nicht allen gut? Sie fühlte sich nicht schmutzig, nicht wie eine Betrügerin, sondern wie eine Frau, die ihr Schicksal annahm. Dazu gehörte die Nähe, die Victor ihr nicht geben konnte. Sie hatte sich schon immer gewünscht, einmal einen Brief zu bekommen, der unübersetzbar war und ihr zeigte, dass jemand sie liebte. Nun las sie, durchströmt von einem Glücksgefühl, das stärker war als alle Angst und der ganze Gerümpel des schlechten Gewissens. Schmunzelnd schob Gian ihr danach ein Kistchen entgegen. „Süferli halten!“ Er drückte ihr fest die Hand, „frohe Weihnachten“, gab ihr drei Küsse – und fuhr los.

Sie winkte ihm bis zur Kurve nach. Das Kistchen in der Linken, das Instrument in der Rechten ging sie in Zündlis Garten. Hinter den gezogenen Gardinen leuchtete der Weihnachtsbaum. Bei der Verandatür begann sie zu singen und zu spielen. „La-le-lu, nur der Mann im Mond schaut zu.“ Der Vorhang bewegte sich. Die Kinder öffneten die Tür und machten große Augen. „Aufpassen“, sagte Yana. „Augen schließen. Drei, zwei, eins – Augen auf.“ Im Kistchen rumorte es. Gians Schwester hatte es nicht übers Herz gebracht, ihre Hündin zu kastrieren. Zora hatte einen zweiten Wurf zur Welt gebracht. Jubel brach aus. Die Kinder warfen sich auf den Bauch. „Wollt ihr es Luna taufen?“, fragte sie. Luna war so aufgeregt wie die Kinder und leckte ihnen Münder und Nasen ab.

Yana war bei Mondschein eingeschlafen. Am Morgen wurde sie durch Wind und Schneefall geweckt. Übergangslos breitete sich auch im Herzen ein Sturmtief aus. An diesem 3. Januar ging Victor nochmals zu Doktor Studer. Der Arzt stellte ihn auf die Waage. Gewicht und Blutwerte waren nicht dramatisch. „Aber etwas stimmt nicht", sagte Victor nach der Heimkehr. Studer wolle weitere Labortests abwarten. „Es liegt an der Hochspannungsleitung hinten im Tal." Er setzte sich an den Computer und begann über Elektrosmog zu recherchieren. „Warum bin ich nicht längst darauf gekommen?"

„Aber dann müssten ja alle hier krank sein."

„Schau sie dir doch an." Victor überhörte das Scharren der Schneeschaufeln auf den Vorplätzen, das Gekreisch der Kinder, die sich mit Schneebällen bewarfen. Er lud sich Unterlagen vom Bundesamt für Gesundheit herunter. „Da haben wir es also schwarz auf weiß. Zwischen der Belastung des Gewebes durch Strahlen und dem Auftreten von Krebs können Jahre bis Jahrzehnte vergehen. Mutter ist nicht an einem Herzinfarkt gestorben. Und nun bin ich dran. Da, lies!"

„Bitte, nicht schon wieder! Red mit deinem Doktor Studer. Der bringt dich im Nu auf Vordermann. – Geh in den Wald, lauf dich gesund. Ich kauf etwas Feines ein für heute Abend."

Nach dem Einkauf fuhr sie statt nach Hause zu Gian. Das Gehöft auf der Lichtung war umgürtet vom verschneiten Wald. Darüber hing eine Nebelglocke, eine Ahnung von Himmel. Drinnen im Kachelofen prasselte das Feuer.

Als sie zurückkam, lag ein von Hand beschriebenes A4-Blatt auf dem Wohnzimmertisch. In Schabo gehe es nun endgültig los. Er denke nicht an Rückkehr, auch nicht an Trennung. Yana solle es an nichts fehlen. Moosimann habe eine blitzsaubere Lösung gefunden. Die Königin stand nicht mehr auf dem Schrank. Offenbar hatte er sie in den Koffer gepackt. An ihr kommt niemand vorbei, dachte sie, an dir auch nicht, Victor, du am allerwenigsten. Kein Mensch kann einfach so vor sich verschwinden. Schau dir die Figur in deiner neuen Heimat endlich mal ganz genau an, sie ist dein Lebensbild, ein schieres Orakel. Und ich? Sie fühlte sich in keiner Weise seltsam oder allein, eher so, als sei es höchste Zeit, dort zu sein, wo das Leben war, weit weg von der Angst.

35

Der Boden war noch feucht nach dem Frost. Mittags erreichten die Temperaturen knapp zehn Grad. Zu Beginn ihres dritten Jahres in der Schweiz hätte sich Yana ein bisschen mehr Sonne gewünscht. Seit ihrem Einzug in die Augenweide hatte Victor nie auch nur einen der drei Kachelöfen eingefeuert. Ebensowenig wollte er, dass sie es tat. Für ihn gehörten die Öfen zum Hausschmuck. Erst Gian hatte ihr bewusst gemacht, wie viel ein Ofen und ein Händedruck über einen Menschen aussagten. Victors Hand hatte nie Gegendruck gegeben. Von Anfang an war nicht wirklich Kraft darin gewesen. Doch sie hätte das nicht in Worte fassen können, wie es ihr bis vor Kurzem unklar war, dass sie ihrem Heimweh nach einem Land gefolgt war, in dem sie sich nie ganz hatte daheim fühlen können, weil sie nie ganz bei sich war. Sie war der schwere Kopf, das schwere Herz. Den Jerseyrock hatte sie seinerzeit gekauft, damit sie sich wiederfand, wenn sie sich abhandenkam in einem Meer aus Angst. War die Angst weg, konnte man auch im Meer daheim sein – oder im Wald.

Sie füllte den Weidenkorb mit Brennholz. Geschlafen hatte sie wie ein Stein und war erschrocken, als Gians Wecker um sechs losgegangen war. *Freu mich aufs Mittagsessen mit dir, Lieber, kanns kaum erwarten!* Der schlanke, drahtige Gian war im Dorf gern gesehen, weil er gutes Brennholz und gerade gewachsene Weihnachtsbäume lieferte und im FC Klöttingen noch mit vierzig als Torhüter glänzte. Er war gleich alt wie Victor, aber deswegen hatte sie noch lange keinen Vaterkomplex. Blaue Augen unter buschigen Brauen, hohe Stirn, starker Bartwuchs, darin ein erstes schmales Band grauer Stoppeln. Immer roch er gut, ob er aus dem Bad kam oder vom Wald. Ein Duft, für den sie sich in einem gefüllten Stadion blind entschieden hätte. Sonntags spazierten sie im Frühdunst, im Nebel, auf Moos, Stein und Sand. In der Rinde des heiligen Baums erinnerte ein mit Kugelschreiber eingeritztes Herz an ihre erste Begegnung. Drohte es zu verblassen, frischte Yana es auf. Kaum ein Mensch verirrte sich auf die Krete, wo ihnen eine vernarbte Wunde am Stamm zum Mund geworden war. Wer immer von ihnen am Baum vorbeigegangen war, hatte dem andern dort einen Kuss hinterlassen. Blieb die bange Frage, ob jeder Tag mit Gian der letzte war und ihr Kind ohne Vater aufwachsen würde. Wieder ein Traum? Eine Täuschung? Nein! Viele kleine Wunder geschahen, über die viele Erwachsene die Nase gerümpft hätten. Sie aßen zusammen, wurden ein einziger Körper und tauchten Nacht für Nacht ab in einen tiefen Ineinanderschlaf – und in Yanas Bauch wuchs gut geschützt ihr Rosinchen.

Am Nachmittag besuchte sie das Grab von Victors Mutter. Auf den Knien befreite sie es von Moos und Unkraut. Ihr neues Kleid kniff in der Taille. Zwei Elstern kreischten in einer Birke. Die Füße schmerzten. Eine mächtige Lust überkam sie, vor dem Grabstein laut zu fluchen. Aber sie war hier nicht allein. So beließ sie es bei einem leisen Zischen und stand auf. Beim Räumen hatte sie alte Briefe gefunden, in denen Victor sich als Rebell und Versager entpuppte, als reumütiger Sünder und Anpasser. Er hatte sein Studium im ersten Anlauf nicht geschafft. Seine Mutter hatte ihn in der Folge vor die Entscheidung gestellt: Entweder wiederholte er die Schlussprüfungen oder sie setzte ihn auf den Pflichtteil und vermachte ihr Vermögen der Kirche. Am Schluss hatte sie ihn dort, wo er ihrer Ansicht nach hingehörte: auf Vaters Chefsessel. Bis zu ihrem Austritt als Buchhalterin aus der Firma hatte das offenbar gut funktioniert. Dann verloren sich die Spuren rasch, der Briefwechsel versiegte.

Schwamm drüber. Sie wohnte nun bei Gian, auch wenn sie noch nicht offiziell aus der Villa ausgezogen war. Regelmäßig machte sie einen Rundgang durch die Augenweide, meist nachts, wenn es im Tal ruhig war. Sie goss den Glücksklee am Eingang, lüftete alle Zimmer und nahm jedes Mal ein paar gefüllte Abfallsäcke mit. Nach und nach würde sie auch die schweren Dinge entsorgen, den ovalen Spiegel samt Waschtisch, die Standuhr mit dem Messingpendel, das Kreuz mit den geweihten Palmzweigen am Fuß des Gekreuzigten. Irgendwann wäre das Haus leer. Dann müsste es mit sich selbst fertig werden, von Grund auf absterben, um neu zu leben, ja, eines Tages würden die toten Wände einen Hunger auf Leben verspüren. An den Menschen würde das spurlos vorbeigehen. Sie konnten sich in Häuser so wenig einfühlen wie in Bäume.

Der Kontakt mit Victor beschränkte sich auf das Notwendigste. Er lebte in seinem Hotel am Dnjestr Liman und kümmerte sich von dort aus um seine Geschäfte, über die er Yana nicht informierte. Was landete in welchen Hosentaschen oder versandete in welchen Böden und Bildern? Wann zog die erste Bank den Stecker? War sie als Ehefrau mitverantwortlich? Im Moment war ihr anderes wichtig.

Im Coop besorgte sie den Einkauf. Es gab einen Nudeltopf zum Nachtessen. Daheim schnitt sie das Rindfleisch in Würfel, dämpfte das kleingeschnittene Gemüse mit und fügte am Schluss die Nudeln bei. Jedes Essen mit Gian war ein kleines Fest. Als er heimkam, fiel sie ihm um den Hals. Lustvoll essen, beim Essen plaudern, ein bisschen stubenhocken, heimelig-angenehm, vor dem Einschlafen nochmals Hand in Hand an die frische Luft gehen, danach nackt unter die Decke schlüpfen, intuitiv Neues ausprobieren, sich in den Schlaf küssen. Was wollte sie mehr?

Als habe er etwas dagegen, weckte Victor sie mitten in der Nacht auf. Schlaftrunken versuchte sie seinen Sätzen zu folgen. Den obersten Stock des Hotels Aleksandrovskiy habe er zu einem Loft mit Büro und Sitzungszimmer umbauen lassen, in dem er mit Sergej komfortabel lebe. „Er ist mir näher als ein Bruder. Nach Feierabend nimmt er in der Badewanne die Fische aus, die im Dnjestr Liman angebissen haben."

„Sergej ist ein Schmarotzer, ein Feigling", warf sie ein. „Aber das ist zum Glück nicht mein Problem."

Victor protestierte lauthals. „Er hat eine ganze Pistolensammlung, elf Waffen. Ins Militär ging er nur nicht, weil er einen Herzfehler hat." Doch sie seien in Sicherheit, freute sich Victor, obwohl er ein Verfahren der Staatsanwaltschaft am Hals habe, lautend auf mehrfache Nötigung, mehrfachen Missbrauch einer Fernmeldeanlage, mehrfache üble Nachrede, mehrfache Verleumdung, mehrfache Beschimpfung, alles völlig aus der Luft gegriffen. „Ich vermisse Moosimann." Der Anwalt, den Sergej ihm besorgt habe, sei genau so schlitzohrig wie das ganze System. Und weil er die Sprache nicht beherrsche, sei die Situation trotz großzügiger Schmiergeldzahlungen zum Heulen. „Ich maile dir ein paar Dokumente zum Übersetzen."

„Ich bin nicht mehr das unterwürfige Dolmetscherlein von einst, Vic, auf deine Aufträge bin ich nicht angewiesen, schon gar nicht in der Geisterstunde."

Er versuchte es mit Jammern. Sein Gesundheitszustand verschlechtere sich schleichend, die Langzeitfolgen des Elektrosmogs. In Odessa habe er mehrere Spezialisten aufgesucht. Ihre Diagnosen widersprächen sich. Klar sei nur: Von Hochspannungsleitungen hätten sie keine Ahnung. Immer wenn er sich über diese Dilettanten aufrege, tauchten Sergej und er mit Schnorchel, Taucherbrille und Harpune ab.

Yana hörte ihm nur mit einem Ohr zu. Er habe einen Geschäftsmann aus Kiew an der Angel, der in Gebrauchtwagen aus dem Westen investieren wolle. „Baumwolle wäre auch was, hat Sergej heute gemeint. Morgen kommt ein Oligarch an Bord." Und ebenso bald ist er wieder weg, ergänzte Yana in Gedanken. Sie hätten sich ein Boot und eine neue Tauchausrüstung gegen den Frust gekauft und feierlich beschlossen: Erstens Vergangenheit endgültig vergessen, zweitens nie wieder etwas mit einer Frau, drittens etwas Neues, Großes anpacken. Im Handumdrehen hätten sie eine Datingseite aufgebaut. Gegen eine Mitgliedsgebühr bekämen Deutsche, Schweizer und Österreicher Zugang zum Onlinekatalog. Jede Nachricht, die ein Mann einer Frau schicke, koste sechs Dollar. Davon bekomme die Frau einen Dollar. Eine Frau, die täglich ein Dutzend Mails schreibe, verdiene bei ihnen zwölf Dollar.

„Ich will das nicht hören, Victor, ihr widert mich an", sagte sie und begann im Nachthemd die Blumen zu gießen. Ungerührt fuhr er weiter. Sergej habe den gleichen Willen wie er. Ihn könne er nachts um drei aus dem Bett holen. Viele reiche Ukrainer seien alt und würden bald sterben. Das bedeute Nachlässe, die jemand verkaufen müsse. Also würden sie Liquidatoren und der Taschenrechner der Dritte im Bunde, der vorgebe, welche Rendite zu erzielen sei. „Es ist genug, Victor. In deinem Domizil ist Tag für Tag die Zukunft angesagt, aber es ist definitiv nicht meine!"

„Ja, die Zukunft beginnt hier. Calgex war einmal." Dieses Erbe sei er los, inklusive Kubus 1. Leider sei er weit unter seinem Wert weggegangen, an die Holländer. Aber mit den Millionen in der Privatschatulle lasse sich in der Ukraine im Vergleich zur Schweiz ein Vielfaches bewegen.

„Victor, mir reichts!"

Er wurde nur noch lauter. Das Bauloch für die sechs restlichen Kuben sei er nicht losgeworden, doch Moosimann werde auch dafür eine standesgemäße Lösung finden. Ebenso standesgemäß habe er sich eine schwarze Mercedes-Limousine der S-Klasse gekauft.

„Denkst du je an mich?"

„Selten", lachte er. „Du hast mich einen Haufen Energie gekostet, hast die ganze Zeit an meiner Seite verbringen, Feuerstellen und Schneemänner mit mir bauen wollen. Und nachts: Komm ins Bett, ich will mit dir schlafen." Alles mündete in seinem Erinnerungsbild in diese Wasch- und Wohlriechrituale, in diese beklemmenden Flüstersätze, liebst du mich auch ein bisschen, diese Endlosschlaufen. „An meiner Seite hättest du es schaffen müssen, Yana. Ich habe über alle deine Ausbrüche hinweggesehen. Doch irgendwo kommt ein Punkt, wo ..."

Auch für sie war ein Punkt erreicht. Grußlos legte sie auf.

36

Gian war bis auf die Knochen nass. Davon holte er sich nicht den Tod, ja, nicht einmal einen Schnupfen holte er sich mehr nach all den Jahren im Holz. Die Kettensäge war scharf und gut gefeilt. Jeder Baum war sein Gewicht in Kilowattstunden wert. Eine Stunde hatte ihm genügt, einen alten Baum zu fällen, ihn zu entasten und den Stamm in gleichmäßige Stücke zu zersägen. Vor der Hauswand schepperte das Buchenholz über die Ladefläche des verbeulten Anhängers. Nun gab es Znüni. Niemand verbrannte so viele Kalorien wie ein Holzfäller. Yana hatte eine Apfelwähe gebacken. Er setzte sich zu ihr auf die Ofenbank. Seine Kleider dampften. „Ich gehe auf wie ein Gugelhopf", sagte sie, „sieht man mir endlich an, dass ich schwanger bin?"

Er streichelte ihren Bauch. „Da hat noch viel drin Platz!" Auf dem letzten Ultraschallbild lag ihr Rosinchen schön mit dem Popo nach unten, keine Chance zu erkennen, ob es ein Mädchen oder ein Junge war. Es hatte sich viel bewegt, mit den Händchen gewackelt und mit den Füßchen getreten. Sie hatte ausreichend Fruchtwasser und die Plazenta war groß genug. Wenn es auf seinen Füßchen stehen würde, hatte die Ärztin gesagt, wäre es fünfundzwanzig Zentimeter groß. Vor sechs Wochen war es gerade mal neun Zentimeter groß. Und der Kopf hatte einen Durchmesser von fünf Zentimetern. Leider war das Foto nicht sehr scharf. Aber oben konnte man die Wirbelsäule sehen, links den Kopf. Es lag in dieser Perspektive auf dem Bauch. Richtig gesehen saß es allerdings genau auf ihrer Blase.

Zum x-ten Mal gingen sie das Alphabet durch, ihr Pausenspiel, und suchten nach passenden Namen. Aline, Anjo, Anna, Arno. Klingen sollte der Name, wenige

Konsonanten sollten sich in ihm reiben. Für Patin und Paten hatten sie sich längst entschieden: Irina, die in Kürze endlich in die Schweiz zurückkehren würde, und Tini. „Es ist höchste Zeit, die beiden anzufragen", sagte er. „Ich übernehme Tini. Und jetzt wird Holz gespalten." Breitbeinig stellte er sich vor den Spaltklotz und hob die Axt, die gebeugten Ellenbogen auf Kopfhöhe. Kurz vor dem Einschlag gab er der Axt einen leichten Schwung nach innen. Parallel zu den Fasern drang sie ins Holz ein und sprengte es entzwei. Kein Zögern, kein Zweifeln. Geschwindigkeit, Rhythmus und Präzision waren wichtiger als blinde Kraft. Yana las die Scheite auf und stapelte sie an der Hauswand. Alles, was flog und fiel, hatte sie schon als Kind fasziniert. Der Holzstapel gab ihr ein Gefühl der Geborgenheit. Er machte niemandem etwas vor. Stets sah man, wie viel man noch hatte. Nebenbei lehrte sie Gian das La-le-lu-Lied und sie erfanden Zusatzstrophen, in denen dem Mond das Wetter herzlich egal war und er vom Himmel ins Moos sank.

„Genug für heute!" Verschwitzt drückte sie Gian einen Kuss auf die Stirn.

„Dann ruf ich jetzt Tini an", sagte er. Noch war der Frühling nicht in Fahrt gekommen. In der Stube legte Yana neues Holz auf. Leichtes Holz verbrannte sie mit einem größeren Scheit harten Holzes, Buche oder Eiche. Dieses Scheit glühte noch lange, nachdem die anderen Scheite erloschen waren, hielt den Ofen warm und sorgte dafür, dass er nicht ausging. Fichtenholz knisterte und loderte schnell auf, Funken flogen, wenn die Harztaschen explodierten. Espe ergab große und gleichmäßige Flammen. Das von dunklen Jahrringen durchzogene Eichenholz roch nach Honig. Erstmals in ihrem Leben wohnte Yana in einem Haus, das auch im Winter kuschelig warm war. Alles lief rund. Die Stelle auf dem Migrationsamt hatte sie aufgegeben. Nur den Unterricht mit ihren Schülern wollte sie bis zur Geburt des Kindes im Sommer weiterführen.

„Tini freut sich auf sein Patenamt", sagte Gian. „Er hat schon ganz viele Ideen, was er mit dem Rosinchen unternehmen will. Ob Bub oder Mädchen, Hauptsache, es spielt im Fußballclub. Unser ehrenwerter Club-Kassier will mich übrigens fürs Präsidium vorgeschlagen. Ich weiß, es ist der falsche Moment. Aber einer muss ja in den sauren Apfel beißen."

Sie ließ die Füße baumeln. „Ich trau dir das zu ... Aber Daddy comes first, versprochen?"

„Versprochen und mit Kuss besiegelt. Und außerdem verspreche ich dir, den Gleitschirm für die nächsten zwanzig Jahre im Keller zu lassen." Yana legte Holz nach. Kam ein perfektes Scheit in den Ofen wie jetzt, wurde sie wehmütig. „Nicht heulen", lächelte Gian. „Den Duft von frischem Holz nehmen wir ins Grab. Nichts ist vergleichbar mit dem Seelenfrieden, den ich beim Holzspalten erfahre – außer die Liebe. Nichts lässt sich rückgängig machen. Wenn ein Klotz gespalten ist, ist er gespalten."

Sie schmiegte sich an ihn. Noch viele Stunden, nachdem das Feuer verloschen wäre, gäbe der Ofen auch diese Nacht Wärme ab – wie ein Felsen, der tagsüber die Sommersonne gespeichert hatte. Bald würden hier die Kindersocken dampfen.

37

Eine durchnässte Hummel suchte Unterschlupf unter dem Tribünendach. Der Fußballplatz stand unter Wasser. Von den Bäumen gefegte Blätter schwammen darin. Windböen beschleunigten den Ball. Beim Aufprall spritzte das Wasser in alle Richtungen. Aber Gian hielt das Tor rein in seinem dottergelben Dress, ja, in der Nachspielzeit stürmte er nach vorn und versenkte das Leder zum 1:0 Sieg in die linke Ecke. Torhüter überlistet Torhüter. Dafür verehrten sie ihn im Dorf, für seine unorthodoxen Ausflüge, die meist gut endeten. Und von Yana gab es einen Kuss aus dem hüpfenden Herzen.

Im Vereinslokal stießen Spieler und Zuschauer bei einem improvisierten Stehimbiss auf ihren Torschützen und neuen Präsidenten an, von dem man sich im Zusammenspiel mit dem bewährten Kassier gesunde Finanzen und einen raschen Aufstieg in die Zweite Liga erhoffte. Alte Torhüter- und Stürmerlegenden wurden aufgefrischt. Einer fragte Gian um Rat, was er mit der hausgroßen Weidbuche auf seiner Wiese tun solle. Mindestens hundert Jahre habe sie auf dem Buckel, ein lebend erstarrtes Denkmal, das unendlich viele Wetter überdauert habe. Aber der Baum sei nutzlos geworden, da die letzten Kühe längst aus seinem Schatten verschwunden seien, ein legendäres Wesen, womit man wieder bei den Torhütern sei.

Mitten im frohen Geplauder und Fachsimpeln klingelte Yanas Handy. „Ewa, du? Willst du Gian gratulieren?" Um sie herum lieferten sich ein paar Kinder eine Verfolgungsjagd. Sie legte die Linke schützend auf die Wölbung ihres Bauches.

„Großmutter ist vor zwei Stunden gestorben", sagte Ewa ruhig. „Ihr Herz ist einfach stehen geblieben. Es hatte wohl schlicht genug."

„Irgendwie hab ichs gespürt. Ich habe heute die ganze Zeit an sie gedacht. Entschuldigung, es ist so lärmig hier drin! War sie allein?"

„Ich war bei ihr, habe sie gewaschen. Sie ist wie verwandelt, das Gesicht ganz friedlich. Ich glaube, sie hat gefunden, was sie suchte. Fürs Mittagessen haben wir noch einen Sonntags-Karpfen gestopft. Sie hat ihn kaum angerührt. Sei nicht traurig. Oder doch? Ein paar Tränen hat sie ja schon verdient. Ich erledige jetzt erst mal alles, was erledigt sein muss." Neben dem Flipperkasten versank Tini in einem fleckigen, speckigen Armsessel. Drei glatzköpfige Klöttinger Fans wackelten an der Theke synchron mit den Köpfen. „Zuletzt hat sie sich fast stündlich nach dir erkundigt", sagte Ewa.

„Wann ist die Beerdigung?"

„Nicht vor Freitag."

„Ich versuche, einen Flug zu kriegen."

Auf der Heimfahrt zum Forsthof stiegen Schwindel und Übelkeit in Yana hoch. Wie würde ihr Rosinchen den Flug überstehen? Durfte sie überhaupt fliegen? „Kannst du zur Beerdigung mitkommen?", fragte sie Gian.

„Klar, sofern ich frei kriege. Ist Victor bei der Abdankung auch dabei?"

„Bestimmt nicht. Ihn wirft Großmutters Tod zuletzt aus der Bahn." Sie lehnte sich leicht an seine Schulter. „Es wird mir zu viel. Ich kündige die Mittwochsarbeit mit den Schülern – zum Ende des Schuljahrs."

In der letzten Stunde hatten sie die Vorvergangenheit durchgenommen. Ich gehe nach Hause, bevor ich nach Hause gegangen bin, hatte ein Kind geschrieben. Die Schüler hatten den naiven Humor ihrer Lehrerin ins Leben übernommen. Sie würde sie vermissen, wie sie Großmutter vermissen würde. Und doch war es gut, wie es war. Großmutter hatte kein einfaches Leben gehabt. Vor ihrer Heirat hatte sie jahrelang Eichenfässer mit Eiswasser ausgewaschen. Alle hatten sie verachtet und beschimpft als Tochter eines einstigen Schweizer Großbauern. Tag für Tag hatte ein Mann vom Geheimdienst sie verhört und immer dieselbe Frage gestellt: Weshalb ihre Familie 1940 nicht mit den andern Deutschstämmigen weggefahren sei. Die Geschichte mit dem Achsbruch am Pferdewagen hatte ihr niemand geglaubt. Erst einem Zugereisten hatte sie dann leidgetan. Um sie zu retten, hatte er sie 1955 geheiratet. Kurz darauf war er gestorben. In der Folge war es ihrer Babuschka nicht gelungen, Schabo zu verlassen. Lange war sie ganz besessen davon gewesen, in die Schweiz zurückzukehren, in die Heimat ihrer Vorfahren. Manchmal hatten ihre Abstecher in die Vergangenheit wie das Rauschen einer Spülmaschine geklungen. Im Gegensatz zu Großmutter hatte Yana nie Schweizerblut in sich gespürt – und doch war sie in der Schweiz gelandet. Zum Glück, dachte sie und warf Gian einen stillen Kuss zu.

38

Der April blieb nass und bleiern. Für die Jahreszeit ungewohnte, grelle, monströse Blitze schlugen am späten Donnerstag in die Hochspannungsleitung im Tal ein, Donner hoben sie aus den Fugen und zerschnitten sie in der Luft. Unter der Fluh fielen die Bäume mitsamt den Wurzelstöcken, ein unmenschliches Ächzen und Krachen. Innert einer halben Stunde wurde der Hang zum Baumfriedhof. Gian vergeudete kein Wort und machte sich mit seinen Leuten an die Arbeit.

Yana flog allein nach Odessa. In diesem Zustand duldete der Wald keine Abwesenheit des Chefs. In der Sitzreihe vor ihr hatte ein Kind eine Vielzahl von Puppen ausgebreitet. Liebevoll putzte es sie heraus. Der Vater an ihrer Seite brach ständig in ein wieherndes Lachen aus, das ihr durch Mark und Bein ging. Das Flugzeug flog durch eine endlose Nebelwand. Warum tat sie sich diese Strapazen an? Nicht einmal Trostschokolade hatte sie bei sich. Die Müdigkeit drückte sie in den Sitz, die Gelenke schmerzten. *Lieber Gian, du fehlst. Du wärst mein Fels in der Brandung. Wäre gern dein Glühwürmchen im Wald. Funkelkuss aus dem Nebel.* Sie wandte sich von ihrer Nachbarin ab, um ein Aufschluchzen zu verbergen. Vergeblich versuchte sie sich mit dem Ordner abzulenken, den Tini ihr für Victor mitgegeben hatte. Im aktuellen Zustand habe die Rechnung der Stiftung für schweizerisch-russischen Kulturaustausch bei der anstehenden Revision nicht den Hauch einer Chance. Yana würde den Ordner an der Hotel-Rezeption abliefern. An einem Wiedersehen mit Victor war ihr nicht im Geringsten gelegen.

Über Odessa spannte sich ein schwerer, sandfarbener Himmel. Ein älterer Mann schüttelte auf einem Mäuerchen einen Kieselstein aus seinem Schuh. Er schaffte es nicht mehr aufzustehen. Yana half ihm auf die Beine und stolperte dabei selbst über eine Plastikflasche. Die dünnen Arme des Mannes kamen ihr vor wie die dürren Äste eines entwurzelten Baumes. Die Zeit war knapp. Für den Zug nach Schabo war es zu spät. Sie winkte ein Taxi herbei.

Vor der kleinen Schabner Kirche empfing sie das Miauen hungriger, herumstreunender Katzen, die ihr ins Innere folgten. Sie kam gerade noch rechtzeitig, stellte ihren Koffer in die hinterste Bank und setzte sich in die vorderste neben Ewa. „Alles gut?"

„Alles gut!" Außer ihrer Schwester und ihr waren nur ein paar ältere Frauen zugegen, verteilt auf drei Sitzreihen hinter ihnen. Es roch nach Urin. Was für ein trister Abschied. Wo waren all die Menschen von der Hochzeit geblieben? Der Priester folgte einem Trampelpfad ausgelatschter Bibelstellen. Wie konnte der Mann so überzeugt vom Hier und vom Dort reden?

Die Katzen strichen an den Kirchenbänken entlang und untersuchten sie auf neue Gerüche. Da war nichts Neues. Also beschnüffelten sie einander. Ein buckliges Mütterchen gab einem getigerten Tier mit aufgestelltem Schwanz einen Tritt. Die Katze sah zu der Frau auf und miaute, als wolle sie sich beschweren: Sieh, wie die Menschheit uns behandelt, sogar jene, die mit Gott am engsten verbunden sind, treten nach uns. Die andern Katzen waren zum Ausgang geflüchtet. Die Tigerkatze legte sich auf den Teppich vor dem Altar, ringelte sich zusammen und begann so laut zu schnurren, dass der Priester kurz den Faden verlor. Seine Unterlippe musste den Glauben tragen. Sie war deutlich breiter als die obere. Beim Anblick der Katze hatte er die Hände auf den Rücken genommen und sie bestimmt zu Fäusten geballt. Jedenfalls meinte Yana die Abdrücke der Fingernägel auszumachen, als er die Arme nun ausbreitete und mit bitterem Ausdruck zum Schlussgebet aufrief. Was habt ihr Menschen und Tiere mir nur getan, sagte sein Blick.

Mit steinernen Gesichtern trugen die Totengräber den Sarg aus der Kirche. Die Tigerkatze lief neben ihnen her. Hacke und Schaufel lagen noch neben dem Grab. Der Priester schielte nach der Hacke. Er wirkte brüchig und hätte sich wohl am liebsten auf das Werkzeug gestützt. Neben dem Friedhof pflügte ein Bauer seinen staubigen Acker mit einem Pferd. Eine Taube trippelte und girrte. Die braune Brühe im Brunnen stand fast. Ewa und Yana pflanzten einen Rebstock, wie ihre Babuschka ihn sich gewünscht hatte. Neben ihnen legte eine Frau beim Grab eines 19-Jährigen zwei gelbe Rosen nieder und murmelte ein Gebet. Ihr Sohn war als Freiwilliger in den Krieg gezogen und im Sarg zurückgekommen. *Slawa Ukraini, gerojam slawa* stand über dem Bild auf dem Grabstein, das ihn mit einer Panzerfaust auf der Schulter zeigte, *Ehre der Ukraine, Ehre den Helden*. Wie viele gelbe Rosen hatte Victor Yana im Überschwang der ersten Monate und in seiner Ahnungslosigkeit geschenkt?

„Freust du dich fest?" Ewa zeigte auf Yanas Bauch.

„Und wie. Unglaublich. Es hat gleich beim ersten Mal eingeschlagen. Manchmal kann ich es nicht fassen. Ist das wirklich alles wirklich?"

Ewa kochte Tee. Am Kühlschrank hing die Postkarte, die Yana Großmutter von der Rigi geschickt hatte. Sie war übersät mit Fliegendreck. Großmutter war oft böse gewesen, nicht aus Bosheit, sondern aus Verzweiflung und Zorn, dass sie es nicht mehr aus diesem Haus geschafft hatte, in dem der Schimmel an allen Wänden blühte. Sie setzten sich in den Garten unter den alten, morschen Apfelbaum. *S war trotz allem schee*, hätte Großmutter jetzt gesagt, *schaffa, schwätza on manchmol au bada, dr Obend-glockeklang vom Russekirchle her, on war dr Sonnaglanz dort weg, hen d Frösch am Limanufer quackt.* Yana hatte sie noch im Ohr. Im Alter hatte Großmutter mehr und mehr in der Sprache von früher geredet und markant geschwäbelt. Verantwortlich für den schwäbischen Einschlag waren die Mischehen. Sie hatten ihre Vorfahren gleichzeitig vor drohender Inzucht geschützt.

„Und du, Schwesterchen, hast du noch immer keine Lust auf Mann und Kind?"

„Im Hotel bin ich aufgestiegen. Aber die Wärme kommt nicht von den Männern in den Zimmern, wenn du das meinst. Ich muss mich auch nicht von Victor aushalten lassen. Heute Morgen habe ich gekündigt."

„War wohl höchste Zeit. Vic ist kein Patron. Seine Füße sind viel zu klein für die Schuhe seines Vaters, in die er viel zu früh hat schlüpfen müssen. – Und was passiert hier mit dem Haus?"

„Großmutter hat kein Testament hinterlassen. Ich übernehme es, wenn du einverstanden bist, die Schuldenlast ist ja größer als der Wert. Und ich werde im Krankenhaus von Akkerman arbeiten, in der Verwaltung. Das Spital befindet sich in einem jämmerlichen Zustand. Die Patienten liegen auf Pritschen mit dünnen Matratzen und quietschenden Drahtgittern. – Ja, unsere Heimat zerfleddert ... Alle sind müde. Nicht einmal Sergej mag noch im Altmetall wühlen. Dabei wäre Kultur jetzt wichtig." Ihre Stimme wurde trotzig. Im Fernsehen seien die schlechten Nachrichten in einer Endlosschlaufe zu sehen. Das patriotische Gelb-Blau in den Straßen täte fast schon körperlich weh. Es erinnere sie nur daran, dass es sie noch gebe. Alle verstünden Russisch, aber Russland verstünden sie nicht. „Russisch zu sprechen macht einen nicht zum Russen, sondern zum russischsprachigen Ukrainer."

„So wie Deutsch zu sprechen einen bei uns nicht zum Deutschen macht, sondern eben zum Deutschschweizer."

39

Victor stand an der Rezeption des Aleksandrovskiy, als ob er sie erwartet hätte. Kein Handschlag, kein Kuss. Yana war überrumpelt. „Arbeitest du auch hier wie ein Tier?", fragte sie, um etwas zu sagen.

„Ich verkaufe Glück. Der Preiskampf ist hart, aber wir drei sind keine Deppen, Sergej, Igor und ich." Victor, wie er leibte und lebte. Die Woche habe gut begonnen. In sechs Sprachen könne man ihre neue App hochladen und für sieben Dollar pro Monat in ein neues Leben voller Sicherheit abheben.

„Du bist immer noch der Gleiche. Der Glücksritter ist ununterbrochen auf Achse. Wir sind nicht ein einziges Mal zusammen ins Kino gegangen. – Hast du einen Moment Zeit, wenn du schon da bist?"

Er blickte auf die Uhr. „Wenns unbedingt sein muss. – Solltest du ein Zimmer brauchen: Im zweiten Stock ist was frei."

„Danke, nein. – Ich war auf Großmutters Beerdigung und ... es geht um deine Stiftung und ..."

„Entspann dich." Lässig klopfte er ihr auf die Schulter. „Du bist mein Gast!" Er wies sie zu den Polstersesseln. An der Bar schenkte er zwei Wodka ein. In seinen schwarzen Lederschuhen spiegelte sich die Lampe, die wie ein silbriger, schuppiger Fisch über der Polstergruppe hing.

„Auf dich", sagte er.

„Du weißt, dass ich morgens nicht trinke, jetzt schon gar nicht." Sie ärgerte sich über ihre Hilflosigkeit. Ein Reiher flog mit gestrecktem Hals am Fenster vorbei. Er hatte dieselbe Farbe wie Vics Maßanzug – dunkelgrau.

„Störe ich?" Sergej war fast kahl. Yana erkannte ihn kaum mehr. Das verbliebene Nackenhaar hatte er zu einem kümmerlichen Pferdeschwanz zusammengebunden.

Er sah aus wie einer der vielen Freiwilligen in Tarnuniform, aber der Krieg war definitiv nicht seine Sache. Lieber stieß er mit Victor auf den Frieden an. „Eine schlimme Zeit", murmelte er und verdrehte die Augen. Bald würde er seine Rolex verhökern und mit Schmugglerware handeln – oder einem amerikanischen Missionar verfallen.

Von der Kante des Sofas rutschte sie ganz nach hinten. Wie konnte man um diese Tageszeit Wodka trinken? Etwa zwanzig Gäste hatten sich an den Fensterplätzen verteilt. „Du siehst aus, als hättest du Hunger", erbarmte sich Victor. Eine fast kitschig hübsche Serviertochter schenkte Kaffee ein und brachte Toast und Butter. Mit einem Seufzer verzog sich Sergej in den ersten Stock. Er fühle sich erschöpft und benötige dringend noch eine Stunde Schlaf. Trug er nicht denselben Siegelring wie Victor? Ein dumpfer Verdacht stieg in Yana hoch. Vic trommelte mit dem Kaffeelöffel auf die Untertasse: „Brauchst du Geld?"

„Ich?" Yana übergab ihm die Bilanz der Stiftung. „Da fehlt nicht ein Beleg, da fehlt ein ganzer Haufen, lässt Tini ausrichten."

Er lachte laut heraus: „Wir sind keine Firma, wir sind Gentlemen."

„Tini ist am Anschlag. Die Revisoren brauchen Belege."

„Die wollen einen Krieg gegen eine wohltätige Institution führen. Dem sagt man behördliches Spießrutenlaufen." Er setzte zu einem längeren Exkurs über den Weltfrieden an.

„Mein Zug fährt in zwei Stunden", unterbrach ihn Yana. Ihre Blase drückte. „Ich bin gleich zurück."

Kaum saß sie auf dem WC, erlosch das Licht. Im Dunkeln tastete sie sich der Wand entlang zur Türe. Am Tisch fand sie Victor über den Ordner gebeugt. „Ich muss weg", sagte er, „ein Anruf vom Handelsministerium. Ich faxe Tini alles. Sergej fährt dich."

Sie zeigte auf seinen Ring und fragte aus einer Eingebung heraus: „Liebst du Sergej?"

Ganz entgeistert kaute er auf dem Daumen herum. „Seit dem ersten Augenblick."

„Mit andern Worten: schon auf unserer Hochzeitsreise."

„Wir schmachteten uns von Weitem an."

„Du hättest mich also bis ans Lebensende betrogen?"

„Für ihn bin ich nicht so erotisch. Er hat auch andere Kontakte. Aber wir haben kein Geheimnis voreinander."

„Was für ein Glück!"

„Das Gesamtgleichgewicht unserer Investitionen stimmt."

„Auch wenn er sich auswärts schadlos hält?"

„Kann ich auch, wenn ich will." Er machte sich auf Richtung Tür.

„In unseren Jahren hast du mich Dutzende Male zurückgewiesen", sagte sie. „Ich kam mir völlig ausgeliefert vor, ohnmächtig und abgewertet. Ich hätte gern mit dir geweint. Aber ..." Er war bereits über der Schwelle. „Übrigens", rief sie ihm nach, „die Hündin war trächtig."

„Welche Hündin?"

Sie trat bis auf Armlänge an ihn heran. „Der tote Husky der Zündlis, Snow. Erinnerst du dich an deinen Vierzigsten? Ich dachte immer, das Tier sei ein Rüde ... Schneckengift, Liz Zündli hat mir den Obduktionsbericht gezeigt."

Er machte eine abwehrende Handbewegung. „Hier werden täglich jede Menge Hunde vergiftet, auf offener Straße, sogar der Staat legt Köder aus für die Köter."

„Du rennst auch hier vor allem und allen davon, wie ein kleiner Bub, du hast schreckliche Angst davor, groß zu werden. Niemand erwartet dich im Handelsministerium. Vor dem Alter bist du bald gefeit, aber gegenüber deiner inneren Entwicklung drohst du ein ewiger Feigling zu bleiben – und unfruchtbar. Und noch etwas: Ich lasse mich scheiden."

„Das kannst du dir nicht leisten."

„Ich brauche keine Abfindung, wenn du das meinst. Und falls du es nicht bemerkt hast: Ich bin schwanger."

Eisiges Schweigen. „Doch nicht dieser Waldmensch?"

„Wenn du unter Waldmensch den Förster verstehst: ja. Der letzte Wunsch deiner Mutter ist fast erfüllt. In dreieinhalb Monaten ist das Kind da – wenn auch nicht vom eigenen Sohn."

Victor hörte sie nicht mehr. Er hatte die Tür zum Wagen zugeknallt.

„Another coffee?", fragte die Serviceangestellte.

„Yes, please." Vom leeren Aschenbecher auf dem Tisch ging ein kalter, kranker Geruch aus. Die Topfpflanze daneben lechzte nach Wasser. Hau ab, schien Sergejs Büffeltrophäe an der Wand zu sagen. Yana trank den Kaffee in einem Zug und bezahlte. Es war höchste Zeit für die endgültige Heimreise in die Schweiz.

Ewa fuhr sie zum Bahnhof. „Tut mir leid, ich habe nicht gemerkt, dass er schwul ist", sagte sie, nachdem Yana ihr in einem Schwall alles erzählt hatte. „Ich war wie du auf beiden Augen blind."

„Am Heiligen Abend hatte ich ein merkwürdiges Gefühl, als er mir dieses süße Parfum schenkte. Aber ich hätte es nicht in Worte fassen können. Von ihm kam ja von Anfang an nichts, nicht ein einziges Mal. Nun bin ich fast erleichtert, dass ich nicht eine unerotische Frau bin, sondern er ein schwuler Mann. – Die Einladung für die Taufe gilt. Und noch etwas: Ich möchte, dass du auch reich bist, Ewa – an Glück, Liebe, innerem Frieden."

In der Abflughalle herrschte das nackte Chaos. Das Flugzeug hatte einen Triebwerkdefekt. Ein Uniformierter verteilte Wolldecken. Die Ersatzmaschine wurde nicht vor dem frühen Morgen erwartet. *Lieber Gian, neben mir könnte ein Meteorit einschlagen, wenn du nur bei mir wärst. Aber du hast jetzt Training. Bin durcheinander. So ein Mist. Muss mich gedulden. Wünsch dir ein gute Nacht mit vielen schönen Träumen. Wäre gern dein Sandfrauchen.* Wie die anderen Fluggäste schlief sie auf ihrem Handgepäck, um es vor Diebstahl zu schützen. Um Sechs erlöste sie sich mit heißem Kaffee aus der Starre, kaufte sich ein Sandwich und ein Mineralwasser und rief Gian an. Seine Stimme war so nah, als läge er neben ihr auf der Decke. In Gedanken kuschelte sie sich an ihn. „Die schlimmen Sachen erzähl ich dir daheim", sagte sie, „Hauptsache, es hat vorhin fest gestupst, hörst du es auch, sag ja!" Sie hielt das Handy auf den Bauch.

Er lachte sein fröhliches Lachen. „Die Wiege ist fertig geworden. Morgen fange ich an, das Kinderzimmer zu täfern!"

„Wie läuft's mit der Arbeit?"

„Unter der Fluh ist es schwierig." Zwei Jäger hätten eine auf der Flucht von einem Baum erschlagene Bache mit Seilen und Haken abtransportieren müssen. Das Fallholz sei kein Geschäft. Das meiste müsse er zu Dumpingpreisen in den Export geben. Gleichzeitig komme aus dem Ausland Billigholz nach Klöttingen. „Vom Balken bis zum Leistchen wird online bestellt." Gian kamen deswegen nicht die Tränen. Er tat, was er konnte. „Ich bleibe ein Holzwurm. In London wird ein dreihundert Meter hoher Wolkenkratzer aus Holz geplant. Mit solchen Bauten aus einheimischem Holz könnte Victor glänzen. Sie müssen ja nicht dreihundert Meter hoch werden, dreißig Meter genügen."

Ihr Flug wurde ausgerufen. „Mach's gut. Wie ich dich vermisse!"

„Ich dich doch auch!" Sie stellte sich in die Warteschlange. Vor ihr liebkoste und verwöhnte eine Mutter ihren Bub so übertrieben, dass sie sich schaudernd abwandte.

Als die Ersatzmaschine gegen zehn Uhr endlich startklar war, setzte sich ein Mann mit triefenden Tränensäcken und wild aus den Ohren sprießenden Haarbüscheln neben sie. Er sei Neurochirurg und müsse sich dringend auf eine Vorlesung vorbereiten, sagte er entschuldigend. Der Umschlag des Buchs, das er mit Leuchtstift traktierte, zeigte ein offenes Gehirn. In seinem Inneren sah es aus wie weißes Gelee. Darunter blickte man auf schimmernde, tiefblaue Hirnvenen, ein Geflecht, das wirkte wie das Dach einer Kathedrale.

„Ich mag nicht lesen heute. Neurochirurgie ist schön, weil man beim Operieren Angst hat", sagte der Mann, als er das Buch nach wenigen Minuten zur Seite legte. „Wenn ich operiere, ist das wie in einen dichten Wald gehen. Man kann auch sagen: Es ist Bergsteigen für Feiglinge." Er zeigte auf ihren Bauch. „Hat es eingeschlagen?"

Sie lachte laut. „Als es passierte, wusste ich zum ersten Mal, dass ich existierte."

„Schlimm?"

„Nein, glücklich."

Es waren ihre einzigen Worte auf dem Flug – und was für merkwürdige. Während sie redeten, hatte sie sich ständig den Moment vorgestellt, in dem sie Gian wieder in die Arme fiele.

Beim Landeanflug wurde ihr übel. Kalter Schweiß am ganzen Körper. Sie hatte Panikattacken. Nur nicht erbrechen. Nur keine Blutungen. In der Flughafendrogerie kaufte sie Magnesiumtabletten. Ein Obdachloser bot ihr eine halbleere Dose Bier an, als er sah, wie sie zitterte. Straßenmusikanten buhlten um die Gunst der Passanten. Ein junger, gespenstisch dünner Schwarzer verkaufte Schals und Regenschirme. Sie bahnte sich einen Weg durch die Menschenmenge. Für die Zugfahrt nach Hause hatte sie sich einen Platz reservieren lassen.

An einer tristen Kulisse aus Plakatwänden, besprayten Mauern, Neonreklamen, Industriebauten und Baugruben vorbei fuhr der Zug aus dem Flughafengelände. Im Abteil streckte ihr ein kleines Mädchen mit verschmiertem Mund ein Schokoladepapierchen entgegen. „Pfui", schimpfte die Mutter, die mit beiden Händen abwechslungsweise ihr linkes und rechtes Knie knetete. Das Kind legte sich aufs Polster und sah Yana forschend an. „Das macht man nicht", wies die Mutter die Kleine zurecht. Ohne Regung im Gesicht drehte sich das Mädchen zur Wand. Wurde jede Mutter, ob sie wollte oder nicht, zu einem krankhaften Wesen?

Im WC funktionierte das Wasser nicht. „Endlich heim", murmelte Yana und verrieb vor dem Spiegel etwas Spucke unter den Augen. Weiß und blutleer waren ihre Finger vor Sehnsucht. Zurück im Abteil, sah sie draußen hinter dem Bahnbord einen Mann über einen Zaun steigen. Wohin sie schaute, erblickte sie auf einmal Zäune. Die sichere, halbtägige Heimreise kam ihr plötzlich unverdient vor. Viele Schabner hatten fünf Jahre dafür gebraucht. Die 900 Seelen aus Schabo hatten 4.000 Hektar Acker- und Weideland zurückgelassen. Eine kleine Völkerwanderung hatte in jenem Juni des Jahres 1940 eingesetzt. War die Welt seitdem besser geworden? Nicht nur die Schweiz lebte im Zeitalter des Zauns. Ganze Landesgrenzen wurden umzäunt. Zäune schreckten ab – und zogen an. Es war paradox. Menschen fanden wie wildes Wasser überall einen Weg. Und irgendwann zerbrach jeder Zaun.

Auf dem Perron heulte sie hemmungslos. Gian drückte sie an sich und ließ sie ausweinen. Mehr als den Willkommenskaffee im Bahnhofbuffet genoss sie die Wärme seiner Beine an ihren. Sie war wieder da. Das Glück war mit Händen greifbar. Sie hörte Gians regelmäßigen Atem, trank mit kleinen Schlucken und fühlte sich reich. „Ich will hier alt werden" sagte sie leise, „und ich wünsche mir, dass man meine Asche auf der Kuppe unter der Buche verstreut."

40

In den endlosen Stunden vor der Arztvisite war Yana fast draufgegangen. Das Ergebnis des Aidstests war negativ. Sie hatte vor Freude und Erleichterung minutenlang geweint. Am Bahnhofkiosk hatte sie sich eine dunkle Waldschokolade geleistet, zur Feier ihrer durch nichts getrübten Schwangerschaft. Nun schwebte sie fast zur Augenweide, wo sie auf elf Uhr mit Tini verabredet war.

Vor der Villa kam ihr Roberto Marvullo entgegen. Sie hatte ihn monatelang nicht mehr gesehen. Im Tal sei man in den ersten Wochen nach Vics Auszug erleichtert gewesen, sagte er. Es sei vorbei gewesen mit Angst und Wut. Bereits im März aber habe es neues Ungemach gegeben. Hans Wüetrich habe seine Firma ins Privathaus verlegt, was für mehr Verkehr sorge, und Walo Hohls Garageneinfahrt werde immer häufiger als Wendeplatz missbraucht. Zudem habe eine Rotte Wildschweine eines Nachts alle Vorgärten umgeackert. Die im Laufe der Jahre angebrachten Zäune erwiesen sich gegen die Borstenviecher als untauglich. Das Fass zum Überlaufen gebracht habe ausgerechnet der sonst so unscheinbare Rentner Tenniker. Der ehemaliger Vorturner habe die gesamte Männerriege eingeladen und am Talbach eine Party steigen lassen, ohne die übrigen Talbewohner zu informieren. Zwei Männerriegler seien in den Bach gefallen, einer habe morgens um vier auf der Suche nach Bier den Kühlschrank mit seinem Sackmesser bearbeitet. Giftiges Gas sei ausgetreten, die Feuerwehr sei mit Blaulicht vorgefahren, die Polizei habe sich um die blauen Männerriegler gekümmert. „Wenig später traten an den Fassaden der bachnahen Häuser fast zeitgleich die ersten Risse auf", fuhr Marvullo stirnrunzelnd weiter, „eine Folge des Frühlingssturms. Die Betroffenen redeten von Baupfusch. Mit einem Schlag fokussierte sich alles auf mich, den Architekten." Seine Augen heischten um Mitleid. Der Mensch braucht wohl immer einen Feind, dachte Yana. Das Hirn funktioniert noch wie in der Steinzeit. Kaum ist der eine weg, sucht man sich den nächsten.

Über allem thronte die Villa mit ihren geschlossenen Fensteraugen und dem Garten, in dem sich das Unkraut mit aller Frühlingskraft entfaltete. Erstaunlicherweise regten sich die Zündlis als direkteste Anrainer am wenigsten auf, im Gegenteil, sie schienen Gefallen an der Situation zu finden. Jedenfalls redete Liz ganz unverkrampft mit Yana, als sie am Zaun zu jäten begann. „Ich kann unsere Kinder leider nicht ständig kontrollieren. Sie halten sich am liebsten in eurem Garten auf, mittendrin Luna."

„Sollen sie sich nach Herzenslust austoben", sagte Yana.

„Zuerst haben wir Luna ins Tierheim geben wollen, empfanden wir das unverhoffte Weihnachtsgeschenk doch als klare Provokation. Aber wie hätten wir den Kindern ihr Liebstes wegnehmen können?" Diese hätten den Schuppen zu ihrem verrufenen Schloss erklärt, das niemand außer ihnen und Luna betreten dürfe und das ihnen mehr als Ersatz sei für die am Dreikönigstag abgerissene Baumhütte, während Victors Spielhaus am Zaun sie kalt lasse. Der Schuppen hatte eine Art schwebenden ersten Stock, den man mit der Bockleiter erobern konnte, ein an Drähten aufgehängtes Podest, das herrlich wackelte, wenn man es bestieg. Mutter Muff hatte darauf bis zu ihrem Tod die Dinge gelagert, die nicht ins Haus gehörten. Vics Holzschlitten war da, sein Dreirad, Mäusefallen, ein rostiger Eimer, Haken, Gitter – alles begraben unter zentimeterdickem Zauberstaub.

Yana lehnte sich an die Wand des Schuppens und genoss die Sonne. Tini kam auf die Minute pünktlich. „Der

Gemeinderat macht sich über die Villa so seine Gedanken", sagte er. Seit die Temperaturen stiegen, gingen die heranreifenden Dorfschönheiten nach dem Abendessen statt an den Bahnhof zum Schuppen der Augenweide und warteten dort auf ihre Prinzen. Mit Einbruch der Dunkelheit werde er zur schummrigen Bar. Innert kurzer Zeit seien Dornröschenrituale entstanden. Wer im Dorf verliebt sei, hänge ein kleines Schloss an den Zaun der Villa. „Da, schau!" Tatsächlich hingen über ein Dutzend Schlösser in den Drähten. Letzte Nacht habe ein Dreierteam der Polizei den Schuppen umstellt, rapportierte Tini weiter. „Sechs Jugendliche im Alter zwischen fünf- und siebzehn mussten ihre Hosen- und Jackentaschen leeren. Drogen kamen keine zum Vorschein." Im Schuppeninnern habe die Polizei einzig ein paar Dosen Bier und Energy Drinks und jede Menge Nielen gefunden, welche die senkrecht vernagelten Bretter umrankten und von denen zehn Zentimeter lange Stücke als Zigarettenersatz zirkulierten. „Im Grunde genommen ist die Dorfjugend von Klöttingen fast unheimlich brav", sagte Tini. Er selbst habe als Jugendlicher ja auch gekifft. „Der Gemeinderat trägt sich übrigens mit der Idee, die Villa, sollte sie langfristig ungenutzt bleiben, zu kaufen oder zu mieten und in ein Seniorenwohnheim umzugestalten. Das Altersheim im Dorfkern platzt aus allen Nähten." Roberto Marvullo solle beauftragt werden, eine kleine Vorstudie für eine Umnutzung zu machen, ganz im Wissen darum, dass ohne Einverständnis von Victor und ihr nichts Verbindliches geplant werden könne.

Da herrscht ja plötzlich Hochbetrieb, dachte Yana, unvorstellbar noch vor einem Vierteljahr. Zusammen gingen sie um das Gebäude. Tini schoss mit dem Smartphone Fotos. „Kommst du rasch mit zu Marvullo?", fragte er nach der kleinen Umrundung.

Roberto, gerade beim Mittagessen, lehnte den Auftrag noch auf der Schwelle ab. „Die Augenweide bleibt so stehen, wie sie ist, außen und innen, basta." Sie sei eine Schutzburg, ein Wahrzeichen, ja, sie habe die Ausstrahlung einer perfekten Heimstatt. Vor allem wolle er keine neuen Bewohner, die den ohnehin brüchigen Frieden im Tal zusätzlich bedrohten. Er schwor hoch und heilig, bei Bedarf eine Petition zu starten, die er im Überschwang „Dornröschen" taufte. Sie solle der Augenweide ihren märchenhaften Schlaf erhalten. Noch mehr: Zur Sicherstellung dieses Schlafs solle die Villa unter Denkmalschutz gestellt werden.

„Der Pioniergeist der ersten Stunde flammt wieder auf", meinte Tini ironisch, als er sich beim Fahnenmast von Yana verabschiedete. Er sah Unbill auf den Gemeinderat und jede Menge administrativen Kram auf sich zukommen. Ihr war das Geplänkel egal. Hauptsache, ihr Rosinchen war gesund und Irina kam in wenigen Stunden am Flughafen an. Eine kleine Ewigkeit hatte sie aufs frohe Wiedersehen gewartet, aufs gemeinsame Musizieren.

Hangaufwärts marschierte sie über die Krete. Noch fiel ihr das Atmen leicht. Im Forsthof schnitt sie sich eine Scheibe Brot und ein Stück Käse ab. Von weit weg und fast unwirklich waren die Sirenen der Feuerwehr zu hören. Leicht lispelnd und pathetisch gab ihr eine Beamtin der Denkmalpflege auf ihre telefonische Rückfrage Bescheid, die Augenweide sei zwar ein respektables architektonisches Kind des späten 19. Jahrhunderts, jedoch kein einzigartiges Kleinod und daher nicht unter Denkmalschutz zu stellen. Das bedeute nicht, dass das Amt einen Abriss oder Umbau befürworte. Bevor Gian aus dem Wald zurückkam, steckte Yana eine Aprikosenwähe in den Ofen. Es ruckte und zuckte im Bauch.

Was für eine Punktlandung! Irina lief auf sie zu, als gerade die Sonne aufging. Zu dritt lagen sie sich in den Armen, der Psychiater, Irina und sie. Er hatte einen Strauß roter Rosen mitgebracht, Yana Margeriten. „Ihr seid noch immer dieselben. Ich hatte so viel Heimweh nach euch, ihr könnt euch das gar nicht vorstellen", sagte Irina. „Ich habe auf dem ganzen Flug geschlafen, um bei der Ankunft richtig wach zu sein." Ihre Hände waren so lang und fein und schmal. Kurz überkam Yana das Gefühl, sie selbst werde zum Musizieren niemals befähigt sein.

„Ich habe uns wie seinerzeit vereinbart für den Chor angemeldet", sagte sie. „Morgen Abend geht's bereits los. Allein hätte ich mich nie getraut." Patrick, der Psychiater, entpuppte sich als Pflanzenfreund, der alle Blumen mochte außer Begonien. Er hatte für Irina eine Wohnung gleich neben seiner Praxis gemietet und nur einen Wunsch: Sie solle dereinst denselben Nachnamen tragen wie er. „Aber zuerst kommt ihr zu mir", sagte Yana. „Ich habe den Backofentimer gestellt. Es gibt ein rustikales Frühstück."

Die Chorprobe am folgenden Abend begann mit einem Geständnis. Auch Pfarrer Roggenbach, der in seinem letzten Amtsjahr den reformierten Jugendlichen im Konfirmationsunterricht die zehn Gebote auf zeitgemäße Art zu vermitteln hatte, war zum Schuppen gegangen und hatte sich in ein dreistündiges Gespräch über Liebe verwickeln lassen, das ihn mehrmals an die Ränder seines Lateins gebracht habe, wie er Yana schmunzelnd versicherte. Den tief schlummernden Verdacht unerlaubter Prostitution sei er nicht losgeworden. „Die Stimmung bei Kerzenschein hatte nichtsdestotrotz etwas Biblisches, und der Holzklotz, auf dem ich saß, war kaum weniger hart als meine Kirchenbänke." Es sei ein Uhr in der Früh geworden, bis sie zusammen heimgegangen seien, den Talweg entlang, er in der Mitte, Korinther 13 rezitierend. Links und rechts habe sich ihm ein Mädchen untergehakt. Er sei ganz zufrieden und doch froh gewesen, dass die Kirche mit dem Pfarrhaus gut geschützt am Dorfrand beim Eingang des Talwegs liege. So heiter und locker hatte Yana den Pfarrer noch nie erlebt. Ihr Haar hatte sie zu Zöpfen geflochten. Sie gleiche verdächtig Heidi, meinte der Dirigent. Ihr kam vor, ihre Stimme werde im Laufe der Probe feiner und reiner, auch wenn sie beim erstbesten Fehler bis auf den Haaransatz errötete. Irina an ihrer Seite war ihr eine verlässliche Stütze. Nach der Probe traf man sich am Stammtisch im Bären. Oh Wunder, sie hielt das aus, auch wenn sie vorsichtshalber an der Tischecke saß, die dem Ausgang am nächsten war. Sie lachten viel und sie lachte mit. Der Chorleiter sah die Dinge positiv. Klöttingen blühte. Niemand lief hier mit der Kalaschnikow herum oder schlitzte Autoreifen auf. Am Food Festival hatten Einwohner aus vierzig Ländern rund ums Naturbad ihre Spezialitäten präsentiert. Der eingebürgerte Kosovare Blerim führte die Feuerwehr und war mit seinem Bass eine tragende Säule im Chor. Der kurdische Tenor Kemal war Präsident der Kleintierzüchter. *Hoi Kemal, alles klar? Jaja, s mues.* Kemal engagierte sich bei jeder Hundsverlochete und spielte am Grümpelturnier in der Werkmannschaft der Gemeinde auf dem linken Flügel, während Gian das Tor rein hielt.

Lange plauderte Yana draußen noch mit Irina, bevor sie den Heimweg in Angriff nahm. Sie war angekommen im Dorf, bei den Leuten. Das Singen tat der Seele gut. Noch blieb ihr ein Monat mit ihren Schülern. Mit den Farben der verschiedenen Holzarten hatten sie in der letzten Stunde Bilder gemalt und Wörter dafür gesucht. Die Schnittfläche der Eiche war tief dunkelbraun, Nadelholz wurde im Sonnenlicht gelblich, Linde, Ahorn und Espe waren ziemlich weiß, Grauerle gab rotorange Farbtupfer. Sie hatten eine kleine Meisterschaft im Holzspalten und –beigen veranstaltet. Lücken in den Beigen, die durch krumme Scheite oder solche mit Astresten entstanden waren, hatten sie ausgeglichen, indem sie in der nächsten Reihe ein ähnliches Scheit umgekehrt darüber legten, nicht zu dicht und nicht zu locker. Eine Maus sollte noch durch die Scheite passen, aber wenn die Katze hinterherspringen konnte, war der Abstand zu groß.

Am 3. Juni saß Yana im Liegestuhl unter dem Vordach des Forsthauses. Die Mittagssonne heizte die Lichtung auf. Sie staunte nicht schlecht, als Sergej am Telefon nach ihr verlangte. Er spüre, dass Victor auf die Entwicklung, die sich anbahne, schlecht vorbereitet sei, ließ er verlauten, und dass es an ihm sei, die Verantwortung zu übernehmen. „Während das Frühstücksbuffet schrumpft und die Kaffeemaschine mit in heißen Dampf gehüllten Seufzern den Geist aufgibt, wächst mein Bart. Es liegt nicht nur an Victor, es liegt am Zustand der Welt." Der Finanzmarkt sei am Taumeln. Nun heiße es einen kühlen Kopf bewahren. „Du musst dich scheiden lassen", redete Sergej ihr ins Gewissen. „Solange du verheiratet bist, sind dir die Hände gebunden." Der gute Sergej. Was wusste er über Glanz und Elend von Eheleuten? Die Ohrfeige, die der hinzugeeilte Victor ihm offenbar in diesem Augenblick verpasste, mündete in einen markerschütternden Schrei.

„Er hat keine Ahnung vom Leben, der kleine, gemeine Zeck", brüllte Victor ins Telefon. „Er ernährt sich von meinem Blut. Dafür stelle ich ihn auf die Straße. Wer wann was beendet, bestimme nach wie vor ich."

41

Die Balbukina sei in St. Moritz ins Visier der Behörden geraten, meldete Tini aufgeregt. Grund sei eine angebliche Überweisung von zwei Millionen Franken an die Stiftung für schweizerisch-russischen Kulturaustausch. „Ich mache da nicht mehr mit, Yana, ich kündige als Rechnungsführer, ich will mich doch noch im Spiegel anschauen können."

„Ja, tu das, lieber heute als morgen. Mich geht das ja nichts an, außer dass ich mit dir fühle." Die Oligarchengattin verweise auf Abgeltungen von Beraterdiensten Vics im Bereich Kunstvermittlung, fuhr Tini weiter. Vertrag gebe es keinen. Die zwei Millionen seien, wie er auf Rückfrage klargestellt habe, auch nie auf dem Konto der Stiftung eingetroffen. Die mit einem roten Dringlichkeitszeichen versehenen Mails habe Victor nicht beantwortet, und seine weiteren Recherchen hätten in einer Kette widersprüchlicher Aussagen gemündet.

„Der Gemeinderat hat übrigens entschieden, sich mit Vic und dir um einen Kauf oder einen Mietvertrag für eine sanfte Umnutzung der Villa zu bemühen. Vic gedenkt ganz offenkundig nicht mehr heimzukehren. Und du lebst ja nun bei Gian. – Wie du im übrigen weißt, gibt es heute in der Augenweide in Sachen Stiftung noch eine Hausdurchsuchung."

„Ja, die Polizei hat mich aufgeboten, ich darf wieder mal den Kopf hinhalten für meinen fernen Göttergatten."

„Dir passiert gar nichts, Yana! – Wird es nun ein Mädchen oder ein Bub?"

„Die Blase war voll beim letzten Ultraschall. Nichts zu sehen. Ich wüsste nicht, was mir lieber wäre, ehrlich."

„Mach's gut."

„Du auch."

Yana schluckte ihre Ration Magnesium, Eisen- und Folsäuretabletten und cremte den Bauch ein. Im Wald war sie über eine Wurzel gestolpert und fast hingefallen. Ruhen und Beine hochlagern lautete die Devise. Herz, Blase, Magen, Leber, Rückenmark, Aorta – alles an seinem Ort, hatte die Ärztin beruhigt. Und die werdende Mama hatte wieder zweieinhalb Kilogramm zugenommen. Sie öffnete die Schnalle ihrer Hose. Was für seltsame Dinge einem während einer Schwangerschaft durch den Kopf gingen. War ihr Bauch elastisch genug? Ertrug sie den Geruch des Holzfeuers nicht mehr? War das Chorwochenende zu viel gewesen? Der Dirigent hatte sie gelobt für ihren weichen, vollen Ton. Und jetzt dieses Ziehen im Bauch. Lieber Gott, nur keine Frühgeburt. Oder noch etwas Schlimmeres. Sie schaffte kaum die paar Schritte vom Schlafzimmer zur Küche, wo sie sich einen Himbeerblättertee zubereitete.

Mit Gians Fahrrad fuhr sie gemächlich zur Villa. Bei der Durchsuchung von Victors Büro blieb sie im Garten. Die Erde war trocken, rissig und betonhart. Sie jätete ein bisschen, kam kaum voran, setzte sich und rieb sich die rauen Hände auf dem Schoß. Nach einer halben Stunde verließ die Kantonspolizei die Villa mit zwei Kisten. Ob man am Tatort Beweise gefunden habe, fragte Roberto Marvullo nach. Der Chef des Kommandos verbat sich den Ausdruck Tatort und beließ es bei einem spröden „No comment".

Irina wartete bereits vor dem Forsthaus. Der Tag war gerettet. Fast zwei Stunden lang musizierten sie im größten Seelenfrieden. Die beiden Celli waren auf dem Weg zueinander, auf dem Weg in die Tiefe und zu den Träumen. Mal blieben sie stehen, mal waren sie wie verhext, mal zuckten sie aus. Am Schluss waren ihre Körper warm und die Köpfe durchblutet, als hätten sie die ganze Zeit auf dem Kopf gestanden.

In der Freitagsausgabe des Klöttinger Boten ergriff der Redaktor die Gelegenheit, die Familie Muff auf ihre Bedeutung für den Klöttinger Steuerfuß zu hinterfragen. Er kam zum Schluss, man dürfe den wichtigsten Steuerzahler wegen einiger Ungereimtheiten in der Jahresrechnung seiner Stiftung nicht unnötig vergraulen, zumal in der Augenweide das Projekt einer Seniorenresidenz anstehe. „Ein Skandal", hörte Yana in der Migros an der Kasse gleichentags eine ältere Frau zur Kassierin sagen, „auf Steuerkosten. In der Villa hat es ja nicht mal einen Lift!"

Während sie ihre Siebensachen in der Einkaufstasche verstaute, meldete sich ein wutschnaubender Victor am Handy. „Inakzeptabel! Mit dieser Kündigung ist Tini nicht aus dem Schneider." Dummerweise sei er selbst gerade blockiert. Ein übereifriger Arzt habe ihn ins Spital verfrachtet, nachdem er eine Diskushernie diagnostiziert habe. Der Knochenschlosser wolle ihn möglichst rasch operieren, da er im linken Bein kein Gefühl mehr habe. Aber da sei er an den Falschen geraten. „In zwei, drei Tagen bin ich wieder draußen." Sie wünschte ihm gute Gesundheit. Übergangslos wurde er weinerlich. Er stelle sich vor, wie in der Augenweide im Frühling die Schneeglöckchen und Krokusse aus dem Boden gedrückt hätten. „Schau nur, hat Mutter dann jeweils aufgeregt gesagt. Ohne sie hätte ich die Blumen nicht gesehen. Du dagegen bist für mich fast nur noch ein Name." Volltreffer. Es habe mal Hochzeitstage gegeben, philosophierte er. Wenn er durchs Spitalzimmer hinke, überlege er sich, wofür er sich eigentlich abrackere. Er hänge nicht an den Dingen, eher hingen sie an ihm. Die Stimmung kippe. Schuld sei

Sergej. „Im Grunde ist er ein konfuser Mensch, der sich mit allen anlegt, viel Geld ausgibt und vollkommen von mir abhängig ist."

„Das ist mir bereits auf unserer Hochzeitsreise aufgefallen."

„Ja, du, du weißt immer alles im Voraus!"

„Hast du von den Umbauplänen des Gemeinderats gehört?"

„Sobald ich aus dem Spital bin, hocke ich mich in den nächsten Flieger und lese Tini und der ganzen Bande höchstpersönlich die Leviten."

Die Hausdurchsuchung erwähnte Yana nicht. Victor würde das Ergebnis früh genug erfahren. Was ging sie das alles überhaupt noch an? Lebte die Augenweide? Starb sie? Das Haus sollte entscheiden, nicht die Menschen. Efeu war wie eine Krake aus der Tiefe daran, die Wetterseite des Gebäudes mit Schlingarmen zu umfassen. Moos und andere Ranken trugen das Übrige zur Tarnung bei. Das Haus würde schon bald denselben Eindruck erwecken wie mancher in die Jahre gekommene Bunker der Armee. Die kalten Öfen kamen ihr in den Sinn. Sie war nun eine Meisterin im Feuern. Birkenholz war im trockenen Zustand so luftig, dass man hindurchblasen konnte. Wenn sie ein Spülmittel auf das Ende der Scheite schmierte und drauflos pustete, gab es Blasen. Für ihr Kind trocknete sie Eichenholz im Backofen. Wald und Wärme gehörten zusammen. Sie war angekommen. Und Victor? Für sie war er der unglücklichste Mensch auf Erden. Er hatte sein ganzes Leben im Mutterbauch verbracht, ohne Zugang zu seiner Potenz, in der Gebärmutter kastriert, ein versklavter Sohn. Sie hätte ihm eine späte Geburt gegönnt.

42

Mit Victor gehe es in höllischem Tempo abwärts, orakelte Sergej. Die Operation habe er sich erspart, der Is-
chiasnerv drücke. Bevor er sich von diesem Moosimann
getrennt habe, sei es dem Anwalt gelungen, das Areal
mit der klaffenden Baugrube hinter Kubus 1 zu einem
Schleuderpreis an einen Immobilienfonds zu verkaufen.
Zudem habe Moosimann die Werke der Sammlung Muff
in Auktionen einbringen lassen. Victor müsse wohl zufrieden sein, wenn er mit dem Erlös die Löcher in der Kasse stopfen könne. Der Kunstmarkt knausere und die von
Victor eingefädelten großen Coups seien auf der ganzen
Linie gescheitert, weil er nicht auf ihn höre. „Er hat keine
Ahnung von unserem Land. Die Ukraine ist ein korruptes
Fass ohne Boden."

Yana lachte laut heraus. „Wer ist da korrupt? Natürlich
willst du auch mich noch ausnehmen. Vergiss es."

Sergej zeigt sich unbeeindruckt. Seit Kurzem verkaufe
ein Weißrusse auf dem Quai in Odessa in seinem Namen
auf der Ladebrücke eines ausrangierten Militärfahrzeugs
Schweizer Militärmesser von Victorinox. „So ist doch
noch etwas los", meinte er vielsagend. Er brauche nur ein
kleines Darlehen. Weil der Religionsmarkt blühe, wolle er
in der Nähe des Hafens eine überkonfessionelle Kirche
bauen, ein Haus, für das alle Religionen Aktien erstehen
könnten. Auf Victor könne er nicht mehr zählen. Seine
Lebensgeister seien so schwach. Er sitze nur gähnend
im Liegestuhl und trinke. Den Hosenschlitz bekomme
er kaum noch rechtzeitig auf. Morgen für Morgen rieche
er, als habe er die Nacht in einem Stall verbracht. „Ist er
völlig betrunken, zieht er eine meiner Pistolen aus dem
Glasschrank und geht in den Hof, um Ratten zu schießen." Victors Gebiss passe sich in Form und Farbe immer

mehr dem eines Pferdes an. Die Zähne seien gelb und stumpf, als habe er zeitlebens Heu zermalmt. „Die Hotelgäste wenden sich von ihm ab. Stattdessen kommen die Blutsauger vom Finanzamt, und die Uhr an der Rezeption steht wieder so still wie seinerzeit an eurer Hochzeit."

„Erspar mir weitere Intimitäten", sagte Yana. In ihrem Bauch zappelte es. Sergej nannte ihr die Nummer eines Kontos, auf die Victor ihm die Hälfte ihres zusammen erwirtschafteten Vermögens überweisen sollte.

„Frag ihn doch selbst!"

„Ich soll mir das Geld aus meinem Hintern holen, hat er gehöhnt. Ich habe keine Lust mehr auf gemeinsame Geschäfte, auf irgendeine Form von Gemeinsamkeit. Er spricht nur noch mit sich selbst und glotzt die Königin an. Die Skulptur kotzt mich an. Sie steht auf seinem Nachttisch. Das Original gäbe er nur über seine Leiche her, sagt er. Ihm bleibe genug Geld, um sich bis ans Ende seiner Tage den Arsch damit zu wischen."

43

Mit jedem Hitzetag war Yana lärm- und geruchsempfindlicher geworden. Wenn Gian sie morgens aus zwei Metern mit seinem Kaffeeatem ansprach, den sie sonst so mochte, wechselte sie die Farbe. Das heiß geliebte Laugengebäck gab ihr den Rest. Seit Beginn der Messungen hatte man in Klöttingen keine derart lange Periode mit Temperaturen über 30 Grad registriert. Der Talbach war fast ausgetrocknet. In der Mittagshitze knackte es in der Holzbeige beim Forsthaus und Risse öffneten sich. Das Trinkwasser wurde knapp. Erstmals, seit man dem regionalen Wasserverbund angeschlossen war, durften Zierrasen nicht weiter bewässert, Autos nicht länger gewaschen werden. Im Talhof überquoll die Jauche, die der Bauer nicht mehr ausführen konnte. Dem altersschwachen Esel musste Heu aus dem Ausland zugefüttert werden. Die Luft flirrte. Auch im Altersheim spitzte sich die Situation zu. Die betagten Leute waren es nicht gewohnt, literweise Wasser zu trinken, und die Pflegerinnen mussten alle ihre Tricks anwenden, um ihre Klienten vor dem Austrocknen zu bewahren.

Yana wollte nur noch liegen und schlafen. Und doch war das Liegen die reinste Qual. Sie hatte einen Ausschlag im Gesicht. Für eine Schwangere war das nicht außergewöhnlich. Seit dem vorletzten Ultraschall wusste sie, dass in ihrem Bauch ein „intakter männlicher Einling" heranwuchs. Sie trank Schwangerschafts- und Himbeerblättertee, dampfte über Heublumen und massierte Bauch und Damm, ließ sich zur Verkürzung der Eröffnungsphase von Gian die Zehen kneten und las im Internet Geburtsberichte. Sie ließ wirklich nichts aus. Doch die Hitze machte sie nudelfertig. An diesem letzten Julitag zeigte das Thermometer kurz nach Mittag 37 Grad. Ihr Bauch wurde hart. Sie verspürte ein Ziehen vom Rücken in die Beine. „Es ist tiefer gerutscht", rief sie aus der Toilette. „Ich habe Ausfluss, ein wenig Blut ist dabei, ich glaube, der Schleimpropf ist weg. Es hat sich in den letzten Tagen viel weniger bewegt."

„Es hatte auch weniger Platz."

„Ich bin sicher, dass es bald losgeht."

„Soll ich den Wagen holen?"

Gepackt war ja. Die Fenster im Kinderzimmer waren geputzt, die Schränke ausgewischt. „Vorher fahren wir noch rasch in der Villa vorbei, Gian. Marvullo hat telefoniert. Die ganze letzte Nacht hat Licht im Haus gebrannt."

Der Weiher lag moorig und voller Wollgrassegel. Darum herum: Lagerspuren von kleinen Tieren. Ein Specht trommelte in einen Dachsparren. Ein kleiner Buschwald aus jungen Eschen und Erlen hatte sich gegen das Kinderspielhaus beim Zaun auszubreiten begonnen. Ernst oder Witz, hatte der Redaktor damals im Klöttinger Boten gefragt, als Jan Zündli das fehlende Baugesuch bemängelt hatte.

Die Haustür war nicht verschlossen. „Du also bist der Dieb", sagte Yana gefasst, als Victor in der Eingangshalle auftauchte, „welcome back home." Sie staunte. Die Haare mochte er sich selbst geschnitten haben – oder Sergej. Vom redegewandten, blendenden Victor im vornehmen Anzug und gelber Krawatte, dem Mann mit dem chronischen Lächeln, war nicht viel übrig geblieben außer dem Gehabe.

Er schien es zu merken. „Vor zwei Tagen habe ich erbrochen, über die Figur", sagte er. „Ist zum Glück nur die Kopie."

Yana sah ihn durchdringend an. „Bist du dir so sicher? – Da, iss, das päppelt dich wieder auf." Sie reichte ihm ein

Stück dunkle Schokolade. „Oder hättest du lieber ein Stück Gugelhopf?" Sie zeigte auf ihren Bauch. „Ich bin jetzt auch ein Gugelhopf, der alle zwanzig Minuten aus der Form zu springen droht. – Der Schweizer Traum am Schwarzen Meer ist endgültig ausgeträumt, nicht? Eigentlich bist du der letzte Schabo-Schweizer. Und Ewa natürlich." Ihre Vorfahren waren 1821 mausarm aufgebrochen. Dort unten waren sie reich geworden – und dann wieder von einem Tag auf den andern mausarm. Aber niemand hatte an Rückkehr gedacht. Doch dann war das Kommando des Schweizer Botschafters gekommen: *Faites vos valises.* Es hatte viel mehr Rück- als Auswanderer gegeben. Im fruchtbaren Steppensand hatten sie sich wie Kaninchen vermehrt. „Hast du Schmerzen, Victor?"

„Ich schlucke, was man mir gibt."

„Immer an unserem Hochzeitstag habe ich die CD vom Eröffnungsfest aufgelegt. Erinnerst du dich an den tanzenden Derwisch?" Er verzog den Mund. Der Neurochirurg, ihr Sitznachbar bei ihrem letzten Flug, kam ihr in den Sinn. „Das Gehirn kann das Gehirn nicht verstehen, stimmt's? Da hilft nur Lachen. Keiner konnte so fein gemein sein wie du, das ist eine Leistung!"

Jetzt lächelte er. „Ich bin der letzte Muff."

„Ja, der allerletzte. Ich bin sicher, deine Mutter ruft andauernd von ihrem Himmelswölklein: Testament nicht erfüllt. Kein Friede auf Erden."

„Bald bin ich auch im Himmel."

„Du glaubst noch immer, uns ein Drama bieten zu müssen. Nur weil du ein bisschen steif bist und hinkst. Nicht einmal Hepatitis hast du dir aufgelesen bei deinem Geschäftsverkehr, du Glückspilz, sonst wären jetzt nicht nur deine Zähne gelb."

„Ich habe Tee gemacht", rief Gian aus der Küche, „danach fahren wir los."

„Vorher muss ich dir noch etwas beichten, Victor", sagte sie und deutete auf den Schrank. „Alles gottvergessen verstaubt", höhnte er.

„Ja, darin hattest du Recht: Ich hatte den Haushalt nie wirklich im Griff. Doch ich möchte ..."

„Ist Gian bei der Geburt dabei?", unterbrach er sie.

„Eifersüchtig? Du bist unfruchtbar, Victor, vor allem im Kopf, du hättest mit mir kein Kind haben können. Ich habe mich für das Leben entschieden. Durch Gian wurde mein Leben als Wort zu einem Leben in einem Körper. Ich liebe die Art, wie er Brot und Kuchen bricht. Seine Hände sind von der Arbeit hart und doch so fein in der Bewegung. Es macht mich glücklich, wenn er einen Gugelhopf mit mir feiert." Sie trat bis auf einen Schritt an ihn heran. „Wir müssen reinen Tisch machen. Der einzige wahre Grund für eine Trennung ist für mich die Einsicht, dass der andere ein erfüllteres Leben führen kann. Nur so kann man dem anderen einen Neuanfang gönnen, also ..."

„Ich habe jeden Tag neu angefangen."

„Ja, du ... Und dann bist du verschwunden, als es dir hier zu mühsam wurde. Ich habe mir nach deinem Aufbruch geschworen, dass keine Wehmut aufkommt. Diesen Kitsch lasse ich nicht zu. Auf der Hochzeitsreise bist du einmal ganz weit hinausgeschwommen, eine Stunde lang. Wenn du etwas willst, scheust du kein Risiko und setzt alle deine Fähigkeiten bis zum Äußersten ein. – Und nun feiern wir unsere Trennung, man kann auch mit Tee feiern."

„Ich brauche Ruhe, ich gehe ins Turmzimmer."

„Dann komme ich mit."

Victor setzte sich auf sein altes Schaukelpferd. Die Ameisenkönigin hatte er so auf die Kommode gestellt, dass die kühlen, vergoldeten Augen im schräg einfallenden Licht der Morgensonne Blitze warfen, wie damals, als sie in der Schweiz angekommen und als Erstes zu seiner Mutter gefahren waren. Erhaben thronte sie über allem, umrahmt von Blattwerk. Unter ihr balgte sich das Fußvolk. „Als Bub war das Fenster für dich so hoch, dass du aufs Schaukelpferd steigen und balancieren musstest, um nach draußen zu sehen", sagte Yana. „Im Schlaf bist du durchs Fenster davongaloppiert, die Wange an der Mähne, unter dir das feuchte Gras, über dir der Himmel."

„Und jetzt höre ich mein Blut rauschen."

„Bist du nicht zeitlebens in diesem Raum geblieben?"

Er schlug die Fersen ins Holz und begann zu wippen. „Lass mich in Ruhe, Yana, ist das zu viel verlangt?" Seine Lippen zitterten. Das Pferd schaukelte. Aufundab, vorundzurück. Immer heftiger. Er runzelte die Stirn, öffnete den Mund. „Ich ... Ich fand es ..." Mit der Linken packte er die Plastik. Das Pferd begann zu hüpfen. Es galoppierte Richtung Tür. „Ich wollte nur ..."

„Was, Vic, lass es raus!" Der Oberkörper kippte nach vorn, zurück, seitwärts. Vergeblich versuchte sie ihn an der Schulter zu packen. Der Boden vibrierte. Ihr wurde schwindlig. „Pass auf, Vic, pass doch auf!" Sie drückte sich an die Wand. Er sah und hörte sie nicht mehr. Mit einem langgezogenem Heulen stürmte er an ihr vorbei. Sie stützte sich am Türgriff ab. Mit der Rechten hielt er das Pferd am Hals, als es die Treppenstufen hinunterpreschte wie über eine felsige Fluh. In der Mitte prallte es hart auf, drehte sich um die eigene Achse und schmiss den Reiter in die Höhe. Eine kapitale Wolke schien sich vor seine Stirn zu schieben. Mittendrin sah Yana ein Loch, wie ein strahlendes Auge. Victor stöhnte auf, das Pferd raste, schlingerte und zerschellte nach einem letzten Sprung am Fuß der Treppe. Der Reiter fiel auf den Hinterkopf. Der Hals der Königin brach, und der kantige Kopf mit den harten Kiefern schlug auf den Körper. „Ist ja nur eine Kopie", meinte Yana Victor noch zu hören. „Du hast mal gesagt, ich sei auch nur eine Kopie." Ihr war sterbensübel

Yana krümmte sich, stützte sich am Treppengeländer ab, beugte sich zu ihm hinunter. „Gian, wir müssen, es kommt", rief sie, „und alarmier die Ambulanz, rasch." Sie wollte nicht, schluckte und schluckte, aber sie konnte es nicht verhindern und erbrach sich. Es tat scheußlich weh und schmeckte gallig bitter im Mund.

44

Es war einmal ein Prinz, dachte Yana, als sie Victor unter der weißen Decke vor sich liegen sah. Der Zufall wollte es, dass er zu einer sonderbaren Figur kam und dass ihn diese zu einer jungen Frau führte. Er heiratete sie. Jeden Sonntag buk sie ihm einen Gugelhopf mit den schönsten Rosinen, die sie im Land fand. Und der Prinz wurde immer reicher und rastloser und sein Herz immer kälter. Bis es so kalt war, dass seine Skulptur daran festfror.

Sie setzte sich auf einen Stuhl beim Fenster. Der Kleine suchte, schnappte, saugte mit dem Mund. Er hatte von der ersten Stunde an Hunger, wie sie. Wenn er trank, bildeten sich in den Mundwinkeln Ketten von Speichelbläschen und ihre Brüste schienen vor lauter Hitze zu explodieren. „Ich hätte gern ein letztes Mal mit dir getanzt, Victor", sagte sie, „aber dein Pferdchen war schneller, noch schneller als mein Rosinchen. Gian durfte die Nabelschnur durchschneiden." Sie hatte einen Stock höher geboren. „Der Bub ist punktgenau auf den Termin zur Welt gekommen, am Nationalfeiertag. Das nennt man Schweizer Präzision."

Victors Körper schien unter seinem weißen Krankenhemd leicht und ohne Schmerz. Doch auf einmal öffnete sich sein Mund millimeterweit. Ein helles, pfeifendes Geräusch entfuhr ihm, kurz danach noch eines, schon ein wenig lauter. Er nahm die Hände vom Bauch. Der Mund öffnete sich ganz. Heraus kam ein krachendes Lachen.

Lachte er über sie? Über sich? Über seine Mutter? Yana stand auf und beugte sich mit dem Kind zu ihm hinunter. Das Lachen schien aus einem tiefen Traum zu kommen. Der Mund war bereits wieder geschlossen. Ein kleiner, glänzender Faden hing daraus. Nichts regte sich mehr in Victors Gesicht. Nur der Atem rasselte jetzt unter dem Hemd. Die wichtigen Sachen funktionieren, hatte der Arzt gesagt, von einem Schaukelpferd wird keiner so rasch erschlagen, so ein Mensch zerbröselt nicht so leicht. Bewusstlos hatte er am Fuß der Treppe gelegen, als die Ambulanz keine Viertelstunde nach der Alarmierung eingetroffen war.

„Du bist wunderbar verlässlich", flüsterte sie ihm zu. „Indem du so hundertprozentig bei dir geblieben bist, bei deinem weißen Osterhasen und deinen gelben Rosen und deiner Königin, hast du mich abgeschmettert, bis das Falsche an mir zerbrach. So konnte ich bei vollem Bewusstsein herausfinden, wer ich bin. Dafür bin ich dir dankbar, auch wenn mir das Erlebnis lange als Schock in den Knochen saß. Ich glaube, in meinem Leben kommt alles auf die Hundertstelsekunde richtig und geht bis aufs Letzte auf." Zwei-, dreimal zuckte er leicht zusammen. „Das Schaukelpferd hat die Polizei vor zwei Wochen bei der Hausdurchsuchung nicht interessiert. Vom Holzbauch mit dem Geheimfach habe ich selbst auch nichts gewusst, schon gar nicht, dass du ein Flaubertgewehr hast – und rosarote Schneckenkörner. Die meisten Schneckenkörner sind blau."

Sie legte ihm die Hand auf die Stirn. „So einfach kommst du nicht in den Himmel, Victor. Du kannst noch lang genug neben deiner Mutter liegen. Steh auf. Steh zu allem. Du warst noch nie so frei. Weine, schrei dich blau, schrei dich ins Leben. Werde zum Künstler. Zum Lebenskünstler."

Wie auf Kommando fing der Kleine an zu krähen. Sie gab Gianluca die Brust und begann leise zu singen. Sofort wurde er still und schmatzte zufrieden.

Glossar

1. August-Feier	Fest zum Nationalfeiertag der Schweiz am 1. August
abtüschle	abtauschen
afürle	anfeuern, ein Feuer entfachen
Aha, jäso, was bin i für e Hornoggs.	*Ach, ja, was bin ich für ein Hornochse.*
Akkerman	Türkisch für „Weißer Felsen", ehemaliger, von den Einheimischen immer noch gebrauchter Name der Stadt Bilhorod-Dnistrowskyj in Bessarabien, Ukraine
Aktuar	Schriftführer, Protokollant eines Vereins
Alplermagrone	typisches Gericht aus Kartoffeln, Teigwaren und Käse aus dem schweizerischen Alpengebiet
Apéro	Aperitif; geselliges Beisammensein bei (alkoholischen) Getränken und Snacks (oft nach dem offiziellen Teil einer Veranstaltung, meist am späten Vormittag oder am frühen Abend)
Apfelmost	Apfelsaft, Apfelwein
Apfelwähe	Apfelkuchen
Arve	Zirbelkiefer, Zirbe
Bache	weibliches Wildschwein, Wildsau
Bayushki bayu	russisches Wiegenlied, kommt aus der (russischen) Babysprache; „baj-baj" bedeutet „schlafen"
Beiz	Gastwirtschaft
Bilderschnöigge	neugieriges, genussvolles Betrachten von / Stöbern in Bildern
blüeje	blühen
brünzle	urinieren
Bünzli	abwertende Bezeichnung für eine geistig unbewegliche, kleinkariert denkende und ausgeprägt gesellschaftskonforme Person, mithin ein Synonym für Spießbürger
Buurezmorge	(reichhaltiges) Bauernfrühstück
Cervelat	Schweizer Brühwurst, Rohwurst aus Rindfleisch, Schweinefleisch, Schwarten und Speck

Cervelatpromi	nur lokal oder regional berühmte Prominenz
Chirsi-	Kirsch-
Chlüngeli	Knäuel
chüderle	schmeicheln; umsorgen, hätscheln
Chünngeli	Kaninchen
chützele	kitzeln
Coupe	hier: Eisbecher
Cüpli	Glas Champagner
Datscha	Russisch für Land- oder Ferienhaus, in dem Städtebewohner die Wochenenden oder ihren Sommerurlaub verbringen
Dieu prendra soin de vous.	Französisch für: *Gott möge für Sie sorgen, sich Ihrer annehmen.*
Dubel	Dummkopf
Eiertätsch	Pfannkuchen, Omelette, Eier mit Brotstückchen in Butter gebacken, hier: gekochte Eier mit den Spitzen aneinanderschlagen (das Ei, das dabei unbeschädigt bleibt, „gewinnt")
Es dünkt mi es bitzeli wie bi de Mensche.	*Es kommt mir ein bisschen vor wie bei den Menschen.*
Faites vos valises.	Französisch für: *Packt eure Koffer, eure Sachen.*
Fluh	Fels, Felswand
Füürli	Feuerchen
geili Sieche	coole Typen, tolle Kerle
Gipfeli	Hörnchen, Croissant
Gleitschirmbrevet	Gleitschirmdiplom
gopferdammi	derb, Fluchwort, Beteuerungsformel: Verdammt nochmal! (wörtlich: „Gott, verdamm mich")
gopfertelli	derb, Fluchwort, Beteuerungsformel: Verflucht!, Verdammt nochmal!
gopfertori	salopp, Fluchwort, Beteuerungsformel: Verdammt nochmal!
gopfridstutz	salopp, Fluchwort, Beteuerungsformel: Manno!, Mann!, Verdammt nochmal!
Grätimaa, Pl. Grätimanne	süßes Hefegebäck in Form einer menschlichen Gestalt, das zum Tag des St. Nikolaus gebacken wird
Grüezi	Grußformel: Hallo!, Guten Tag! (für eine oder mehrere Personen, die man siezt)

Grümpelturnier	Fußballturnier für Hobbymannschaften, in der Regel an einem einzigen Wochenende
Gugelhopf	Gugelhupf, Napfkuchen mit Rosinen (und Mandeln)
Halbschue	salopp, Schimpfwort: Dummkopf, Halbidiot (wörtlich: Halbschuh)
Himmelherrgottstärnechäib	Ausruf der Verärgerung
Holzbeige	Holzstapel, Holzstoß
Hornoggs	Schimpfwort: Hornochse, Depp, Trottel
Hüfter	Hüftschwung beim Schwingsport
hügerle	kauern
huere-	salopp, verstärkend: sehr, enorm, verdammt; abgeleitet von Huere: Prostituierte; huerewichtig: sehr wichtig, hueresiech: Verdammt nochmal!
Hundsverlochete	unbedeutender Anlass, Käferfest (wörtlich: Ort, an dem Hunde verlocht, vergraben werden)
imfall	übrigens
Kaffi Schümli Pflümli	Kaffee mit (Rahm-)Schäumchen und Pflaumenschnaps
Kaffi Schnaps	Kaffee mit Schnaps, Branntwein
Krete	Grat, Bergrücken, Gebirgskamm
Lang mal aa.	*Fass mal an, berühr mal.*
Lavabo	Waschbecken
Löli	Schimpfwort: Dummkopf, einfältige Person
Metzgete	Schlachtung, Schlachtfest; Schlachtplatte
Migros	größtes Detailhandelsunternehmen in der Schweiz
Minijupe	Minirock, sehr kurzer Rock (von der Taille oder Hüfte an abwärts)
momoll	moll heißt doch; momoll (dochdoch) drückt verstärkend größte Bewunderung aus
Niele	Waldrebe, Klematis
Noblesse oblige.	Französisch für: *Adel verpflichtet.*
Numen iine.	*Nur herein(spaziert).*
Pflock	salopp: unsensible, uninformierte Person (wörtlich: Plock)
Pflümli	Pflaumenschnaps, -branntwein

Pfüsele	Schläfchen
pfüserle	ein Schläfchen machen
Randensaft	Saft der Roten Rübe
Rechtsvorschlag	Einspruch gegen Zwangsvollstreckung
rübis und stübis	mit Stumpf und Stiel, vollständig, restlos
Rüstmesser	Küchenmesser
Säb hett i müesse merke.	*Das hätte ich bemerken müssen.*
Schiri	salopp, verkürzt für: Schiedsrichter
Schleich dich.	*Verzieh dich, hau ab.*
Schlungg	Schwung beim Schwingsport
schmürzelig	geizig, knauserig
schmüsele, schmüserle	liebkosen, ein wenig schmusen, Zärtlichkeiten austauschen
Schofseckel	derb, Schimpfwort: blöder Kerl
Schüblig	lange, geräucherte Brühwurst aus Rind-, Schweinefleisch und Speck
Schümli	Schäumchen
serbeln	kränkeln, welken
Siegermuni	Stier, Zuchtstier für den Sieger eines Schwingfests
Stachel	metallener oder hölzerner Standfuß am Instrument
Steuerfuß	jährlich festgelegter Steuersatz
süferli	sachte, vorsichtig, behutsam
tifig	flink, gewandt, schnell
Trouvaille	(glücklicher) Fund, (glückliche) Entdeckung
Trumpf-Buur	Trumpf-Bauer, höchste Karte beim Kartenspiel Jass
Tüpfli	Tüpfchen, kleiner Tupfen
Tüpflischisser	salopp: Pedant, Pedantin
verzeigen	anzeigen, melden
Waldmümpfeli	zu Mümpfeli: Bissen, Mundvoll; an Walddüfte erinnernde Schokolade
Znüni	Zwischenmahlzeit am Vormittag
Zwilchhose	aus Zwilch, Zwillich, einer dichten, reißfesten und strapazierfähigen Gewebekonstruktion handgefertigte Schwingerhose

Markus Ramseier
Vogelheu
Roman
336 Seiten, gebunden mit Schutzumschlag
ISBN 978-3-7099-7013-3
€ 19.90

Jahrelang war der Rebberg neben dem elterlichen Wellness-Hotel das private Paradies von Flo. Hier, an der Seite von Großvater Schneck, dem geerdeten Weinbauern, Erfinder, Fabulierer, Charmeur, in der geborgenen Welt ihrer Kindheit, fühlt sich das Leben für das junge Mädchen richtig an – Wellness pur. Doch auch der Großvater kann die Zeit nicht anhalten: Als ein Brand sein Haus am Fuß des Rebbergs zerstört, ahnt Flo erstmals, was Abschiednehmen heißt – und dass für sie nun der Moment gekommen ist, in ihr eigenes Leben hinauszutreten.

Beeindruckend gelassen, mit liebevollem Blick für die vielen zauberhaften Details rund um uns und mit feiner Ironie erzählt Markus Ramseier Flos Geschichte: eine Geschichte von der Sehnsucht nach der vertrauten Welt der Kindheit und von der Suche nach dem eigenen Weg durch das Leben.

„Markus Ramseier erzählt friedlich, innig und gelassen von den großen Dingen, die am Ende des Lebens daherkommen, aber keinen Schrecken mehr auslösen."
Tiroler Gegenwartsliteratur, Helmuth Schönauer

www.haymonverlag.at